insel taschenbuch 4906

Daniela Alge

Das Geschenk der Adlerin

Zwanzig Jahre nach dem Abitur lädt Franziska drei Schulfreundinnen zu einer gemeinsamen Bergtour ein. Mit Rucksäcken voller Geheimnisse, Geschichten und Sorgen machen sie sich auf den Weg zum Arlberg. Das Abenteuer beginnt mit einer fröhlichen Pick-up-Fahrt zum Fuß des Berges, doch bald schon verfliegt die Leichtigkeit: Der Anstieg zum Stierlochkopf ist beschwerlich, und sie müssen sich den Herausforderungen der Natur stellen.

Ihr Nachtlager schlagen die vier Frauen direkt unterhalb des Gipfels auf. Unter sternenklarem Himmel tauschen sie Erinnerungen an die Schulzeit aus, erzählen von ihren Lebenswegen, da kommt es zum Streit ... Die Freundinnen müssen erkennen, dass sie einander nach all den Jahren fremd geworden sind. Ob es gelingt, die Freundschaft zu retten?

Ein Roman über eine besondere Frauenfreundschaft, schicksalhafte Entscheidungen und die inspirierende Kraft der Natur.

Daniela Alge, 1975 geboren, lebt als freie Autorin mit Mann und Kindern auf einem Biohof im Allgäu.

DANIELA ALGE

Das Geschenk der Adlerin

Roman

Insel Verlag

Dieses Buch wurde klimaneutral produziert.

Klimaneutral
Druckprodukt
ClimatePartner.com/14438-2110-1001

Erste Auflage 2022
insel taschenbuch 4906
Originalausgabe

Umschlaggestaltung: zero-media.net, München
Umschlagabbildungen: Mathieu B. Morin/Getty Images, München; FinePic®, München
Satz: Satz-Offizin Hümmer GmbH, Waldbüttelbrunn
Druck: CPI books GmbH, Leck
Printed in Germany
ISBN 978-3-458-68206-6

www.insel-verlag.de

Das Geschenk der Adlerin

eins

Franziska Brenner rannte die gewohnte Route heute schneller als üblich. Sie raste über Gehwege, durch hübsche Wohnsiedlungen hinaus aus dem kleinen Städtchen in die frühlingskahlen Hügel, wo die unzähligen Holzmasten der Hopfenbauern wie verblasste Mikadostäbe in den grauen Himmel ragten. Sie sah die Raben nicht, die sich auf den kreuz und quer gespannten Drahtseilen versammelt hatten. Sie spürte die Kälte nicht, die einzelne Nebelfetzen vom unbedeckten Ackerboden in ihre Atemluft mischten. Sie sah die Sonne nicht, die zwischen den Nebelschichten durch schmale Lücken blinzelte. Franziska rannte. Sie versuchte mit aller Kraft, schneller zu sein als ihre Gedankengespenster.

Doch die Geister blieben hartnäckig. Sie klopften ohne Unterlass in Franziskas Kopf. Mit Gewalt drückten sie gegen ihre Stirn. Schmerzhaft. Pausenlos. Sie füllten ihr Bewusstsein aus, ließen sich nicht abstellen. Sie konnte ihnen nicht davonrennen, und es schien unmöglich, einen Gute-Laune-Satz darüberzulegen. Die bewährten Strategien funktionierten nicht. Es war sinnlos.

Franziska drosselte das Tempo und steuerte auf eine alte Holzbank zu, die am Rand eines Hopfenackers aus dem Bodennebel ragte und sie in ihrer Einsamkeit berührte. Sie lief jeden Tag hier vorbei. Die Bank hatte sie noch nie wahrgenommen. Sie hielt inne, stützte die Hände auf die Knie und wartete darauf, dass ihr Herzschlag sich beruhigte. Als Franziska aufschaute, sah sie das Hochhaus am Rand von Tettnang und am Horizont den Bodensee, der grau und dunkel schimmerte. Ein Meer der Traurigkeit. Sie setzte sich auf die feuchte Bank und schob die Hände unter die Oberschenkel. Der gestrige Abend lief wie ein Film in ihrem Inneren ab. Schmerzverzerrt kniff sie die Augen zu. Die Erinnerung stoppte nicht. Tränen tropften auf die glänzend schwarzen Leggins. Sie würde Elina verlieren. Elina wollte fort. Viel zu früh. Und vermutlich für immer.

Franziska versuchte, sich an die Zeit zu erinnern, als sie selbst achtzehn geworden war. Auch sie hatte sich damals voller Energie gefühlt und geglaubt, die Welt warte nur auf sie, sie könne alles erreichen, das Leben sei ein Spiel und das Glück auf ihrer Seite. Niemals hätte sie sich vorstellen können, wie schnell diese jugendliche Euphorie ins Gegenteil umschlagen würde. Sie öffnete die Augen, wischte die Tränen mit dem Handrücken weg und stand auf. Von einem Drahtseil erhob sich ein Schwarm Raben und flog lautlos Richtung See. Franziska schaute den Tieren sehnsüchtig hinterher.

»Es wird Elina ähnlich ergehen wie mir«, dachte sie und wusste doch: »Ich kann es nicht verhindern. Wir sind nun mal als Menschen auf die Welt gekommen, und die Freiheit und das Fliegen sind allein den Vögeln vorbehalten.«

Franziska schwenkte die Arme, um die Kälte zu vertreiben, die plötzlich von allen Seiten gleichzeitig angekrochen kam. Sie konnte nicht länger stehen bleiben, sie trippelte kurz auf der Stelle und joggte dann in ruhigerem Tempo weiter, die gewohnte Strecke entlang. Wie jeden Tag. Wie lange eigentlich schon? Sie versuchte, ihre Konzentration auf Jahreszahlen und Fakten zu lenken. Ihr Geist war damit für eine Weile beschäftigt. Fakten, Daten, Handfestes. Auch wenn es keine fröhlichen Zahlen waren, so war es doch besser, als den Schmerz dahinter fühlen zu müssen. Sie war hier etwa 750 Mal entlanggerannt, seit dem Tag, als sie die Wohnung in Tettnang gefunden hatte. Ihr siebzehnter Umzug damals. Ihr sechzehnter mit den beiden Mädchen. Manchmal waren sie nur ein paar Monate an einem Ort geblieben, einmal aber fast drei Jahre. Doch immer war irgendwann der Moment gekommen, an dem Franziska spürte, dass ihre Geschichte durchgesickert war. Die Blicke der Nachbarn veränderten sich von einem Tag auf den anderen. Sie wurde plötzlich mit Samthandschuhen angefasst. Sie hörte das Gewisper und Geflüster, wenn sie mit den Kindern auf dem Spielplatz schaukelte oder Elina zur Schule begleitete. Wie sie es hasste, das Mitleid, dieses Verstehen-Wollen und doch niemals Erfassen-Können.

Sie waren jedes Mal gegangen, hatten all ihre Habseligkeiten in den klapprigen VW-Bus gepackt und waren weitergezogen. Irgendwohin, wo das Leben günstig und eine passende Einrichtung für Mara in der Nähe war. Immer weit entfernt vom Bodensee, weit fort von ihrer alten Heimat, dem kleinen Dorf in Österreich.

Franziska rannte mit federnden Schritten über den nachgiebigen Waldboden. Sie sprang über die flachen Wurzeln der Fichten und fröstelte, als sie das Geflecht bewusst wahrnahm. Elina war völlig wurzellos. Wie sollte sie einem Sturm standhalten? Elina war ohne Vater aufgewachsen. Sie hatte ihre Großeltern nie kennengelernt, hatte keinerlei Bezug zu Onkeln, Tanten oder Cousins. Da war niemand. Niemand, den Elina kannte. Und es mangelte nicht nur an Verwandtschaft, es fehlte schlicht alles, was Menschen unter dem Begriff »Heimat« zusammenfassten. Die unbeschwerte Kindheit, Erinnerungen an Sonntagsausflüge und Badenachmittage, Grillfeste, Schulfreundinnen, Nachbarinnen, Familienurlaub und Kindergeburtstage. Nichts. Nur Rückblicke auf eine überforderte Mutter und Sonntage in zu kleinen Wohnungen. Elinas einzige Wurzel bestand aus einem dünnen Bändchen zu ihr. Franziska machte sich keine falschen Hoffnungen. Elina würde keine junge Frau werden, die abends ihre Mutter anrief. Sie würde dankbar sein müssen, wenn zu Weihnachten oder zum Geburtstag eine WhatsApp-Nachricht kam. Vielleicht mit einem Smiley. Hoffentlich mit einem lächelnden.

Der Pfad führte aus dem Wald heraus, änderte die Richtung und ging ein kurzes Stück steil den Hügel hinauf. Franziska wurde langsamer, doch sie hielt nicht inne. Der

Anstieg wärmte sie. Sie kam ins Schwitzen. Als sie den höchsten Punkt erreicht hatte, öffnete sich wieder die Aussicht auf den See. Der Anblick gab ihr Kraft. Sie legte an Tempo zu. Bei dem Wort Heimat tauchte vor ihrem inneren Auge stets der Bodensee auf. Dabei war sie dort weder geboren worden noch aufgewachsen. In Bregenz am See hatte sie allerdings fünf Schuljahre im Internat verbracht. Rückblickend waren es die besten Jahre ihres Lebens gewesen. Die einzige Zeit, in denen sie Freundinnen an ihrer Seite gehabt hatte. Ihren achtzehnten Geburtstag hatten sie gemeinsam gefeiert. Mit Eierlikör aus altmodischen Glasschalen hatten sie auf Franziskas Zukunft angestoßen und sich ausgemalt, wie grandios das Leben als Erwachsene sein würde. Wie naiv sie damals waren!

Doch diese drei Mädels hatten sie angenommen, wie sie war. In diesem Viererzimmer war sie einfach nur eine Schülerin gewesen. Wie so viele. Sie hatten gestritten und gelacht, über alles geredet und gemeinsam geweint, wenn Susanne wieder mal krank vor Liebeskummer war. Sie hatte für alle die komplizierten Mathehausaufgaben gelöst, Linda hatte Spinnen ausgesetzt und Blumen für den Biounterricht gepresst, und Katja war die Unbarmherzige gewesen. Sie hatte immer freiheraus gesagt, was sie dachte, und das war selten schmeichelhaft gewesen. Durch Katja hatte sie gelernt, sich eine dickere Haut zuzulegen und nicht jede Anspielung persönlich zu nehmen. Was wohl aus ihr geworden war?

Franziska war derart in ihren Erinnerungen gefangen, dass sie den Ast übersah. Mit einem überraschten Aufschrei landete sie unsanft auf dem kalten Waldboden. »Aaah!« Ihr linker Fuß schmerzte. Sie setzte sich auf und betastete vorsichtig den Knöchel. Das rechte Knie und die rechte Handfläche waren aufgeschürft. Das Zentrum des Schmerzes war jedoch eindeutig der linke Knöchel. Sie tastete nach ihrem Handy in der Tasche des Sportshirts. Es schien heil geblieben zu sein. Gott sei Dank, wenigstens das.

Sie war umgeknickt. Nur eine kurze Unachtsamkeit. Weiterlaufen konnte sie nicht. Vielleicht schaffte sie es, nach Hause zu humpeln? Sie schaute auf dem Handy nach der Uhrzeit, schätzte die Entfernung ab. Nein, unmöglich. Sie brauchte Hilfe. Sie entsperrte ihr Handy und rief Elina an. Niemand ging ran. Franziska versuchte es erneut. Vermutlich ließ Elina es einfach klingeln, weil sie glaubte, sie wolle ihr die Sache mit Berlin ausreden. Verflixt noch mal. Sie stellte keine großen Erwartungen an ihre Tochter. Aber war es zu viel verlangt, ans Handy zu gehen, wenn ihre Mutter sie anrief? Franziska gab auf. Elina war stur wie sie selbst. Sie würde ihr eine Sprachnachricht schicken. Vielleicht reagierte sie dann.

»Elina. Bist du daheim? Ich habe mir den Fuß verknackst, ich schaff es heute nicht pünktlich. Kannst du Mara in Empfang nehmen? Bitte gib mir ein Okay.«

Franziska steckte das Handy ein und kroch zu einem Baumstamm. Sie biss die Zähne zusammen und zog sich am Stamm in die Höhe. Die aufgeschürfte Hand fing an zu bluten, und im Knöchel pochte es heftig und schnell. Als sie auf wackligen Füßen stand, vibrierte ihr Handy. Eine Nachricht von Elina.

»DAS LETZTE MAL!«

Franziska seufzte erleichtert. Es war ihr bewusst, dass es das letzte Mal sein würde. Sie würde ohne Elina viel beschissener dastehen als umgekehrt. Kein Wunder, dass es ihre Tochter fortzog. Elina wollte fliegen, wie sie selbst – damals. Wenn sie nur darauf hoffen könnte, dass Elina keine harte Bruchlandung hinlegte. Vorsichtig versuchte Franziska, mit dem verletzten Fuß aufzutreten. Der Schmerz nahm ihr für einen Moment den Atem. Doch sie musste zurück. Sie packte einen starken Ast, der auf dem Waldboden lag, und machte sich auf den Weg. Meter für Meter kämpfte sie sich voran, auf das Hochhaus zu. Plötzlich wurde ihr bewusst, woher ihre Angst rührte. Elina würde in der Großstadt klarkommen. Sie selbst war es, die ohne ihre Tochter nicht weiterleben konnte wie bisher. Sie würde Hilfe brauchen, Ansprechpartner für Notfälle, neue Betreuungsmöglichkeiten für Mara. Franziskas Leben würde sich ändern. Gerade jetzt, wo es sich endlich etwas besser angefühlt hatte.

Franziska beneidete Elina um ihren Mut, ihre Jugend und ihren Tatendrang. Auch sie selbst musste ihr Leben wieder in die eigene Hand nehmen, etwas verändern, um nicht völlig in ihren depressiven Zuständen unterzugehen. Elina sollte mir ein Vorbild sein, dachte sie. Nicht so viel denken, sondern viel mehr tun. Das Leben leben, aus dem Haus gehen, mit Menschen ins Gespräch kommen und sich auf Abenteuer einlassen. Als Erstes würde sie sich erkundigen, wo sie Mara über Nacht oder gar über ein Wochenende in Betreuung geben könnte; dann würde sie sich zwei freie Tage gönnen und den Beginn eines neuen Lebensabschnittes feiern.

»Man muss die Feste feiern, wie sie fallen«, das sagte ihre Tochter seit Jahren. Doch mit wem sollte Franziska feiern? Elina ging weg. Es gab niemanden mehr. Sie entdeckte eine weitere Bank am Wegrand und setzte sich erschöpft. Sie spürte den Knöchel nicht mehr. Der Körper musste irgendein eigenes Schmerzmittel ausgeschüttet haben. Sie würde es nach Hause schaffen. Erleichtert hob sie den Blick. Das Hochhaus ragte bereits hoch auf, der Bodensee im Hintergrund hatte seine Farbe gewechselt. Auf dem dunklen Wasser tanzten vereinzelte Sonnenstrahlen und brachten die Oberfläche zum Glitzern. Bald würde Franziska wieder schwimmen gehen. Wie damals. Katja hatte sie dazu angestiftet. Linda hatte nicht Nein sagen können, nur Susanne hatte sich geweigert. Es verstieß gegen die Internatsregeln, sich nachts heimlich aus den Schlafzimmern zu schleichen. In Erinnerung an das eiskalte Wasser bekam Franziska Gänsehaut. Doch der Gedanke an Katja, Linda und Susanne brachte sie auf eine Idee. Auf eine wunderbare Idee. Franziska kämpfte sich wieder auf die Beine und humpelte weiter. Lächelnd.

zwei

Susanne Herz war allein zu Hause. Sie schleppte die überladenen Wäschekörbe in das gemütliche Wohnzimmer, räumte den Tisch ab, machte ihn sauber, holte das Bügelbrett aus der Abstellkammer und schaute sich um. Die Jungs waren in der Schule und im Kindergarten. Pirmin hatte nach dem Melken seine roten Skiklamotten übergestreift und war zur Skischule gefahren. Sie warf einen raschen Blick aus dem Stubenfenster. Nein, der Pick-up stand nicht auf dem Hof. Sie schlüpfte in die Holzschuhe, ging vorsichtig über den festgefahrenen Schnee ins Stallbüro und holte den alten Laptop. Zurück in der Stube kroch sie unter die Eckbank, um ihn einzustecken, und stellte ihn dann vor das Bügelbrett auf den Tisch. Langsam fuhr er hoch. In der Zwischenzeit füllte sie Wasser ins Bügeleisen und heizte es auf. Fast hatte sie das Gefühl, etwas Verbotenes zu tun. Videos anschauen, und das am helllichten Vormittag, während draußen die Sonne strahlte und offenbarte, dass die Fenster schon ewig nicht mehr geputzt worden waren.

Susanne dachte an den gestrigen Elternabend der Erstkommunionkinder zurück. Nach dem Anstoßen mit dem dritten Gespritzten in der »Sonne« hatte eine der Mütter angefangen zu schwärmen: von der neuen Lust am Aufräumen, von Nachhaltigkeit-Blogs, vom achtsamen Bügeln und inspirierenden Podcasts, die jedes Wäschefalten zu einem freudvollen Erlebnis voller Alltagswunder werden ließen. Susanne vergewisserte sich noch einmal, dass der Pick-up weg war, und öffnete den Internet-Explorer. Stirnrunzelnd betrachtete sie den Wäscheberg. Wenn sie sich mit dieser Arbeit anfreunden könnte, ja, dann wäre ihr wirklich geholfen. Sie stellte sich vor, wie sie sich morgens unter der Dusche auf den Wäschekorb freuen würde. Das Visualisieren eines freudvollen Alltags gehörte anscheinend zu jeder erfolgreichen Morgenroutine. Sie lachte leise vor sich hin – in einer Frauenrunde wurden manchmal recht seltsame Themen besprochen. Sie war da nur staunende Zuhörerin. Der Alltag mit Großfamilie, Feriengästen und Hofarbeit ließ ihr keinen Raum für derlei Gedankenexperimente, Für-mich-Zeit-Inseln und Wohlfühlauszeiten. In ihrem Kopf drehten die alltäglichen Fragen ihre Dauerrunden: Was koche ich heute? Wann hat David das letzte Mal gebadet? Wie finde ich heute Zeit für einen Spaziergang mit Rico?

Zögernd öffnete Susanne YouTube. Mit zwei Fingern tippte sie in das Feld mit der Lupe den Namen eines Gurus, von dem sie als Einzige bis gestern Abend noch nichts gehört hatte. Aber wenn Ahina, Christl und Sandra ihn so hilfreich fanden, dann würde sie es heute wagen und mit seiner Hilfe den Alltag neu erfahren. Sie scrollte durch die angebotenen Titel. Raus aus der Komfortzone, rein in die Selbstliebe, Formeln für Glück und

Erfolg und gelingende Beziehungen, aufs Herz hören, wahre Werte leben und Nein sagen lernen. Sie schüttelte den Kopf. Kein Wunder, dass sie jedes Jahr als Elternvertreterin zur Verfügung stehen musste. Alle anderen Mütter zogen sich diese Videos rein und konnten viel besser Nein sagen und den eigenen Erfolg in den Vordergrund stellen. Allein diese Titel gaben allen die Ausreden an die Hand, um sich nicht mehr einzubringen, kein ehrenamtliches Engagement mehr zu zeigen und kein unkompliziertes Ja mehr über die Lippen zu bringen. Deshalb war das Gemeindeleben so zäh und einseitig geworden. Diese Weiber! Hörten auf einen langhaarigen Möchtegern-Jesus und ließen sich die Ausreden zum Nichtstun und Wellnessen und Sich-in-den-Mittelpunkt-Stellen über einen Gratis-Videokanal liefern. Denen würde sie es zeigen!

Nach jahrzehntelangem »ja, natürlich, gern« würde sie es sich nun verkneifen. Die würden sich noch wünschen, ihr nie erklärt zu haben, was ein Podcast oder spiritueller Coach ist. Sie würde sich alle Videos ansehen, an Wäsche mangelte es zum Glück nicht – und dann konnten die Damen im Kindergarten, in der Schule, in der Gemeinde, beim Kirchenchor, bei den Landfrauen, im Pfarrgemeinderat, beim Obst- und Gartenbauverein, beim Ferienprogramm und bei der Erstkommunionsvorbereitung sich eine andere Doofe suchen. Und die Kinder würden staunen, und Pirmin, und erst recht die Schwiegermutter. Susanne lachte laut auf. Ja, sie würde starten mit: Nein sagen lernen. Das schien genau die richtige Lektion für sie.

Susanne stellte den Ton auf hundert Prozent, drückte auf Start und holte das erste Handtuch aus dem Korb. Routiniert faltete sie das fadenscheinige Stück und legte es auf den Tisch. Nach dem fünften Duschtuch hatte der Guru seine einschmeichelnde Begrüßung beendet und versprach, nun auf die Kraft des Neins zu sprechen zu kommen. In seiner Stimme klangen eine Weichheit und Zartheit, die in Susanne Aggressionen auflodern ließen. Konnte der nicht normal reden? Sie wollte während des Zuhörens etwas erledigen und nicht schlafend in den Bettwäschekorb sinken. Enttäuscht legte sie das letzte Handtuch auf den Stapel und ging zum Laptop, um ein anderes Video auszuwählen. Doch während sie nach einem neuen Titel scrollte, schrie ihr der Typ aus dem Laptop laut entgegen: »Fick dich! Nein!« Susanne erstarrte. So ein Vollidiot. Hatten die anderen sie nur verarschen wollen, als sie ihr diesen Guru empfahlen? Sie klappte den Bildschirm zu und zog den Stecker. Ohne Strom ging der Laptop schon lange nicht mehr. Fertig. Thema erledigt. Wer sprach öffentlich diese Worte laut aus und war noch sichtlich stolz darauf? Nein, ein unmöglicher Typ. Von dem würde sie die Finger lassen.

Aufgewühlt wandte sich Susanne wieder der Bettwäsche zu. Auf so etwas konnte sie verzichten. Zur Beruhigung begann sie eine alte Melodie zu summen. Ein Lied über den schmelzenden Schnee und den nahenden Frühling. Sie schüttelte schwungvoll die Bettbezüge, und ihre Gedanken wanderten vom letzten Streit mit Pirmin über die Reinigung der Ferienwohnung zur bevorstehenden Goldenen Hochzeit ihrer Schwiegereltern. Susanne freute sich darauf, ihre große Familie und die Verwandtschaft um sich zu scharen. Sie schnappte sich einen schweren, duftenden Stapel Bettwäsche, um ihn in dem alten Bauernschrank in der Diele zu verstauen, als das Festnetztelefon klingelte. Schnell legte sie den Stapel zurück auf den Tisch und eilte in die Küche.

»Susanne Herz«, meldete sie sich.

»Menschenskind Susi, hoj, hier ist Christl. Du bist daheim? Ich habe mir schon Sorgen gemacht. Schaust du denn den ganzen Tag nie aufs Handy? In unserer Gruppe ist die Hölle los!«

»Hoj, Christl. Ich weiß grad nicht, wo es liegt. Worum geht es denn? Kann die Solistin in der Osternacht jetzt doch nicht?«

»Ich meine nicht die Kirchenchorgruppe, in der Familiengruppe geht's rund. Die Mesmerin meinte, dass wir den Kirchenschmuck selbst machen sollen. Zu der Zeit ist sonst kein Fest, und Grete, die sonst die Kirche schmückt, ist mit Pater Pius auf einer Wallfahrt, und wenn wir's schön haben wollen ... Also, jedenfalls hat irgendwie niemand Zeit dafür, denn wir machen ja alle schon Torten und Kartoffelsalat, und da dachte ich, also, du weißt selbst, du hast doch ein Händchen dafür, das würde sicher allen gefallen. Du hast dich zwar nicht gemeldet, aber alle sind einverstanden und vertrauen dir voll. Mein Gott, bin ich froh, dich erreicht zu haben. Diese Ungewissheit hätte mich noch fertiggemacht. Da wird allen ein Stein vom Herzen fallen.«

»Christl, mal langsam. Ich kann die Kirche nicht dekorieren.«

»Natürlich. Du bist die Kreativste von uns, Susilein. Wer denn sonst? Wir sind auch gern bereit, ein paar Franken beizusteuern, aber so wie wir dich kennen, findest du eh alles, was du brauchst, im Wald und auf dem Hof. Das bewundern wir doch alle so an dir. Dass du quasi aus nichts so lässige Sachen zaubern kannst.«

»Es ist Februar. Draußen liegt Schnee. Aber vielleicht ...«

»Ach, Susi. Susilein, du bist die Beste! Ich wusste, dass du nicht Nein sagen wirst. Danke dir! Wirklich! Was würden wir nur ohne dich tun?«

Das Besetztzeichen ertönte. Ihre Schwägerin hatte aufgelegt.

Wie in Trance ging Susanne ins Wohnzimmer, am Wäschekorb vorbei, direkt zum Fenster. Sie öffnete es, ließ die kühle Luft herein und schrie, so laut sie konnte: »Fick dich! Nein!« Von sich selbst überrascht, schloss sie das Fenster und wandte sich dem Sockenhaufen zu. Zum ersten Mal in ihrem Leben hatte sie so ein übles Wort über die Lippen gebracht, und es fühlte sich gut an. Irgendwie verwegen. Sie grinste. Es hatte eben Vorteile, abgelegen zu wohnen. Wer weiß, vielleicht sollte sie öfter mal zum Fenster raus schreien? Wenn Pirmin beim Après-Ski kein Ende fand, obwohl im Stall die Kühe muhten, oder wenn die Schwiegermutter wieder mal besser wusste, welches

Brot die Gäste zum Frühstück erwarteten. Wenn wieder mal jeder irgendetwas von ihr wollte, aber keiner an ein Danke dachte. Fenster auf, schreien, Wut rauslassen. Ja, das war besser, als alles zu schlucken und nur zu nicken. Es hatte sie erleichtert. Sie musste sich gar nicht über Christl aufregen. Na gut, ein bisschen schon. Vielleicht half eine Wiederholung. Sie warf die Socke zurück in den Korb und öffnete das Fenster mit Schwung. »Fickt euch! Alle!«, sie holte tief Luft. Da klingelte es an der Haustür. Sie schloss das Fenster und murmelte leise: »Godverdammi, so ein Sch ...«

Susanne spürte, wie ihr die Hitze ins Gesicht stieg. Wer immer da draußen stehen mochte, er hatte ihren Schrei gehört. Sie sah sich hektisch um. Eilends schaltete sie den Fernseher ein und stellte den Ton auf volle Lautstärke, dann rannte sie zur Haustür und versuchte, ein Lächeln auf die Lippen zu zaubern. Sie öffnete die Tür und wich überrascht zurück.

»Frau Prinz?«

Hinter der Dame in der neonpinken Daunenjacke stand ein bärtiger Mann im gefütterten Karohemd. In seiner kräftigen Faust hielt er ein Bündel aus fünf Leinen, an deren Enden jeweils ein Mini-Hund hing.

Susanne fasste sich rasch. »Herzlich willkommen, liebe Familie Prinz!«

Sie schüttelte der Dame erfreut die Hand, dann wandte sie sich dem Mann zu. »Sind da zwei dazugekommen? Im Herbst waren es doch erst drei?«

Der Holzfällertyp nickte stolz. Susanne strich einem der Fellwuschel über den Kopf. Sie musste Zeit gewinnen. Und Klarheit. Heute war Freitag. Wollten sie nicht erst samstags anreisen? Hatte sie da etwas verwechselt?

»Liebe Frau Susanne«, sagte Frau Prinz mitten in ihr Gedankenchaos hinein, »es ist ja so wunderbar, dass wir schon einen Tag früher kommen durften. Wir hatten solche Sehnsucht nach dem schönen Appenzeller Land. Und gestern hatten wir mit Pirmin so ein nettes Gespräch. Ich dachte, er wäre heute auf der Piste, aber anscheinend ist bei Ihnen daheim ordentlich was los.« Sie lächelte verständnisvoll. »Uwe und ich sind auch nicht immer einer Meinung. Nur, wenn es um die Wahl des Urlaubszieles geht, da sind wir uns einig, oder, Schatz?«

Susanne schüttelte verdattert den Kopf. Da stritt tatsächlich jemand lautstark. Sie erinnerte sich.

»Das ist nur der Fernseher. Die Katze liegt manchmal versehentlich auf der Fernbedienung, und wenn es ihr dann zu laut wird, stolziert sie beleidigt davon.«

Susannes Kopf rotierte. Die Betten in der Ferienwohnung waren nicht bezogen, die Handtücher lagen auf dem Küchentisch, und der Wasserkocher war mit Essig gefüllt. Irgendwie musste sie das Gespann noch für eine Stunde loswerden. Und Pirmin konnte sich auf was gefasst machen. Wieso hatte er nichts gesagt?

»Hatten Sie denn eine gute Fahrt?«, fragte sie höflich.

Frau Prinz nickte. »Die Benzingebühren in der Schweiz sind ja mittlerweile der Wahnsinn, aber ansonsten – danke, alles gut. Ein wenig erschöpft sind wir, von dem Stress in der Firma, aber hier werden wir uns wunderbar erholen. Ich werde erst mal ein kleines Nickerchen machen, die lange Fahrt hat mich doch ziemlich müde gemacht.«

»Vielleicht wollen Sie zuvor mit den Hunden eine Runde drehen? Im frischen Schnee. Das Licht ist heute besonders bezaubernd.«

»Wir haben erst vor einer Viertelstunde eine Pinkelpause gemacht. Mein Uwe konnte es nicht mehr aushalten.« Frau Prinz lächelte vielsagend. »Die Hunde sind unkompliziert.«

Im Wohnzimmer brüllten die Sirenen von Polizei und Feuerwehr um die Wette. Auch in Susanne gingen immer mehr Lichter an. Sie schaute auf die Uhr. Schon halb zwölf. Sie sollte ein Essen auf den Tisch bringen und die Jungs im Dorf abholen. Was machte sie nur mit diesen beiden? Während Frau Prinz den Kofferraum öffnete, kam Susanne ein Geistesblitz, und sie sagte: »Bevor ich's vergesse: Pirmin freut sich ja so über Ihr Kommen. Er kann es kaum erwarten. Er wollte Sie gleich heute Mittag zum Essen einladen. Er erwartet Sie um halb eins im Panoramarestaurant. Am besten, Sie machen sich gleich auf den Weg.«

»Ehrlich?« Frau Prinz strahlte. »Uwe, Schatz, erinnerst du dich noch an die weltbesten Käsespätzle, die wir letztes Jahr da oben gegessen haben? Oh, das wäre jetzt tatsächlich ein herrlicher Einstieg in unsere Urlaubswoche.«

Herr Prinz nickte und hielt mit den Hunden wieder auf das Auto zu.

»Und grüßt ihn von mir«, brachte Susanne noch an, dann knallten die Autotüren zu, und der tiefergelegte BMW fuhr langsam vom Hof. Sie wischte sich erleichtert ein paar Locken aus der Stirn. Doch als sie sich umdrehte, um ins Haus zu gehen, fuhr quietschend der gelbe Kastenwagen der Postlerin auf den Hof. Sie reichte Susanne die Briefe durch die geöffnete Fensterscheibe.

»Danke«, sagte sie automatisch, obwohl ihr innerlich vor neuen Rechnungen graute.

»Ich wünsche dir ein schönes Wochenende«, sagte die Postlerin und wendete gekonnt.

Wochenende? Es war doch erst Freitagmittag. Susanne schaute die Briefe durch. Einer war handschriftlich und persönlich an sie adressiert. Spannend! Das war fast wie Geburtstag. Sie legte die Post für Pirmin in das Stallbüro und setzte sich mit ihrem Brief in seinen Schreibtischstuhl. So viel Zeit musste sein. Dann gab es eben Klapptoast zu Mittag. Sie öffnete das Kuvert mit einem Geodreieck und entnahm aufgeregt das zusammengefaltete Papier. Eine Einladung. Sie hielt Ausschau nach einer Unterschrift. Ein Lächeln überzog ihr Gesicht. Franziska. Sie kannte nur eine Franzi. Das war doch nicht möglich? Ihr Herz pochte vor Freude aufgeregt. Was für eine schöne Überraschung! Apropos Überraschung ... sie drückte den Brief an ihren Busen und hetzte ins Haus.

Im Wohnzimmer schnappte sie den Stapel Handtücher,

und in dem Moment fiel ihr ein, dass sie Pirmin Bescheid geben musste. Da hatte er ihr einen ordentlichen Mist eingebrockt. Aber das würde sie am Abend mit ihm klären. Sie suchte fieberhaft nach dem Handy. Ein Blick auf die Uhr am Herd. Noch sieben Minuten, dann musste sie ins Dorf und die Jungs einsammeln. Hinter einem Kissen auf der Couch fand sie das Handy. 42 neue Nachrichten in der Familiengruppe. Eine Mitteilung von Pirmin. Susanne öffnete sie. »Die Prinzenbande kommt schon morgen. Die Wohnung ist frei, also habe ich zugesagt. Ich wünsch dir gute Nerven.« Dazu ein Smiley mit Kussmund. Angekommen war die Nachricht um 15.10 Uhr. Gestern.

drei

Linda Lenz schaute aus dem Fenster ihrer Wohnung. Der Februar zeigte sich dieses Jahr in eintönigem Grau. Keine einzige Schneeflocke hatte den Weg nach Stuttgart gefunden. Es war trostlos. Die Sonne hielt sich meist versteckt, und der Nieselregen vermieste jeden längeren Spaziergang. Sie wünschte sich einen schützenden Kokon. Das Leben verlangte momentan viel von ihr. Das war umso beunruhigender, da sie es sich in den vergangenen Monaten in ihrer Gute-Welt-Blase richtig gemütlich eingerichtet hatte. Doch wie ein Sturm im April war ihr in den letzten Tagen allerhand dazwischengefegt und hatte die Blase platzen lassen. Ungeschützt und verletzt hockte sie in ihrem Lebenschaos und wusste nicht, wohin. Sie wartete ab. Das Leben würde sie von selbst weiterschubsen.

Mit müden Beinen ging sie in die kleine Küche und schaltete den Wasserkocher ein. Ihr Kopf fühlte sich leer an, anders als in den täglichen Meditationseinheiten, wenn Gedanken wie lästige Fliegen umherschwirrten. Mechanisch griff sie nach der Teetasse, gab getrockneten Salbei hinein und füllte sie mit Wasser auf, dann steuerte sie zurück an den Tisch. Ganz automatisch schaltete sie ihren Laptop ein. Kurz hielt sie inne. War sie bereit dazu? Sie versuchte, in sich hineinzufühlen. Sie spürte nichts.

Alles schien wie betäubt. Alle Lebensenergie aufgebraucht, die Batterien leer. Sie brauchte Aufmunterung, oder zumindest das Gefühl, nicht allein zu sein. Das Alleinsein, das sie in den letzten Jahren so schätzen gelernt hatte, war einer erdrückenden Einsamkeit gewichen.

Routiniert loggte sie sich auf die Coaching-Plattform ein, bei der sie seit Jahren aktives Mitglied war und die sich mittlerweile fast heimatlich anfühlte. Sie hatte niemanden zum Reden vor Ort, also behalf sie sich mit Chats und persönlichen Nachrichten an Gleichgesinnte. Sie klickte auf den öffentlichen Chat und scrollte nach oben. Mal schauen, wer gerade online war. Sie lächelte, als sie den Namen Beate entdeckte. Beate Wiemann war eine jener Frauen, die ihr wirklich ans Herz gewachsen waren.

Linda öffnete das Feld für die persönlichen Nachrichten und schrieb: »Beate, meine Liebe, was gibt es Neues bei Dir?«

Sie wartete nur kurz, dann ploppte die Antwort auf ihrem Bildschirm auf. »Liebe, wie schön, dass Du da bist. Hast Du den heutigen Tagesimpuls schon gelesen?«

»Mir fehlt leider gerade die Muße zum Lesen. Worum geht es denn?«

»Um das Rückwärtssehen.«

»Rückwärts? Ich kapiere heute nichts, mein Kopf ist leer. Sorry.«

»Du kannst lernen, immer dann, wenn Du in einer beschissenen Situation steckst, Dir vorzustellen, wie Du später darauf zurückschaust und erkennst, was sie Dir

Gutes gebracht hat. Verstehst Du? Im Nachhinein ergibt alles Sinn. Alles, was Dir passiert, ist Teil Deines großen Lebensplans. Dieser Gedanke tut mir gerade so gut. Jeder Beinbruch ist ein Geschenk. Ich muss ihn nur als solches betrachten.«

»Schön für Dich, wenn du allen Mist als Kompost sehen kannst. Nur geht das leider nicht, wenn man bis zu den Ohren drinsteckt.«

»Ach, Linda. Was ist denn los? Kann ich was für Dich tun?«

»Ich fühle mich in einem ausweglosen Abwärtsstrudel gefangen, mittendrin in der Scheiße. Aber so richtig. Ich komme da allein nicht raus.«

»Probleme mit Deinem Seelengefährten?«

Lindas Tränen kullerten über ihre geröteten Wangen. Der Bildschirm verschwamm vor ihren Augen. Sie stand auf und holte sich ein frisches Papiertaschentuch. Zögerlich tippte sie weiter.

»Er ist ein egoistischer Narzisst. Er denkt immer nur an sich.«

»Oje. Du Arme. Ich drück Dich mal virtuell! Aber Du weißt, jede Krise lässt Dich wachsen. Er wird nicht der Richtige sein, da wartet sicher schon ein Besserer auf Dich. Vertrau dem Leben!«

»Er ist gar nicht das größte Problem. Meine Vermieterin hat mir gekündigt, und ich brauche dringend einen Job, aber bei der Beratung sagen sie, mein Alter sei schwierig.«

Linda schluchzte laut auf. Es tat weh, jemandem von dem Chaos in ihrem Leben zu berichten. Sie fasste sich an die Brust und schloss die Augen. Den Seelenschmerz annehmen und fühlen, so konnte sie ihn transformieren, sagte ihr Verstand, und doch wollte sie nichts lieber, als diesen hässlichen Schmerz aus dem Herzen zerren und darauf herumtrampeln, bis er verreckte.

»Die Wohnung wurde Dir gekündigt? Bis wann?«

»Sofort. Ende Juni setzen sie mich vor die Tür, aber ich will hier nicht weg, ich fühle mich hier so frei und wohl wie nirgendwo sonst.«

»Meine Liebe. Du übertreibst. Denk an Deinen Nachbarn mit der Motorsense. Das ist die Chance, einen besseren Ort zu finden.«

Linda schüttelte den Kopf und tippte hastig: »Ich will nicht weg. Es gibt hier keine Wohnungen, die auch nur annähernd erschwinglich sind.«

»Dann erfüll Dir jetzt Deinen Traum.«

»???«

»Ach, Schätzchen, seit Jahren träumst Du von einer Reise durch Skandinavien, allein mit der Gitarre und einem Camper. Das Leben serviert Dir die Chance dazu auf dem Silbertablett. Greif zu!«

Es war ein Fehler gewesen, Beate zu schreiben. Sie zeigte keinerlei Verständnis für die Situation. Das optimistische Getue ging Linda gehörig auf die Nerven.

»Ich habe kein Geld, Liebe.«

»Sei mutig für Deinen Traum. Wenn es das Richtige ist,

wird sich das Geld finden. Sei zuversichtlich, glaube daran, male es auf Dein Visionboard!«

Ha, ha. Jetzt hätte Linda am liebsten laut gelacht. An was sollte sie glauben? An die Behörden, die ihr Geschäft mit Strafzahlungen in den Ruin treiben wollten? An ihren Exmann, der sich von vornherein mit einem schäbigen Vertrag für die damals schon vorauszuahnende Scheidung abgesichert hatte? Vertrauen in Hartz IV, das nicht mal reichte, um im nächsten halben Jahr die Strafe abzuzahlen? Vertrauen in was? Glauben an Gott oder ans Schicksal?

Ihr Herz klopfte immer schneller. Sie steigerte sich da in etwas hinein. Sie musste raus aus der Situation.

»Danke«, schrieb sie an Beate. »Es wird schon werden.« Schnell loggte sie sich aus und trat auf den kleinen Balkon.

Ja, in Momenten, in denen es uns gut geht, ist dieses spirituelle Palaver richtig nett. Aber wenn's einem schlecht geht, sollte man auch mal fluchen und unvernünftig sein dürfen. »Zefix noch mal, verdammter Mist! Was mache ich nur?«

Sie sah das gelbe Elektrofahrzeug in die Auffahrt des Nachbarhauses einbiegen. Die Post! Vielleicht kam endlich der langersehnte Kettenanhänger, den eine Facebook-Freundin ihr als Talisman versprochen hatte? Sie könnte ihn dringend brauchen. Hoffnungsvoll ging sie die Treppe hinunter und zog die Post aus dem Fach. Leider war kein kleines Päckchen dabei. Dafür ein Kuvert mit handgeschriebener Adresse. Vorsichtig tastete sie – nein, es war nur Papier. Enttäuscht und kraftlos ging sie Stufe für Stufe nach oben und legte sich in die Hängematte. Unmotiviert öffnete sie den Umschlag und zog den gefalteten Bogen heraus.

Ein kleines Klassentreffen? Alte Schulfreundinnen? Alles in ihr sträubte sich dagegen. Sie atmete tief ein. Ich muss da nicht hin. Ich werde niemandem auf die Nase binden, wie beschissen es mir geht. Keine Wohnung, kein Beruf, kein Geld, keine Freundinnen, kein Mann. Das ist allein mein Leben und geht euch gar nix an! Sie pfefferte die Einladung in den Papierkorb und schloss die Augen.

vier

Der Himmel am Horizont brannte, leuchtete hinter den dunklen Nadelwäldern in Warnfarben. Katja Stark bog in den Weg zu ihrem Blockhaus ein. Von Innsbruck herauf war es auf dem kleinen Plateau kaum zu sehen, doch von hier oben war der Ausblick grandios. Unter ihr die Stadt, grau und rot das Häusermeer, dicht an dicht, die Autobahn mit Fahrzeugen, endlos rauschend gleich einem Bach, und am Stadtrand grüne Nadelwälder, angezuckerte Lichtungen und strahlend frischer Schnee auf den Berggipfeln im Hintergrund.

Voller Vorfreude gab Katja noch einmal Gas und bremste erst kurz vor der Haustür scharf ab. Endlich daheim! Ihr Zuhause machte sie glücklich. Ihr Lieblingsplatz, um einfach nur Katie zu sein, alle Rollen abzustreifen und die Füße hochzulegen. Hier oben war sie nur Mutter; hier durfte sie auch mal weich sein. Sie schloss die massive Haustür auf und stieg direkt an der Garderobe nicht nur aus den genieteten Stiefeln, sondern zog auch die schwarze Lederhose und die steife Bluse aus und ging in Unterwäsche ins Bad. Obwohl sie die ganze Woche über unterwegs gewesen war, brannte ein Feuer im Kamin, und im Bad warteten frische Handtücher auf der warmen Stange. Eine Nachricht mit der Ankunftszeit an

Luis genügte, und alles war perfekt, wenn sie ankam. Er war sein Geld mehr als wert.

Frisch geduscht, nach Rose duftend, schlüpfte sie in einen schwarzen Pulli und eine abgewetzte Armani-Jeans. Sie setzte Wasser für die Spaghetti auf, öffnete ein Glas mit Tomatensoße und schaute auf ihr Handy. Halb sechs. Sie hatte es pünktlich geschafft. Wenigstens das. Barfuß trat sie vor die Tür und schaute hinunter auf Innsbruck. Der Himmel am Horizont wurde immer dunkler, der orangefarbene Streifen wurde schmaler. Orange wie Adams Bike mit den fetten Reifen. Sie sah ihn den Weg heraufstrampeln. Ihr wurde warm ums Herz. Ihr Junge, ihr Goldschatz. Zwölf gemeinsame Jahre lagen hinter ihnen, und sie liebte ihn heute mehr denn je.

Katja würde auch jetzt nicht mit ihm schimpfen, obwohl er statt des Fahrradhelms wieder nur sein Lieblingskäppi trug. Schwarze und silberfarbene Wendepailletten mit einem Totenkopf über der Stirn. Die blonden Haare hingen strähnig auf die schmalen Schultern. Sie eilte ins Haus, um die Nudeln abzuseihen, und als sie wieder ins Freie trat, war er schon fast auf ihrer Höhe.

»Adam!«, rief Katie und lief ihm entgegen.

Er ließ sein teures Bike auf den Boden fallen und schaute sie an. Gänsehaut breitete sich über ihren ganzen Körper aus. In diesen blauen Augen lag ein Schmerz, der ihr immer wieder die Luft zum Atmen raubte.

Sie nahm ihn in die Arme. »Wie war deine Woche? Freust du dich auf die Ferien?«

Er blieb steif. Sie hielt ihn fest und schloss die Augen. Irgendwann spürte sie, wie er weicher wurde. Sie wandte den Blick zum Horizont. Ihre Gedanken glichen einem Gebet. Lass es meinem Jungen gut gehen. Lass uns den Weg gemeinsam meistern. Lass uns wachsen und stark sein. Schenke uns Kraft und Mut. Lass uns nicht allein. Sie wischte ihm sanft eine Träne von der Wange. Die eigenen verkniff sie sich. Am Horizont schluckte die Dunkelheit den letzten orangefarbenen Schimmer.

Katie drehte Spaghetti auf ihre Gabel. Adam starrte stumm vor sich hin.

»Bist du froh, dass du jetzt ein paar Tage Ferien hast?«

»Wann kommt Robert?«

Überrascht schaute sie ihn an und legte die Gabel in den Teller. »Möchtest du nicht, dass er kommt?«

»Wann kommt er?«

»Ich kann ihm absagen.«

»Wirst du ihn heiraten?«, fragte Adam und errötete.

»Nein.« Katie schluckte.

»Wieso nicht? Alle anderen Jungs gehen in den Ferien mit ihren Vätern auf den Fußballplatz oder in den Bike-Park oder zum Skifahren. Ich muss immer mit der doofen Mutter von Max zur Bike-Strecke. Ich hasse das.«

»Adam, du weißt, dass ich es am Freitag meist nicht früher schaffe. Wenn das mit dem Biken nicht mehr passt, dann überlegen wir uns etwas anderes.«

»Du behandelst mich wie ein Baby. Ich kann allein

sein, ich brauche keinen Babysitter mehr, und die blöden Spaghetti hängen mir schon lange zum Hals raus.« Er schob den Teller in die Tischmitte.

»Nicht in diesem Ton«, sagte Katie ärgerlich.

Adam warf Messer und Gabel quer durch den Raum. Sie klapperten laut, als sie auf den Boden aus Naturstein trafen. Er stand auf und kippte den Stuhl nach hinten.

»Adam!«

Er rannte an ihr vorbei, hinaus in den Flur, und nach wenigen Sekunden knallte seine Zimmertür laut ins Schloss.

Wütend stand Katie auf, schmiss die Nudeln schwungvoll in den Komposteimer und pfefferte die Teller in die Spülmaschine. Fahrig suchte sie in ihrer Handtasche nach einer Zigarette und trat auf den Balkon. Sie fröstelte. Die Sonne war untergegangen, und die Kälte hatte sich über die gesamte Landschaft ausgebreitet. Sie inhalierte tief und schaute in die Dunkelheit. Adams Wutausbruch traf sie tief. Er war ein netter, schüchterner Junge gewesen, der jedem alles recht machen wollte. Was hatte sich verändert? War es die Pubertät? Sie ließ ihn in Ruhe, obwohl sie normalerweise ein derartiges Verhalten nicht duldete.

Die Nacht verlief unruhig. Albträume plagten Katie. Adam raste mit seinem Bike über die Autobahn. Sie versuchte, ihn mit dem Motorrad einzuholen, doch er war zu schnell, überholte Ferraris und Porsches, schaute nie zurück. Sie gab Gas und noch mehr Gas, schwitzte und spürte die Angst wie eine Riesenspinne ihr Herz umklammern. Sie schaffte es nicht, ihn einzuholen, er wurde immer schneller, immer kleiner, war nur noch ein winziger orangefarbener Fleck am Horizont. Sie durfte nicht blinzeln, sie musste Gas geben. Sie atmete heftig. Irgendwann schreckte sie hoch. Sie versuchte, das beklemmende Gefühl abzuschütteln. Er durfte ihr nicht entgleiten. Niemals. Sie stand auf und trat in der Dunkelheit auf den Balkon hinaus. Leise tappte sie über die kalten Holzdielen und schaute durch das geschlossene Fenster in das Kinderzimmer. Eine Umgestaltung stand an. Das könnte ihr Ferienprojekt sein. Er war herausgewachsen aus der Playmobil-Ritterburg und der riesigen Feuerwehrstation aus Lego.

Es waren immer die gleichen Fragen, die ihr durch den Kopf schwirrten. Was veränderte sich gerade? War es die Pubertät? Oder war es an der Zeit, dass er die Wahrheit erfuhr? Würde die halbe reichen oder musste es die ganze sein? Bei dem Gedanken zog sich ihr Magen zusammen. Sie legte die Hand auf den Bauch. Sie würde es nicht schaffen. Niemand ahnte, dass sie solche Momente voller Angst und Zweifel kannte. Sie, die immer für alle Probleme eine unkomplizierte Lösung fand, die jegliche Gefühlsduselei von sich fernhielt, die immer stark und bodenständig und praktisch war. Heute musste sie sich eingestehen, dass sie ebenso schwach sein konnte – ausgerechnet sie, die Schwäche an anderen immer nervtötend fand.

Adam schlief ruhig und tief, wie es schien. Katies Herzschlag beruhigte sich. Sie atmete tief ein. Die Luft war frisch und rein. Nachdenklich ging sie ins Bad, wusch sich das Gesicht mit kaltem Wasser und trank einen Schluck. Müde schlüpfte sie zurück unter die Decke. Alles war ruhig. Doch ihre Gedanken kreisten um Adam und Robert. Sie spürte eine unerklärliche Unruhe in sich. Nach außen wirkte alles prima: cooler Job, netter Lebensgefährte, heiße Flirts, keine finanziellen Sorgen, fantastisches Haus, toller Junge. Doch in ihrem Inneren brodelte etwas. Sie konnte es nicht greifen; ihr Verstand sagte etwas anderes als das, was sie tief in ihrem Herzen fühlte.

Es war erst halb fünf, als Katie leise aufstand, sich in die Küche schlich und die Espressomaschine einschaltete. Der Mond leuchtete kugelrund durchs Fenster. Lange schaute sie in den Himmel hinauf. Sterne strahlten, vereinzelte Flugzeuge bewegten sich Richtung Süden, in einer geraden Linie, wie mit dem Lineal gezogen. Wenn das Leben nur auch so einfach wäre: Ziel eingeben und mit einem guten Navi geradewegs darauf zusteuern. Sie seufzte. Momentan wusste sie nicht mal, wo oben und unten war. Sie brauchte dringend ein paar freie Tage, noch besser wären einige Wochen Auszeit, doch das konnte sie sich beruflich nicht leisten. Sie füllte frisches Wasser in den Tank und wählte eine große Tasse. Die Maschine brummte. Ein beruhigendes Geräusch, so vertraut. Dann der Duft nach frisch gemahlenem Kaffee. Einfach ankommen und alles gut sein lassen.

Der Espresso weckte Katies Lebenslust. Spontan nahm sie ein Päckchen Butter und frische Hefe aus dem Kühlschrank, dazu Mehl, Rosinen und Mandelsplitter. In der großen Schüssel, die noch von ihrer Großmutter stammte, begann sie einen Hefeteig nach altbewährtem Familienrezept zuzubereiten. Dieser Duft würde das geliebte »Daheim-Gefühl« bis in Adams Zimmer tragen. Sie knetete kraftvoll und dachte wehmütig an ihre geliebte Großmutter zurück. Sie sah das freundliche, faltige Gesicht vor sich. Zu gern würde sie mit dem Finger über Omas Wangen streicheln. Was sie ihr wohl raten würde?

Katie formte den Teig zu einer schönen Kugel und bestreute diese leicht mit Mehl. Behutsam legte sie die Teigkugel in die Schüssel. Hefeteig brauchte Zuwendung und Wärme. Wie Adam. Sorgfältig deckte sie die Schüssel mit einem frischen Leinentuch ab und stellte sie neben die noch warme Kaffeemaschine. Sie wusch sich die Hände, säuberte die Arbeitsplatte und nahm sich eine Zigarette. Die Couchdecke umgelegt, setzte sie sich auf die oberste der drei Holzstufen vor der Haustür. Ihr Blick fiel auf den Briefkasten. Sie hatte gestern gar nicht mehr daran gedacht, hineinzuschauen. Sie legte Feuerzeug und Zigarette neben sich und holte einen ganzen Stapel Briefe und Rechnungen heraus.

Das Kuvert, das von Hand beschriftet war, öffnete sie als erstes. Neugierig langte sie nach dem Zettel im Inneren. Eine Einladung. Mit Mühe entzifferte sie die Unterschrift. »Franziska«. Katie überlegte kurz, ob der Brief im falschen Briefkasten gelandet war, doch da stand eindeutig ihre Adresse. Verwundert begann sie zu lesen: »Zwanzig Jahre ist es her ...« Da ging ihr ein Licht auf.

Franzi – ihre alte Freundin aus dem Internat. Die sportliche, fitte Skispringerin. Wie um Himmels willen kam die plötzlich auf die Idee, ihr eine Einladung zu schicken? Der Kontakt zu den Mädels war direkt nach der Matura abgebrochen. Damals, mit neunzehn, hatte Katie es eilig gehabt, aus dem idyllischen Ländle zu verschwinden. Während der Studien- und Feierjahre in Wien hatte sie nur sehr selten an die alten Freundinnen zurückgedacht. Das Leben ging vorwärts. Sie hielt sich normalerweise nicht mit sentimentalen Rückschauen auf. Doch dieses Treffen konnte spannend werden. Sie selbst jedenfalls konnte stolz auf sich und ihr Leben sein. Nur das Wort »Bergwanderung« lastete wie ein tonnenschwerer Stein auf ihr. Konnte es nicht einfach ein Wellnesshotel sein?

fünf

Die ganze Nacht hindurch hatte sich Franziska unruhig im Bett hin und her gewälzt. Fragen und Zweifel hatten ihre Träume geflutet und die tiefsten Ängste aus den Löchern gelockt. Sämtliche Ahnungen und Vorbehalte gegenüber Elinas Aufbruch nach Berlin hatten in der Nacht an Intensität zugenommen und Schlaf und Erholung ferngehalten. Immer wieder hatte sie versucht, sich von Elinas Fortgang abzulenken. Doch selbst der Gedanke an die verschickten Einladungen hatte keinerlei Freude oder Zuversicht verbreitet, sondern Albträumen die Tür geöffnet. Träume von abgestürzten Freundinnen, von Blitzschlag und Vermissten, von Zicken ohne jegliche Sympathie. Was für eine Schnapsidee! Konnte ein verstauchter Knöchel einem derart das Gehirn vernebeln?

Erleichtert stellte Franziska den Wecker aus, der sie kurz vor fünf Uhr von einem weiteren verstörenden Traum erlöste. Sie setzte sich im Bett auf. Die Stille war ungewöhnlich. Kein Mensch im ganzen Haus würde an diesem ersten Märzwochenende in aller Herrgottsfrühe aufstehen. Doch Elina hatte extra eine Verbindung ausgesucht, damit Franziska sie frühmorgens nach Lindau fahren konnte. So wäre sie wieder daheim, wenn Mara gegen sieben erwachte. Der Bus hatte sich als die günstigste Alternative herausgestellt. 17,99 Euro für ein Ticket von Lindau nach Berlin. Für eine Person. Einfach. Ohne Rückfahrt.

Franziska zog sich eine bequeme Jogginghose und einen warmen Kapuzenpulli über, ging kurz ins Bad, band die Haare zu einem Pferdeschwanz und schaltete in der Küche den Wasserkocher ein. Sie stemmte die Hände in die Hüften und dehnte ihren Körper, indem sie den Kopf so weit wie möglich nach hinten streckte und dann in einer fließenden Bewegung bis zu den Knien führte. Sie wiederholte die Übung sieben Mal, dann sprudelte das Wasser, und sie suchte nach einem energieversprechenden Teebeutel. Mit der Tasse in der Hand setzte sie sich auf den Stuhl vor dem Küchenfenster und lauschte auf die Geräusche in ihrer Wohnung. Die Küchenuhr tickte. Mara atmete im Schlaf laut mit offenem Mund, und im Badezimmer rauschte das Wasser. Elina war schon aufgestanden.

Franziska trank kleine Schlucke und scrollte auf dem Handy durch die Nachrichten. Eine neue Grippewelle. So wie jedes Jahr. Franziska schüttelte den Kopf. Auch in ihrem Leben schien sich alles zu wiederholen. Nur dieser Tag heute war einmalig. Leider. In einem der Nachbarhäuser ging Licht an. Da polterte Elina in die Küche. Sie trug ihre Doc Martens, eine weite, grün karierte Hose und ihren Rucksack, den sie vor Jahren auf einem Flohmarkt geschenkt bekommen hatte. »Können wir los?«

»Hast du deinen Pass? Ticket und Handy?«

Franziska übersah das genervte Augenrollen.

»Du musst etwas essen. Nimm dir wenigstens einen Joghurt.«

»Können wir?« Elina nahm ihren schwarzen Poncho vom Haken im Flur. »Gitarre und Koffer habe ich gestern schon ins Auto gepackt.«

»Willst du dich kurz von Mara verabschieden?«

»Mum. Ich habe ihr gestern tschau gesagt. Sie schläft.« Elina öffnete die Wohnungstür, und eine Welle kalter, abgestandener Luft drängte vom Treppenhaus herein. Franziska erhob sich, strich Mara mit einer leichten Handbewegung über die kurzen Haare.

»Ich bin bald wieder zurück. Dann sind wir nur noch zwei.«

Franziska folgte Elina hinunter zum Parkplatz. Sie stiegen in den altersschwachen Citroën mit der behindertengerechten Ausstattung. Elina stülpte ihre Kopfhörer über und schaute aus dem Autofenster. Franziska schaltete das Radio aus. War es ein Fehler, dass sie ihre Tochter gehen ließ? Ihr Baby zog allein in die Welt hinaus. Sie selbst blieb hier. Gefangen in diesem Hochhaus. Eine Adlerin in einem Käfig für Kanarienvögel. Langsam ließen sie die Dunkelheit hinter sich und fuhren schweigend in die anbrechende Dämmerung hinein.

»Du kannst mich an der Haltebucht beim Lindaupark rauslassen«, sagte Elina und steckte die Kopfhörer in den Rucksack. Franziska fuhr an der Haltestelle vorbei. »Ich werde da vorn parken und mit dir auf den Bus warten.«

»Nein, Mum, fahr heim zu Mara, ich komme schon klar.«

Franziska stellte den Wagen ab und stieg aus, um den Kofferraum zu öffnen. Elina verzog das Gesicht, nahm die Gitarre und den Rollkoffer entgegen und schulterte den Rucksack.

»Danke fürs Fahren.« Mit diesen Worten drehte Elina sich um und ging, ohne Blick zurück, über die noch ruhige Straße zur Haltestelle. Franziska zerriss dieser Abschied, der keiner war, schier das Herz. Sie lehnte sich an ihr Auto und schaute Elina hinterher. Was hatte sie falsch gemacht? Sie kaute heftig auf ihrem Daumennagel, vergeblich versuchte sie, die Tränen zurückzuhalten. Die Trauer und die Angst schnürten ihr die Kehle zu. Sie konnte ihrer Tochter keine guten Wünsche nachrufen, die Stimme versagte, wie sie als Mutter von Anfang an versagt hatte. Vielleicht war Elina ohne sie besser dran.

Es vergingen ein paar Minuten, bis Franziska endlich nach einem Taschentuch griff. Als sie über den großen Kreisverkehr hinweg zur Haltestelle schaute, stand der grüne Bus bereits da. Sie hatte ihn nicht kommen hören. Das Fahrzeug versperrte ihr die Sicht auf ihre Tochter. Franziska humpelte über den langen Zebrastreifen auf die andere Straßenseite. Sie konnte ihre Tochter nicht einfach davonfahren lassen. Sie wollte sie zurückhalten, sie musste es wenigstens versuchen. Der Bus verpestete die Luft. Franziska war außer Atem und hustete. Elina war bereits eingestiegen. Suchend blickte Franziska durch die Fenster. Da. Elina lief gerade durch den Mittelgang nach hinten. Franziska winkte aufgeregt. Ihre Tochter hob den Kopf, und ihre Blicke trafen sich für einen Moment. Da gab der Fahrer Gas, und der Bus glitt aus der Haltebucht auf die Stadtstraße, auf die Zubringerstraße zur Autobahn. Die Autobahn führte direkt nach Berlin. Ohne Kreisverkehr oder Wendemöglichkeit. Elina war fort.

Kurz vor sieben stellte Franziska den Motor aus. Sie war wieder zu Hause. Ein einsamer Vogel hockte auf einem kahlen Busch und sang sein trauriges Lied in den trüben Morgen. Mit langsamen Schritten stieg sie durch das Treppenhaus nach oben. Der Knöchel schmerzte. Sie würde ihn für ein Weilchen hochlegen. Mara schlief noch, atmete laut und gleichmäßig. Sie zog die Bettdecke behutsam über Maras Schulter und öffnete das Fenster, um frische Luft hereinzulassen. Es würde ein nebliger Tag werden. Das war der einzige Nachteil des Wohnens in Seenähe. Das nahm sie in Kauf. Man konnte nicht alles haben im Leben. Immer wieder musste man sich entscheiden und Kompromisse eingehen.

Franziska hörte, wie Mara sich unter der Bettdecke bewegte. Sie wachte täglich zur gleichen Zeit auf. Sanft schloss sie das Fenster und ging ans Kopfende des Bettes. »Guten Morgen, Mara, hast du gut geschlafen?«

Mara drehte den Kopf in Richtung Küche. Franziska folgte ihrem Blick. Sie starrte auf Elinas Stuhl. Der Stuhl war leer. Maras Augen weiteten sich und füllten sich mit Tränen. Wie in Zeitlupe nahm Franziska alles wahr. Ein lautloses Schluchzen drängte aus Maras Kehle. Franziska nahm ihre warme Hand mit den dünnen Fingern und streichelte sanft über den Handrücken. Sie spürte Maras Schmerzen und ihre Trauer, beides legte sich wie ein schwerer Brocken auf ihre Brust. Die geliebte Zwillingsschwester war fortgegangen. Maras Angst vor dem Verlassenwerden streifte wie eine Gänsehaut über Franziska. Sie drückte die Hand ihrer Tochter kräftiger.

»Ich werde immer bei dir bleiben. Ich werde immer für dich da sein. Ich werde dich nie verlassen, Mara.«

Mara schloss die Augen und zog die Hand unter die Decke. Franziska ging zurück in die Küche. Sie öffnete das Fenster. Sie brauchte frische Luft. Dann fuhr sie den Laptop hoch. Gestern hatte sie die Zusage bekommen, dass Mara für ein Wochenende im Sommer in dem Haus am See aufgenommen werden konnte. Solche Plätze waren rar. Zu viele pflegende Angehörige sehnten sich nach ein paar Tagen Freiheit. Sie würde absagen. Sie konnte Mara nicht abschieben. Sie würde eingehen vor Angst, dass ihre Mutter nie wiederkäme. Vor siebzehneinhalb Jahren hatte sie ein Versprechen gegeben, das würde sie nicht brechen. Nicht wegen eines Ausflugs mit Freundinnen. Wie war sie nur auf diese Idee gekommen? Versprechen waren heilig!

Als sie die Absage abgeschickt hatte, saß Franziska da wie erstarrt. Minutenlang. Sie bewegte sich erst wieder, als sie ein dumpfes Geräusch am Küchenfenster hörte, dann noch eins. Etwas war auf den Boden des winzigen Balkons gefallen. Franziska stemmte sich aus dem Stuhl und schaute hinaus. Da lag eine kleine Blaumeise. Das Handy klingelte. Ob Elina sich meldete? Nein, die Nummer war ihr unbekannt. Zögerlich nahm sie ab.

»Hallo?«

»Liebe Frau Brenner, Frau Rosalis am Apparat. Sie haben mir eben eine E-Mail geschrieben. Hätten Sie kurz Zeit für mich?«

sechs

Susanne räumte die Fahrzeuge vom Wohnzimmer in die Kinderzimmer. Der große Fendt und der kleine Steyr gehörten David, der grüne Scania und der Betonmischer mussten in Christians Zimmer, der kleine Fendt samt Ladewagen, Kreisler und Güllefass waren von Beat, und in Antons Zimmer brachte sie den Maishäcksler, die Ballenpresse und den MB-Truck. Treppauf, treppab. Den ganzen Kleinkram wie Zäune, Schleich-Tiere und Siloballen aus Plastik schmiss sie in eine Kiste und stellte die dann in den Flur, der alle Kinderzimmer verband. Danach zog sie mit Hilfe zweier Rollbretter den alten Schreibtisch ins Elternschlafzimmer und die Kommode, die noch von der Uroma stammte, in den Flur. Sie schaffte Platz für die große Feier zur Goldenen Hochzeit ihrer Schwiegereltern. Sie machte die Eckbank im Wohnzimmer frei und entdeckte unter einem Stapel alter Tageszeitungen die Einladung, die so unerwartet ins Haus geflattert war. Susanne holte sich die große Tasse mit kaltem Kaffee aus der Küche und setzte sich für einen Moment auf ihren Stuhl, die Einladung legte sie auf den Tisch. Nachdenklich trank sie einen kleinen Schluck.

Mit dem Zeigefinger fuhr sie Franziskas Unterschrift nach. Was sie wohl dazu bewogen hatte, diese Einladung zu verschicken? Sie klang besonders. Zwischen den Worten schwang etwas mit, das Susanne nicht deuten konnte. Franzi hatte immer schon gern geschrieben. Abend für Abend hatte sie im Schein der Taschenlampe ihre Tagebücher vollgekritzelt. Wie oft hatte sie sich gefragt, was es nach einem stinknormalen, öden Schultag so viel zu schreiben gab. Doch sie hatte nie nachgefragt. Franziska hatte nicht gern über Persönliches geplaudert. Auf Fragen hatte sie stets allergisch reagiert. Privatsphäre war ihr schon als Mädchen wichtig gewesen. Eigentlich seltsam, dass sie nie in ein Einzelzimmer gewechselt war.

Susanne las den Text erneut durch. Doch da stand nicht, was Franzi zu dieser Idee bewogen hatte. Da stand auch keine Telefonnummer oder Adresse. Wie konnte sie absagen? Ob sie ihre alte Zimmergenossin im Netz finden würde? Sie hatte damals am Rande mitbekommen, dass sie früh geheiratet hatte. Sie würde einen neuen Nachnamen haben. Susanne zuckte die Schultern. Sie würde ihre Absage Katja mitteilen, die war sicherlich im Internet zu finden. Aber nicht heute. Jetzt musste sie erst in die Kirche, um diese für den morgigen Ehrentag festlich zu schmücken. Sie schaute auf die Uhr. Pirmin war mit allen vier Jungs zu seiner Schwester ins Nachbardorf gefahren. Sie würde ihnen einen frischen Haarschnitt verpassen. Hier brauchte sie Pirmins Hilfe. Er musste mit anpacken, um den jetzt fast leeren Raum mit Tischen und Stühlen aus den Ferienwohnungen zu füllen. Die neuen Gäste kamen glücklicherweise erst am Montag.

Als Susanne alle Kisten mit Grünzeug, Scheren, Draht, Bändern und einer Kehrschaufel im Kofferraum verstaut hatte, fuhr sie los und schaltete das Radio ein.

»*You can get it if you really want ...*«, trällerte die Stimme aus dem Lautsprecher. Sie stellte den Scheibenwischer an. Schneeregen nahm ihr die Sicht. Hoffentlich würde es morgen etwas schöner. Sonst würde es zäh, wenn sie die vielen Kinder am Nachmittag nicht rausschicken konnte.

Na ja, wollen allein reichte manchmal leider nicht, auch wenn das Lied sich munter mitsingen ließ. Susanne würde liebend gern mit den alten Freundinnen eine Nacht im Gebirge verbringen. Eigentlich gab es nichts, was sie lieber tun würde. Doch die Kinder gingen vor und die Gäste und der Hof und Pirmin und der Haushalt und der Alltag ... Susanne schluckte und schaltete genervt das Radio aus. Immer ging irgendetwas vor. Eigentlich säße sie jetzt auch lieber beim Friseur und ließe sich die Kopfhaut massieren, doch die Familienfeier ging natürlich vor. Die Verwandtschaft, die Kirche, das Dorf. Sie schluckte heftig, öffnete dann das Fenster ein klein wenig und ließ sich den feuchten Fahrtwind ins Gesicht wehen. Sie würde es schaffen. Und am Dienstag konnte sie einen Haken dranmachen und wieder zum Alltag übergehen. Vielleicht würde sie mal für eine halbe Stunde sich selbst vor alles andere stellen und einfach mitten am Vormittag ein heißes Bad genießen. Sie lächelte. Ja, so würde sie es machen. Das hatte sie sich verdient, wenn sie das Wochenende über die Bühne gebracht hatte.

Susanne suchte die Rolle mit dem weißen Band aus dem großen Korb und schnitt es in etwa sechzig Zentimeter lange Stücke. Damit würde sie die Buchskränze an den Kirchenbänken befestigen und mit einer schönen Schleife verzieren. Weiß und grün. Unschuld und Hoffnung. Hoffnung darauf, dass ihre Ehe so lange halten würde wie die der Schwiegereltern. Sie erschrak über den Gedanken. Woher kamen diese Zweifel? Welche Bedenken machten sich da in ihr breit? Natürlich würde sie mit Pirmin Goldene Hochzeit feiern. Vielleicht auf einer Reise, wenn sie den Hof an die jüngere Generation übergeben hatten, oder auf einer schönen Bergtour mit Übernachtung, wenn sie noch fit genug wären. Sicher nicht mit einem Haufen Arbeit und einem großen Fest. Außer eine der Schwiegertöchter übernahm die Ausrichtung. Sie schmunzelte und holte die Gedanken wieder zurück in die Gegenwart.

Leise vor sich hin summend schmückte sie Bank für Bank. »*You can get it if you really want …*«

Da trat die Mesmerin durch die Tür, die von der Sakristei in den Altarraum führte. Sie hatte eine Karaffe mit Weihwasser in der Hand und schickte sich an, die kleinen Becken an den Eingangstüren aufzufüllen. Als sie Susanne bemerkte, hielt sie inne.

»Grüezi. Das sieht wunderschön aus.«

»Danke, Anna. Ich hoffe, es gefällt dem Jubelpaar.«

»Bestimmt. Ein Glück, dass beide noch so fit sind und gemeinsam mit Familie und Verwandtschaft feiern können. Das gibt es nicht oft.«

»Ich hoffe, sie bleiben uns noch lange so erhalten. Gesundheit ist das Wichtigste im Leben. Mögen wir alle von Krankheiten verschont bleiben.«

»Dein Wort in Gottes Ohr«, seufzte die Mesmerin. »Ich hoffe, die Wallfahrer beten für alle Kranken und auch für die Gesunden, dass sich diese Pandemie nicht noch weiter ausbreitet. Machst du den ganzen Schmuck allein?«

»Ich mache das gern allein.« Susanne zwinkerte. »Dann kann ich es so machen, wie es mir gefällt. Ich muss ja heute nicht zum Friseur wie alle anderen, meine Locken lassen sich eh nicht bändigen.« Sie lachte ganz leise, um den lieben Gott nicht zu stören.

Die Mesmerin stellte die Karaffe auf eine Holzbank und trat näher. Sie schaute in den Korb und sagte: »Ich würde sehr gern helfen.«

Susanne reichte ihr lächelnd einen Kranz und ein Band. »Tja, dann wäre ich blöd, wenn ich Nein sagen würde.«

Anna nahm schmunzelnd den Kranz: »Man soll sich die Neins für die richtigen Augenblicke aufsparen.«

Gemeinsam arbeiteten sie sich durch den Mittelgang. Susanne zupfte nachdenklich an einer Schleife. »Es ist oft kompliziert mit den Neins. Zuerst habe ich mich geärgert, als ich diese Aufgabe übernommen habe. Aber eigentlich mache ich es ja gern. Ich möchte in diesem Moment wirklich nichts anderes tun, als die Kirche für das Fest morgen schön herzurichten. Und trotzdem habe ich mit mir gehadert, weil ich zugesagt habe. Das klingt bescheuert, oder?«

Anna drehte einen der Kränze in ihren Händen. »Mir macht Ja zu sagen auch mehr Freude als ein Nein. Wichtig ist aber, nicht nur zur Arbeit Ja zu sagen, sondern auch zum Genuss und Nichtstun, zu schönen und unnützen Sachen. Das ist eine rechte Kunst. Hör auf eine alte Frau.«

Susanne band langsam den letzten Kranz an der hinteren Bank fest. »Das kann ich nicht gut. Ich komme mir dann so egoistisch vor.«

Jetzt lachte Anna laut. »Du? Nein, Susanne, ich kenne keinen Menschen, der weniger egoistisch ist als du. Wann hast du denn zuletzt etwas gemacht, rein zu deinem Glück und deinem Vergnügen?«

Susanne setzte sich in die letzte Bank. Sie dachte angestrengt nach. Ihr fiel wirklich nichts ein, doch das konnte sie schlecht zugeben. Dann war sie selbst verwundert, als sie sich sagen hörte: »Ich werde mir im Sommer ein Wochenende freinehmen und mit alten Freundinnen eine Bergtour machen. Mit Übernachtung. Das wird herrlich. Ich freue mich riesig darauf.«

Die Mesmerin legte ihr sacht eine Hand auf die Schulter. »Das ist nicht egoistisch, Susanne. So etwas ist lebensnotwenig.«

Susanne nickte. Sie würde es tun. Ihr Herz jubilierte. Die Vorfreude machte sie schwindlig. Sie würde die Einladung annehmen.

sieben

Linda Lenz traute sich von den diversen schönen Online-Plattformen hinaus in den realen Frühling. Sie stellte den Weidenkorb auf einen morschen Baumstumpf und umschlang den Stamm der Buche mit beiden Armen. »Mein alter Freund«, sie lächelte entspannt, atmete ein und lange aus, lehnte die Stirn an die kühle, glatte Rinde und verband sich mit der Energie des Waldes. So klar. So kraftvoll. Es herrschte Aufbruchsstimmung. Der Winter war vorbei, und junge, zartgrüne Triebe warteten auf ihren Moment. Es duftete aromatisch. Grasgrün. Grün wie Lindas Iris und ihr langes Leinenkleid. Sie schloss die Augen und öffnete ihr Herz. Welche Kraft sie heute hier umgab! Sie badete darin, fühlte sich erfrischt und inspiriert, ließ sich von der hellen Energie durchfluten. »Danke dir, lieber Baumfreund. Du hast mir gefehlt. Ich komme bald wieder.«

Gestärkt nahm Linda den Korb in die Hand, ging mit ihren nackten Füßen vorsichtig um die dornigen Brombeerranken herum und erfreute sich an den Sonnenstrahlen, die in der frischen Waldluft durch die Zweige tanzten. Sie ließ sich von ihrer Intuition leiten und pflückte Kräuter für die Gründonnerstagssuppe. Neun an der Zahl sollten es sein, so hatte sie es vor vielen Jahren auf einer

Wildkräuterwanderung gelernt. Am Waldrand und in der Nähe des kleinen Friedhofs fand sie neben jungen Brennnesseltrieben, Bärlauch, Giersch, Gundermann, Sauerampfer, Huflattich, Gänseblümchen und Spitzwegerich eine ganze Handvoll Blätter Frauenmantel. Dankbar legte sie die Schätze in den Korb und sang dabei mit ihrer hellen Stimme: »*Der Mai ist gekommen, o du weite, weite Welt …*« Dem Kalender nach war erst April, doch das tat nichts zur Sache. Linda breitete die Arme aus, um im Sonnenlicht zu baden. Dieser April war verführerisch. Sonnig, stürmisch, kühl. Herrlich. Genau wie sie es liebte. Das Einzige, das sie ein wenig ärgerte, waren die vielen Menschen, die seit Ausbruch der Pandemie durch die Wälder zogen. Sie wünschte sich die Stille und Einsamkeit zurück, die sie früher empfunden hatte. Einzig hier am Friedhof war sie ungestört.

Erfüllt spazierte Linda zurück zur beschaulichen Reihenhaussiedlung in einem Vorort von Stuttgart, wo sie derzeit noch wohnte. Je näher sie der Siedlung kam, umso lauter wurde es. Die von sanftem Insektenbrummen erfüllte Luft wurde durchdrungen von Laubbläsern, Rasenmähern und elektrischen Heckenscheren. Es klang, als wäre ein schweres Gewitter im Anmarsch. Benzingeruch stieg ihr in die Nase und ließ sie husten. Gegen jedes verwelkte Blatt und jeden Löwenzahn zwischen den Pflasterfugen wurde großes Geschütz aufgefahren, allen Anzeichen des Frühlings der Garaus gemacht. Dafür zogen Plastikhasen und Schalen mit Baumarktnarzissen in die

Vorgärten ein, und Plastikeier in Neonfarben wurden in die Palmzweige gehängt. Selbst das wunderbare Auferstehungsfest wurde durch oberflächlichen Schund vermüllt. Wie sollte sich da die Seele erheben?

Einer ihrer Nachbarn schaltete seine Motorsense aus, streckte seinen gebückten Rücken ächzend gerade und fuhr sich mit der künstlich gebräunten Hand über die Stirn. »Grüß dich, Linda. Du bist schon barfuß unterwegs?«

Linda blieb stehen und nickte lächelnd. »Ein wunderbarer Frühlingstag.«

»Ja, ja, der Lenz ist da. Und die Lenz Linda ebenfalls.« Er lachte rau. »Der Frühling hat viel Unkraut im Gepäck. Soll ich bei dir im Vorgarten auch einen frischen Schnitt hinlegen?«

»Vielen Dank für das Angebot, Herbert. Ich mag Wildkräuter. Bei mir dürfen sie ungestört wachsen.« Linda hob die Hand zum Gruß und wandte sich ab.

»Wir Nachbarn wünschen uns aber eine saubere Siedlung. Dein Unkraut breitet ...«

Linda verschloss ihre Ohren und eilte davon. Sie atmete heftig. Innerlich wiederholte sie immer wieder: »Ich bin gelassen und höflich. Ich bin gelassen und höflich.« Das Mantra wirkte nur langsam, doch der Herzschlag beruhigte sich, und der Atem konnte wieder fließen, als Linda ihren Vorgarten erreichte. Dort strahlte der Löwenzahn mit der Sonne um die Wette. Jedes Jahr aufs Neue freute sie sich über die herrlichen Farbtupfer vor der

Haustür. Und irgendwo hatte sie mal gelesen: »Wenn der Löwenzahn schwierig zu kultivieren wäre, dann würde ihn jeder in seinem Garten haben wollen.«

Im Haus war es kühl. Linda stellte den Korb auf die Treppe und huschte ins Bad, um sich die eiskalten Füße zu waschen und warm zu rubbeln. Dann stieg sie die Holztreppe nach oben und öffnete die Tür in ihr Wohlfühlzimmer. Es duftete nach Orange und Moschus, die grünen Meditationskissen auf dem Sisalteppich verströmten Ruhe und Behaglichkeit. Sie schloss die Tür. Sie war dankbar für diese kleine Oase der Stille und des Rückzugs. Hier konnte sie die Tür zumachen und ungestört sein. Einfach sein. Erst jetzt entspannte sie sich tatsächlich.

Linda legte die neun Kräuter schön sortiert auf ein altes Holztablett auf ihrem Balkon und stellte es in den Schatten. So konnte sich das Kleingetier zurückziehen, und ein Waschen der Kräuter wurde überflüssig. Sie legte ihre Yogamatte in den sonnigen Bereich des Balkons und zog ihr Kleid aus. Hier war sie ungestört. Zumindest sah sie keiner. Dem ekelhaften Geruch von Grillwürsten konnte sie allerdings ebenso wenig entkommen wie den aufdringlichen Geräuschen. Es klang, als lagerten Panzer in ihrem Vorgarten. Sie holt eine kleine Flasche mit Zerstäuber und versprühte ein wenig von ihrem kostbaren Aura-Spray. Dann stand sie aufrecht, atmete achtsam ein und aus und hob beide Arme gestreckt über die Seite nach oben, brachte über dem Kopf die Handflächen zusammen, schaute zu den Daumen hoch und erschrak, als die Klingel sie aus dem Sonnengruß riss.

»Zefix noch mal!«, fluchte Linda und streifte sich das Kleid wieder über. Seit der Postbote sie vor vierzehn Tagen mitten aus der Meditation geklingelt hatte und sie ganz vergessen hatte, wie wenig sie anhatte, klingelte er wegen jedes Pakets in der Straße bei ihr. Missmutig stapfte sie Richtung Haustür. Schon vom Fenster im Treppenhaus aus sah sie das Gelb des Postautos leuchten. Sie selbst bestellte grundsätzlich nie online und würde in Zukunft auch keine Pakete mehr für andere entgegennehmen. Das wollte sie dem Postboten jetzt gleich sagen. Sie öffnete die Tür und blinzelte überrascht. Kein großes, braunes Paket vor ihren Füßen, stattdessen streckte der schmächtige Langhaarige ihr einen eingeschriebenen Brief entgegen, dessen Erhalt sie bestätigen sollte. Stirnrunzelnd unterschrieb Linda. Seit sie nicht mehr Auto fuhr, hatte sie keine Einschreiben mehr erhalten. Sie hatte doch nichts angestellt?

»Danke«, murmelte Linda, ging zurück in den Flur und drückte die Haustür geräuschvoll ins Schloss. Auf dem Weg in das obere Stockwerk dreht sie den Brief in ihren Händen. Er gab eine ungute Energie ab. Hätte sie die Annahme verweigern können? Am liebsten würde sie ihn gleich wieder loswerden. Sie könnte den Postboten fragen. Das Auto stand noch unten. Sie hetzte die Treppe hinunter und öffnete die Tür. Da klappte ihr Mund nach unten. Ihre Augen wurden immer größer. Das war ihr vorhin gar nicht aufgefallen. Ihr Vorgarten sah aus wie bei sämtlichen Nachbarn. Fehlte nur noch ein Plastikhase zwischen Baumarktnarzissen!

Weiß vor Wut stapfte Linda die Treppe wieder hinauf. Sie hätte große Lust, ihren Nachbarn zu verklagen. Aber sie wusste selbst, dass sie das niemals tun würde. In Frieden mit den Mitmenschen zu leben, war ihr viel wichtiger als alles andere. Allein der Gedanke an ein Gespräch mit einem Anwalt verursachte ihr Bauchgrimmen. Ganz ungeschoren würde sie Herbert aber nicht davonkommen lassen. Irgendetwas würde ihr einfallen. Sie griff nach der Nagelfeile, mit der sie den Brief öffnen wollte, und stach damit ein paarmal in die Luft. Ein wenig abreagieren, nach dem Entsetzen eben. Sie konnte jetzt keinen weiteren Schock ertragen. Sie würde den Brief später öffnen. Sie sank in die Hängematte. Erst musste sie wieder zu sich zurückfinden. Sie schloss die Augen und konzentrierte sich auf den Atem. Mit zu einem Energiedreieck gefalteten Händen murmelte sie: »Was ist nur momentan los? Wieso fühlt sich alles so unrund an? Ich muss stärker auf meine Gedanken achten. Die Welt ist schön. Alles ist gut. Ich bin gut. Wie schaffe ich es, mich wieder lebendiger zu fühlen, nicht nur in den Momenten im Wald? Ihr lieben Wesen um mich rum, gebt mir ein Zeichen, helft mir, gebt mir eine Richtung vor. Ich bitte euch innig darum. Ohne Hilfe sehe ich den Wald vor lauter Bäumen nicht. Ich bitte um ein Zeichen.«

Gespannt öffnete sie ihre Augen und ließ den Blick

langsam wandern, bis er von etwas angezogen wurde. Dem Papierkorb. Stirnrunzelnd stand sie auf und schaute hinein. Es war die Einladung zum Mädelstreffen, die ihr entgegenstrahlte. Unsicher schaute sie sich um. Sollte das der Hinweis der lieben Wesen sein? Sie spürte in sich hinein und fühlte ein kräftiges Ja aufsteigen. Sie griff nach der Einladung und las sie sorgfältig durch. Vorsichtig nickte sie. Dann stieg sie zurück in die Hängematte und legte sich die Einladung auf den Bauch. Erinnerungen stiegen auf. Sie hatte die Freundinnen ewig nicht gesehen, doch vor ihrem inneren Auge wurden sie wieder lebendig.

Die Einladung kam von Franziska. Ob sie immer noch so sportlich war? Damals im Internat hatte sie jeden Abend vor dem Hochbett einen Handstand gemacht, ihre Füße an der Bettleiste eingehakt und sich dann mit der Kraft ihrer Bauchmuskeln in ihr Bett hochgezogen. Von oben hatte sie auf die drei anderen hinuntergeschaut, sie war immer ein wenig auf Distanz geblieben, auf Abstand und Privatsphäre bedacht. Deshalb war Linda überrascht, dass die Einladung ausgerechnet von ihr ausging. Viel eher hätte sie auf Susanne als Absenderin getippt.

Susi, deren Busen schon mit vierzehn runder war als Lindas nach zwei Schwangerschaften. Das einfache, liebe, herzliche Mädchen, das immer, wenn jemand Sorgen oder Heimweh gehabt hatte, eine Tüte Karamellbonbons aus dem Schrank zauberte. Sie hatte zugehört, für alles Verständnis gehabt; sie war die Hilfsbereitschaft in Person gewesen. Sicher lebte sie heute irgendwo auf dem Land und hatte eine große Familie und einen riesigen Küchentisch, an dem sich das ganze Dorf wohlfühlte. Es würde schön sein, sich von ihr in die Arme schließen zu lassen.

Und dann war da noch Katja, die Vierte im Bunde, die das Schicksal damals in das einzige Viererzimmer im Internat geschickt hatte. Im darauffolgenden Schuljahr hätten sie in Zweierzimmer wechseln dürfen, doch das Kleeblatt wollte zusammenbleiben. Selbst Katja hatte sich für vier weitere Jahre im großen Zimmer entschieden. Das war die Gelegenheit, sie endlich zu fragen: »Warum?« Denn im Grunde hatten sie zwar gemeinsam Spaß gehabt, doch Katja hatte Linda immer das Gefühl gegeben, sie insgeheim zu belächeln, und stets genervt auf ihre Naivität reagiert. Das hatte sie auch klar zum Ausdruck gebracht. Doch nach außen, den anderen Klassenkameradinnen, den Lehrerinnen und Erzieherinnen gegenüber, da hatte Katja nie ein kritisches Wort über die einzelnen Blätter des Kleeblattes geduldet und sie alle vehement verteidigt. Was wohl aus ihr geworden war?

Eine Kanne Tee würde jetzt guttun. Sie suchte sich beruhigende Kräuter aus ihrem langsam zur Neige gehenden Vorrat. Melisse und Hopfen. Sie übergoss die Mischung mit kochendem Wasser und konzentrierte sich ganz auf ihren Atem, während der Tee zog. Ein. Aus. Ein. Aus. So langsam kam sie wieder in sich an. Sie goss den Tee in ihre Lieblingstasse mit dem lächelnden Buddha.

Damit machte sie es sich in dem knarrenden Rattansessel auf dem Balkon bequem. Sollte sie sich die Freude über die Einladung mit diesem Einschreiben vermiesen? Sie zuckte mit den Schultern. Es nützte nichts. Auch wenn sie ihn zuunterst in der Schublade versteckte, würde er den ganzen Tag präsent bleiben. Und in der Nacht erst recht. Beinahe ängstlich öffnete sie das Kuvert und zog die bedruckten Seiten heraus. Sie zwang sich, den Inhalt Wort für Wort zu lesen. Sie schaffte die erste halbe Seite, dann flogen die Papiere auf den Boden. Das durfte doch nicht wahr sein. Wie zum Teufel – wer wusste – wieso ... Dann dämmerte es ihr langsam. Jemand musste sie angezeigt haben. Sie wurde blass, griff nach dem Tee, konnte aber keinen Schluck trinken. Sie versuchte, den Schmerz zu fühlen. Doch da war nichts. Wie eine Statue saß sie da. Lang. Ewig lang.

acht

Katja parkte die Fat Boy vor ihrem Elternhaus und half Adam, abzusteigen und den Helm abzusetzen, bevor sie sich selbst den Helm vom Kopf zog.

»Wie war's für dich? Tut dir dein Hintern weh?«

Adam wackelte mit dem Po und lachte. »War voll cool!«

»Und wir waren schneller als gedacht. Wahrscheinlich ist Oma noch in der Sonntagsmesse.«

Adam rannte ums Haus zum Brunnen, um dort seinen Durst zu stillen. Katja legte die Helme auf die Bank neben die Eingangstür und folgte ihm. Sie sog die Luft ein. Es duftete nach Frühling, nach dem Bauernhof in der Nachbarschaft, nach Kindheit. Der Geruch würde sich nie verändern. Er katapultierte sie zurück. Sie erinnerte sich an ihren Lieblingsplatz im Apfelbaum, an harte Fußballspiele mit dem Bruder und den Nachbarjungen und an die BMX-Touren durch den steilen Wald hinter dem Haus. Der Blick auf die Gamsfreiheit würde sich ebenfalls nie verändern. Jedes Jahr war sie mindestens einmal im Sommer bis zum Gipfel gestiegen. Als Kind mit dem Vater, später mit Freundinnen und zuletzt mit ihrem Bruder. Damals. Als noch alles im Lot gewesen war. Nachdenklich setzte sie sich auf den Brunnenrand und tauchte die Hände in das eiskalte Wasser. Sie war viel zu lange nicht mehr hier gewesen.

Das stille Plätschern des Brunnenwassers wirkte beruhigend. Der Duft der Kindheit entspannte Katja. Sie fühlte sich plötzlich so leicht und frei wie schon lange nicht mehr. Lächelnd beobachtete sie Adam, der vor dem Zaun in die Hocke gegangen war und mit leisen Tönen und Zungenschlägen versuchte, den Hahn oder ein Huhn an den Zaun zu locken. Sie stand auf und trank einen Schluck von dem frischen Quellwasser. Als sie sich wieder aufrichtete, tropfte Wasser von ihrem Kinn, das sie mit der Hand wegstrich. Frisches Wasser und ein neugieriges Huhn, so einfach konnte das Leben sein.

Die Kirchenglocken übertönten plötzlich alle Geräusche. Es war Zeit für den Segen. Ihre Mutter würde kurz auf den Friedhof gehen, dem Grab einen Besuch abstatten. Erst würde sie den eingravierten Namen »Josef« mit Weihwasser bespritzen, dann »Klaus«. Sie würde die aus Holz geschnitzten Edelweißblumen in dem kleinen Marmeladenglas neu anordnen, nebenbei ein Vaterunser murmeln, ein Kreuz schlagen und langsam nach Hause spazieren. Ihre Mutter hatte Überraschungen noch nie gemocht. Ihr Tagesablauf war ihr heilig. Wahrscheinlich stand eine Grießnockerlsuppe auf dem Herd. So wie jeden Sonntag. Seit beinah achtzig Jahren.

Katja beobachtete ihre Mutter, die auf dem Gehsteig Schritt für Schritt näher kam. Sie stützte sich schwer auf den Stock in der rechten Hand, die leuchtend weißen

Haare waren zu einem Knoten gebunden, der locker im Nacken hing. Über dem dunkelgrauen Rock trug sie eine weiße Bluse und die schwarze Steppjacke, die Katja ihr vor Jahren zu Weihnachten geschenkt hatte. Sie wirkte müde, wie sie ganz langsam und stetig voranschritt. Sie war alt geworden. Eine Großmutter wie aus dem Bilderbuch. Jetzt entdeckte auch Adam seine Oma, ließ das Huhn Huhn sein, sprang auf die Füße und rannte ihr entgegen. Wie ein kleiner Junge. Katja hustete kurz, um die sentimentalen Anwandlungen loszuwerden, und freute sich über das Strahlen im Gesicht ihrer Mutter, als sie Adam erkannte. Sie legte die Helme auf den Boden, setzte sich auf die verwitterte Holzbank und wartete, bis ihre Mutter dazukam.

»Schön, diese Überraschung«, flüsterte diese.

»Der Winter ist vorbei. Im Sommer werden wir uns öfter aufs Motorrad schwingen und kurz vorbeidüsen«, sagte Katja.

»Ich war in der Kirche und am Grab. Es darf wegen der Pandemie nicht gesungen werden. Das fehlt mir am allermeisten.«

»Ja, wir müssen alle auf etwas verzichten. Ich bin quasi arbeitslos. Aber wie geht es dir?« Katja schaute in das faltenreiche Gesicht und zog die Augenbrauen hoch.

»Gut«, sagte die Mutter leise. »Aber den Garten schaffe ich nicht mehr, das tut mir weh. Alles verwildert.«

Katja lachte. »Das hat man heute so. ›Insektenfreundlich‹ nennt man das.«

»Ich würde euch gern hineinbitten, aber es sieht schlimm aus. Die Treppe ist mir zu anstrengend. Ich schlafe auf dem alten Kanapee in der Stube.«

»Mama! Du musst dir doch unsertwegen keine Gedanken machen, ob aufgeräumt ist oder nicht. Also wirklich. Bleib du sitzen, ich mache uns einen Kaffee.«

»Ich trinke schon länger keinen mehr.«

Katja war schon aufgestanden. »Was? Du trinkst keinen Kaffee mehr? Wieso denn das?«

»Einmal geht mir die Milch aus, dann das Pulver und dann die Filter. Es ist alles mühsam geworden.«

»Du hast am Telefon gesagt, Paula kauft für dich ein. Bringt sie nicht alles mit?«

»Doch, aber nur das, was ich ihr aufschreibe.«

»Dann mache ich uns eben Tee.« Katja drückte die Haustür auf und wich erschrocken zurück. Direkt hinter der Tür stapelte sich das Altpapier, darauf lagen gelbe Säcke und rochen widerlich. Katja riss das Flurfenster auf und rief: »Wann werden denn die gelben Säcke abgeholt?«

»Am Dienstag oder am Donnerstag in den geraden oder ungeraden Wochen«, sagte ihre Mutter. »Ich weiß es nicht mehr«, fügte sie flüsternd hinzu.

In der Küche stand keine Grießnockerlsuppe auf dem Herd. Ein verkrusteter Rest von einem Grießschmarren in einer schwarzen Pfanne, angebrochene Gläser mit verschimmelten Resten, die wohl mal selbstgemachtes Apfelmus gewesen waren, leere Milchpackungen, schmutzige Tassen, ein offener, überquellender Mülleimer. Katja öffnete auch hier das Fenster. Sie bekam feuchte Augen. Sie hatte keine Ahnung gehabt. Vorsichtig drückte sie die Stubentür auf. Sofort strich ihr ein getigerter Kater um die Füße, und der Geruch nach Haustieren und deren Hinterlassenschaften raubten Katja den Atem. Sie öffnete die Tür ganz. Mindestens sieben junge Katzen drängten an ihr vorbei Richtung Haustür. Sie folgte ihnen und öffnete die Tür.

»Nein«, rief ihre Mutter, versuchte aufzustehen und die Katzen wieder einzufangen, erkannte jedoch selbst, wie sinnlos das war, und setzte sich wieder. »Adam! Bitte fang meine Kätzchen wieder ein.«

Adam versuchte sein Glück und rannte ihnen hinterher. Die Katzen verstreuten sich in alle Richtungen. Katja nahm wieder auf der Bank Platz und schwieg lange, bevor sie fragte: »Wieso hast du nichts gesagt?«

Nach einer ebenso langen Pause sagte ihre Mutter: »Wärst du dann zurückgekommen?«

»Ich kann nicht zurück, aber ich kann mich um Hilfe kümmern.«

»Ich mag keine Fremden im Haus.«

»Aber so leben willst du auch nicht.«

Sie schwiegen wieder. Lange. Adam hatte eine der Katzen erwischt und brachte sie seiner Großmutter. Sie setzte sie sich auf den Schoß und streichelte sie.

»Holst du auch die rote, bitte?«

Adam nickte und ging erneut auf Katzenjagd.

Katja räusperte sich. »Du brauchst Unterstützung. Ich werde mich darum kümmern.«

»Weiß Adam endlich Bescheid?«

»Lenk nicht ab, Mama. Es gibt Haushaltshilfen und Pflegerinnen, es gibt Essen auf Rädern und mobile Hilfsdienste. Ich werde mich erkundigen, wie wir passende Unterstützung für dich bekommen.«

»Ich will Maria.«

»Nein, Mutter. Auf gar keinen Fall. Ich könnte dich dann nie wieder besuchen. Willst du das?«

»Ich hätte Maria schon vor Monaten fragen sollen, aber wie kann ich sie bezahlen?« Ihre hellblauen Augen blickten Katja traurig an. »Meine Rente reicht nicht.«

»Ich werde dir eine Hilfe bezahlen, das ist überhaupt kein Thema, Mama.«

»Es ist Zeit, dass Adam Bescheid weiß. Wenn ich nicht mehr bin, ist da sonst niemand mehr.«

»Der richtige Zeitpunkt wird kommen, und du wirst noch lange leben, Mama. Ich kenne dich doch.«

»Katja, das ist nicht lustig. Mir ist es ernst. Ich bin alt. Ich werde Maria schreiben, dass du sie bezahlst. Wahrscheinlich kommt sie noch am selben Tag.«

»Du hast ihre Adresse?«

»Ich habe ihr immer geschrieben. Sie hat sich öfter bei mir gemeldet als du.«

»Verräterin! Wie kannst du mich so hintergehen?« Katja schluckte und sprang auf. »Adam! Adam, wir gehen.«

Adam kam atemlos um die Ecke gerannt. »Zwei der Katzen sitzen auf dem Apfelbaum und ...«

Katja streckte ihm den Helm entgegen. »Mach dich startklar. Wir fahren.«

»Aber wir sind doch gerade erst gekommen. Hast du Oma gefragt, ob ich an dem Wochenende im Juni ...?«

»Wir fahren. Jetzt!«

Katja setzte sich den Helm auf. »Wir hätten gar nicht kommen sollen. Ich habe dir doch erzählt, dass Oma keine Überraschungen mag.«

Adam schaute unsicher zur Großmutter und zwängte seinen Kopf in den Helm. »Aber das Wochenende!«

»Ich bleibe zu Hause. Ich lasse den Ausflug sausen. Es geht nicht, und jetzt steig endlich auf.«

neun

Als die schwarzen Schatten vor dem Fenster ihre Dunkelheit abstreiften und sich in ein dunkles Grau verwandelten, stieg Franziska aus dem Bett und unter die Dusche. Sie spülte Traumerinnerungen, Sorgen und Zweifel den Abfluss hinunter und massierte ihre Muskeln kräftig mit einem nach Orange riechenden Duschgel. Der Duft hob ihre Stimmung, und bei einem erneuten Blick aus dem mittlerweile beschlagenen Fenster breitete sich eine leise Zuversicht aus. Die Grenzkontrollen waren aufgehoben, und einem Ausflug zu viert stand nichts im Wege. Beinahe stündlich hatte sie in den vergangenen Tagen den Wetterbericht verfolgt, und die Vorhersagen schienen zu stimmen. Bald würde die Sonne aufgehen. Das Abenteuer konnte beginnen. Mara würde sich wohlfühlen. Franziska dachte zurück an den gestrigen Nachmittag, als sie mit Mara im Haus am See eingetroffen war. Die Leiterin, Frau Dr. Rosalis, hatte sie freundlich begrüßt: »Wie schön, dass Sie da sind. Ich war mir bis zu diesem Moment nicht sicher, ob Sie es sich nicht doch anders überlegen. Ich freue mich. Wir werden es uns schön machen, nicht wahr, Mara? Und Sie es sich auch, Frau Brenner.«

Das stundenlange Telefonat mit Frau Rosalis nach ihrer schriftlichen Absage war Franziska täglich durch den

Kopf gegangen. Nie zuvor hatte sie sich so aufgehoben gefühlt. Nie zuvor hatte jemand all ihre Ängste verstanden und ihr die Zuversicht vermittelt, dass sie alles gut und richtig machte. Als sie aufgelegt hatte, war sie überzeugt gewesen, dass es in Ordnung war, mit den Freundinnen einen Ausflug zu machen. Und es fühlte sich immer noch richtig an. Obwohl die Zweifel in ihrem Kopf nur einen halben Millimeter von der Zuversicht entfernt hausten. Aber Mara war an diesem schönen Ort in guten Händen. Und sie war achtzehn. Frau Rosalis hatte recht, irgendwann war es auch für Mara an der Zeit, sich von der Mutter abzunabeln. Das Wochenende war eine Bereicherung und ein Lernschritt für ihre Kleine. So musste sie es sehen, so würde sie es sehen. Obwohl der Gedanke, dass Mara sich abnabeln könnte, vollkommen neu und ungewohnt war.

Nach einem deftigen Frühstück mit Spiegelei und Speck schnappte Franziska ihren Rucksack und trug ihn zum Auto. Von Tettnang her hörte sie die Kirchturmuhr schlagen. Sie war zu früh dran. Bewusst. Denn ganz hinten in ihrem Kopf hatte sich schon vor Tagen ein hartnäckiger Gedanke eingenistet: Ich könnte auf dem Weg eine kleine Pause am Friedhof einlegen. Ja, sie hatte sich für dieses Wochenende viel vorgenommen. Sie würde die Tour mit leichterem Gepäck antreten, wenn sie kurz auf dem Friedhof Station machte. Weihwasser. Eine Kerze anzünden. Mehr musste nicht sein. Allein das Halten dort würde sie erleichtern.

Die Straße wand sich wie ein schmales silbernes Band zwischen Hügeln und Wäldern hindurch, über Brücken und durch kleinere Weiler. Kurz vor Lindau nahm Franziska die Autobahnauffahrt und fuhr Richtung Österreich. Hier hatte Elina die andere Richtung gewählt. Seit zwei Monaten war sie jetzt in Berlin. Anfangs hatte sie jeden Tag eine kurze WhatsApp-Nachricht geschickt. Mittlerweile seltener. Doch Franziska spürte Dankbarkeit. Elina hatte ihr für das Wochenende viel Spaß gewünscht. Keine Spur von einem Vorwurf, dass sie Mara in eine Betreuung gegeben hatte. Und Elina schloss jede Nachricht mit einem Kussmund an Mara.

Die Autobahn führte über die Grenze und direkt in den Pfändertunnel. Aufgrund von Wartungsarbeiten war die rechte Spur gesperrt und die Geschwindigkeit auf 60 Stundenkilometer beschränkt. Franziska hielt sich daran. Der Fahrer des Volvo hinter ihr ließ alle fünfzig Meter die Lichthupe aufleuchten. Als der Tunnel endlich zu Ende war, wechselte Franziska die Spur. Der Fahrer schaute während des Überholens kopfschüttelnd zu ihr herüber und zeigte ihr den Vogel. Sie konnte darüber lachen. Sie fühlte sich wie ein kleiner Vogel, der fliegen übte. Ach, wie lange war es her, seit sie unbeschwerte Stunden mit Freundinnen verbracht hatte?

Schon nach wenigen Ausfahrten verließ Franziska die Autobahn. Ein kurzes Stück führte die Straße durch das dicht besiedelte Rheintal, ehe die Fahrbahn einspurig wurde und in steilen Kurven bergan Richtung Bildstein führte. Franziska fuhr langsam und schaute staunend aus dem Fenster. Sie war lange nicht mehr hier entlanggefahren. Die Bauernhöfe wirkten stolzer, die Läden moderner, die Gasthäuser besser besucht, und die Einfamilienhäuser hatten richtig Stil. Es schien, als würde es den Menschen hier gut gehen. Wie ginge es ihr selbst, wenn sie hiergeblieben wäre? Sie fand keine Antwort. Sie konnte es sich nicht vorstellen.

Franziska drosselte das Tempo noch einmal und fuhr in Schrittgeschwindigkeit weiter. Zum Glück war keiner hinter ihr. Vor ihr leuchtete die kleine, berühmte Wallfahrtskirche in der Morgensonne. Hoffentlich war niemand auf dem Friedhof unterwegs. Sie würde es nicht ertragen, mit alten Bekannten zu plaudern. Alte Bekannte, die sich sicher das Maul über sie zerrissen hatten, weil sie bei der Beerdigung des eigenen Vaters nicht anwesend war. Sie konnte nichts dafür. Mara war es schlecht gegangen, sie hatte sie gebraucht, an jenem Donnerstag Anfang März. Sie hatte ihr die schwierige Entscheidung abgenommen.

Seit vielen Jahren hatte sie sich jeden Sonntag die Zeit genommen, um auf der Seite des regionalen Nachrichtensenders die Todesanzeigen durchzuschauen. Alten Nachbarn von früher hatte sie online anonym eine Kerze angezündet, ihrer ehemaligen Lieblingslehrerin und selbst einem Mitschüler, der durch einen Motorradunfall viel zu jung ums Leben gekommen war. Und im März, vor etwas über einem Jahr, prangte auf dem Bildschirm ein

Foto ihres Vaters. Tagelang hatte sie die Nächte durchgeweint und tagsüber vor den Mädchen kein Wort darüber verloren.

Franziska hatte keine Blumen dabei. In ihren Bergschuhen und im hellblauen Sportdress ging sie zögernd auf die Kirche zu. Sie senkte den Kopf, zog die Schirmmütze tief ins Gesicht und schaute weder rechts noch links. Es war ruhig im Dorf an diesem Samstagmorgen. Die kalte Klinke lag wuchtig in ihrer schmalen Hand. Sie drückte die schwere Tür auf und erschrak, wie vertraut ihr der Kirchengeruch vorkam, obwohl es Jahrzehnte her war, dass sie zuletzt eine Kirche von innen gesehen hatte. Sie schloss die Tür, ließ Sonnenschein, Alltagsgeräusche und Wärme hinter sich und ging langsam nach vorn. Das Fünfzigcentstück in ihrer rechten Faust gab ihr Halt. Sie würde eine Kerze anzünden und weiterfahren. Sie straffte die Schultern, fühlte Stolz. Bis zuletzt hatte sie nicht daran geglaubt, es schaffen zu können. Sie war stark. Sie hob den Kopf und schaute sich um. Sie war allein. Klimpernd fiel die Münze in die aufgestellte Kasse. Nur drei Kerzen brannten. Alle schon länger, denn die Stummel waren klein geworden. An einem von ihnen entzündete Franziska eine neue Kerze und steckte sie in den Messingständer. Sollte sie jetzt beten oder danken oder bitten? Sie hatte noch nie in einer Kirche eine Kerze für jemanden angezündet. Online war das irgendwie einfacher. Unsicher schaute sie sich in der leeren Kirche um und setzte sich dann auf die Holzbank in der ersten Reihe.

»Lieber Papa«, hielt sie Zwiesprache, »es tut mir so leid, dass ich dich nicht mehr gesehen habe. Es war ein Fehler von mir, dich so zu verurteilen. Du warst immer mein großes Vorbild, nicht nur auf der Skisprungschanze. Du warst der helle Stern an meinem Kinderhimmel. Dir habe ich alles zu verdanken. Du hast mir Flügel gegeben. Ich habe sie nicht genutzt. Das werde ich ändern. Jetzt! Denn es kann so schnell zu spät dafür sein. Lieber Papa, warum nur bist du so früh gegangen? Warum?«

Tränen liefen über Franziskas Wangen. Es schien, als wäre ein Damm gebrochen. Wieso war sie so unversöhnlich und hart gewesen? Sie hätte nur einen winzigen Schritt zu machen brauchen, er wäre ihr entgegengekommen. Sie wusste es. Tief in ihrem Inneren wusste sie, dass er jahrelang darauf gewartet hatte. Wieso war sie so stur, so unnachgiebig? So kalt. So gefühllos. Wie ihre Mutter.

Franziska hatte die Schritte nicht gehört. Plötzlich klapperte der Deckel des Weihwassertanks nur wenige Meter von ihr entfernt. Schnell wischte sie die Tränen weg, suchte in ihrer Jackentasche nach einem Papiertaschentuch und schnäuzte sich leise.

»Jessas Gott.« Ein Ruf und ein Klirren durchbrachen die Stille. Franziska sprang auf und starrte die Frau an, der die Flasche aus der Hand gerutscht war.

»Mama«, flüsterte sie unhörbar, stieß mit dem Knie an die harte Holzbank und flüchtete wortlos aus der Kirche. Mit schlotternden Knien und zitternden Händen stand sie vor ihrem Auto und suchte fieberhaft nach dem Schlüssel. Sie tastete alle Taschen ab und wollte nur noch im Erdboden versinken. Sie musste weg. Schnell. Doch der Schlüssel war nicht zu finden. Hektisch drehte sie sich um. Die Kirchentür fiel ins Schloss. Ihre Mutter kam langsam auf sie zu. Franziska wurde ruhiger, stand einfach nur da und registrierte den schwarzen Rock, die schwarze, gestrickte Jacke. Alt sah die Mutter aus. Schwarz hatte ihr noch nie gestanden. Die Haare zum Zopf geflochten wie schon ein Leben lang. Kleiner war sie geworden. Sie wirkte zerbrechlich. Ohne ihren Mann war nicht viel von ihr übrig geblieben.

»Franziska.« War ihre Stimme weicher geworden als früher? »Franziska, komm mit, ich zeige dir sein Grab. Wo warst du so lange? Er hat immer gehofft, dass du kommst. Nach Hause. An seinem Totenbett musste ich ihm versprechen, niemals die Festnetznummer zu ändern. Jahrelang rannte er bei jedem Klingeln zur Kommode. Und immer war er enttäuscht, wenn wer anders dran war. Komm mit.«

Nein, die Stimme war dieselbe geblieben. Anklagend. Jammernd. Vorwurfsvoll. Wie immer.

Franziska zuckte mit den Schultern. Die schlichte Bewegung brachte ihr Gehirn wieder zum Denken. Sie hatte den Schlüssel im Schloss stecken lassen. Sie unterdrückte ein aufsteigendes Lachen. Es war zu absurd. Sie hustete. Ihre Mutter fixierte sie mit ihrem Blick. Franziska fühlte sich wie als kleines Kind, als sie, statt in den Schülergottesdienst zu gehen, mit ihrer Freundin am Bach gespielt hatte. Mutter hatte sie erwischt. Danach hatte sie niemals wieder einen Gottesdienst geschwänzt. Dieser machtvolle Blick. Sie musste sich abwenden.

»Wieso hast du dich nie gemeldet? Wieso?«, fragte die Frau noch einmal. »Da sind so viele Fragen, Franziska.«

Ein Milan kreiste ruhig über dem Friedhof. Franziska wollte stark sein, wollte frei sein. Doch jetzt war es zu früh, ihr Magen schmerzte von der Anspannung, ihre Hände waren eiskalt. Sie spürte, wie alle Grenzen zwischen früher und jetzt vor ihren Augen verschwammen. Der Verstand setzte aus, die Gefühle drohten, sie erneut zu überschwemmen, ihre Augen füllten sich mit Tränen. Gern würde sie die Hand zur Versöhnung ausstrecken. Doch die eiskalten Fäuste ließen sich nicht öffnen. Sie konnte nicht aus ihrem Schneckenhaus, nicht hier und jetzt. Sie wünschte sich fort, in ihr Baumhaus, ihren Zufluchtsort aus Kindertagen.

»Ich kann nicht, ich konnte nicht«, stotterte sie mit zitternder Stimme, öffnete ungeschickt die Wagentür, stieg ein und zog die Tür zu. Hastig drehte sie den Schlüssel im Schloss, löste die Handbremse, legte automatisch den ersten Gang ein und gab Gas. Ihr Herz flatterte. Im Rückspiegel sah sie, dass ihre Mutter sich mit zwei Fingern über die rechte Wange strich. Weinte sie etwa? Das konnte nicht sein. Unmöglich.

Nach drei Kurven hielt Franziska in der Haltebucht des Landbusses. Vor lauter Tränen konnte sie kaum etwas sehen, und ihre Hände zitterten, sobald sie diese vom Lenkrad löste. Sie schaltete den Motor aus, lehnte sich zurück und schloss für einen Moment die Augen. Sie wollte nicht länger davonlaufen, doch ihr fehlte die Kraft, sich ihrem Leben zu stellen. Sie würde es nie schaffen, ihrer Mutter zu verzeihen. Nicht in diesem Leben. Das sah sie jetzt in einer Klarheit und Gewissheit, die ihr bisher gefehlt hatten. Es nützte nichts, darüber nachzudenken und sich Versöhnungsszenen auszumalen. Der Graben zwischen ihnen war zu tief.

zehn

Susanne stellte für ihren Mann eine Flasche Bier auf den Gartentisch. Die zweite Flasche öffnete sie und füllte damit ein Glas, auf das ein Vorfahr ihres Mannes vor Jahrzehnten ein naturgetreues Reh gemalt hatte. Sie hielt die Biertulpe ins Sonnenlicht und fuhr mit dem Finger über das kühle Glas, um den herunterrinnenden Schaum aufzuhalten. Ihr Mann saß auf seiner Lieblingsbank und beobachtete sie.

»Kommt noch Besuch?«

»Nein. Prost, Pirmin, auf uns!« Susanne rückte mit dem Gartenstuhl näher zu ihm heran, um noch ein paar abendliche Sonnenstrahlen genießen zu können.

»Ist der Holundersirup schon ausgetrunken?«

Susanne lachte auf. »Der Vorrat reicht bestimmt bis Weihnachten.«

Sie trank einen Schluck von dem kühlen Bier und wischte sich mit dem Handrücken den Schaum von der Oberlippe. »Herrlich, so ein ruhiger Abend. Alle Kinder im Bett und keine Gäste da.« Genüsslich lehnte sie sich zurück.

»Wollten heute nicht die Berliner anreisen?«, fragte Pirmin und leerte mit dem ersten Schluck die halbe Flasche.

»Ihr Auto hat gestreikt. Sie haben angerufen. Sie kümmern sich um ein Leihauto und kommen morgen Abend. Ein paar geschenkte Stunden für uns.«

»Ah. Dann bleibst du also zu Hause? Das ist mir eh lieber. Ich mag es nicht, wenn deine Mutter um mich rumwurschtelt und mich mit Fragen löchert.« Pirmin nahm einen weiteren Schluck aus der Flasche. »Was willst du auch mit den Weibern, die du zwanzig Jahre nicht mehr gesehen hast? Das ist ja fast dasselbe wie Feriengäste. Die lassen fürs Zuhören wenigstens noch ein paar Franken da.« Er tätschelte zufrieden ihren Oberschenkel.

Susanne setzte sich aufrecht hin. »Du magst es nicht, wenn meine Mutter da ist? Wie oft war sie denn da? Bei den Geburten der Kinder hat sie die Hofarbeit für mich erledigt, um dich zu unterstützen, und sonst war sie kein einziges Mal da! Ich mag es nämlich auch nicht.«

Susanne trank aufgebracht einen Schluck und verschluckte sich prompt. Sie hustete. Pirmin klopfte ihr auf den Rücken, doch sie wehrte ihn ab, stand auf und sagte lauter werdend: »Weißt du, wie sehr ich über meinen Schatten springen musste, um sie zu fragen? Ich mache auch lieber alles selber. Ich habe sie gefragt, um es dir einfach zu machen. Oder willst du den Gästen das Frühstück richten und dich um die Kinder kümmern und mit ihnen den Schulkram erledigen? Zeit hättest du ja. Der sündteure Melkroboter, den wir mit den Einnahmen von meinen Feriengästen finanzieren, nimmt ja dir die Arbeit ab, nicht mir. Du hast mehr als genug Zeit, dich einmal zwei Tage um das zu kümmern, was ich täglich mache. Ich werde meiner Mutter absagen. Mach den ganzen Krampf doch selbst, dann siehst du mal, wer hier auf dem Hof überhaupt was leistet.«

Susanne ging zwei Schritte Richtung Garten, drehte sich aber noch einmal um und rief: »Ich habe seit Jahren keine ruhige Minute gehabt, und jetzt erwartest du, dass ich daheimbleibe, nur weil du die Gäste nicht begrüßen willst? Merkst du eigentlich, wie bequem und altväterisch du geworden bist? Einmal kannst du deine Jodler-Probe doch wohl ausfallen lassen. Aber klar, dass dir die wichtig ist. Mit anderen Männern rumstehen und die Hände in die Hosentaschen stecken, das gefällt dir. Das kannst du aber nur, weil ich so ein blödes Weibsbild bin, das lieber alles selbst macht, als von dir etwas einzufordern. Das wird sich ändern. Jetzt!«

Susanne stürmte davon. Der Herzschlag dröhnte in ihren Ohren, sie atmete wie nach einem Dauerlauf, und ihre Schritte hallten über den Asphalt. Ihre Fäuste schwangen im Gleichklang mit den Schritten. Sie biss die Zähne zusammen. Von wegen ein paar geschenkten Stunden zu zweit, die konnten ihr gestohlen bleiben. Pirmin konnte ihr gestohlen bleiben. Sie war es endgültig leid, sich ausbeuten zu lassen. Zügig ging sie die Zufahrtsstraße zum Hof entlang, wich den Schlaglöchern aus und bog auf einen schmalen Feldweg ab. Sie schnaufte, wurde langsamer, atmete tiefer und blieb schließlich bei der großen Fichte am Waldrand stehen.

Es duftete nach Harz und Tannennadeln. Susanne setzte sich in das weiche Moos. Hinter den Appenzeller Hügeln ging die Sonne unter und tauchte die Gegend für einen Moment in goldenes Licht. Susanne lehnte sich an den Stamm und zupfte Moospolster aus der Erde. Der Duft beruhigte sie. Sie ließ die kühle Erde durch die Finger rieseln und atmete tief ein und aus. Sie spürte den Herzschlag langsamer werden, spürte die aufkommende Kälte, kurz bevor die Sonne sich für heute ganz zurückzog. Und sie spürte in ihr Inneres. Da war keine Wut. Kein Zorn auf Pirmin, auch wenn es sich erst so angefühlt hatte. Sie spürte eine tiefe Sehnsucht. Sehnsucht nach echtem Austausch, nach tiefer Verbundenheit, Sehnsucht nach Freundschaft. Lust auf ein Leben außerhalb von Hof und Familie. Die Einladung von Franziska hatte etwas in ihr angerührt, hatte Erinnerungen geweckt. Sie hatte sie traurig gemacht, weil ihr schmerzhaft bewusst geworden war, dass sie sich nie wieder so verstanden und verbunden gefühlt hatte wie damals in diesem Zimmer mit den drei so unterschiedlichen Mädchen. Und das war lange her. Viel zu lange. Hier in der Schweiz hatte sie zwar viele Bekannte, doch eine gute Freundin hatte sie nach der Schulzeit nie mehr gefunden. Irgendwie hatte immer die Zeit gefehlt, nette Bekanntschaften über Gespräche zwischen Tür und Angel hinaus zu vertiefen.

Ein schwarzer Schatten huschte beinahe lautlos über den Feldweg. Susanne legte die Erdkrümel zurück auf den Boden und strich mit ihren Händen über die dunklen

Moospolster. Sie brauchte nicht zu pfeifen. Rico fand sie auch so. Er lief freudig auf sie zu und leckte ihr zur Begrüßung über die Hände. Dann setzte er sich auf seine Hinterbeine dicht neben sie. So saßen sie Po an Po und schauten in die Dunkelheit, während Susanne dem Hund immer wieder zärtlich über den Rücken streichelte.

»Hat Pirmin dich geschickt?«, flüsterte sie. »Ich habe ihm Unrecht getan. Er ist nun mal ein ganz anderer Typ als ich. Das war er immer schon. Genau das hat mir an ihm gefallen. Seine Ruhe, seine Gelassenheit, seine Zuversicht. Er ist nie gestresst, er ist so herrlich bodenständig. Ich sollte mich bei ihm entschuldigen. Vielleicht hat er auch recht. Vielleicht wäre es wirklich besser, wenn ich morgen daheimbliebe. Unser Leben ist gut, so wie es ist. Und falls ich keinen Draht mehr zu meinen ehemaligen Freundinnen finde, dann bleibt mir wenigstens die Erinnerung. Es wäre schade, sie jetzt wiederzutreffen und dann enttäuscht auseinanderzugehen, weil wir natürlich alle nicht mehr die Alten sind.«

Die Sterne funkelten heute am Himmel. Der Mond war nirgends zu sehen, und in der schwarzen Himmelsfinsternis lag eine Unendlichkeit. Eine der kürzesten Nächte dieses Jahres. Es war Zeit, schlafen zu gehen. Am besten würde sie das Ganze erst mal überschlafen. Susanne stand auf, Rico folgte ihr auf dem Fuß. Ja, das Leben hier war gut. Es waren diese Podcasts, die sie beim Wäschefalten hörte, die eine innere Unruhe und Unzufriedenheit mit sich gebracht hatten. Dem Möchtegern-Apostel hatte sie keine weitere Chance gegeben, doch die junge Frau, der sie nun zuhörte, brachte wirklich etwas in ihr in Bewegung. Genau wie diese Einladung. Susanne ging leise ins Haus, löschte die letzten Lichter und legte sich ins Bett. Sie sollte einfach so weitermachen wie die vergangenen zwölf Jahre. Dann war alles gut. Veränderungen hatte sie eigentlich noch nie gemocht.

Früh am Morgen stand Susanne auf, um Katja eine Nachricht zu schicken, ihre Mutter anzurufen und beiden abzusagen. Sie musste daheim sein, wenn die neuen Feriengäste ankamen. Ansonsten könnte eine schlechte Bewertung auf den Online-Portalen drohen. Und das wäre fatal. Sie waren auf dieses Zusatzeinkommen angewiesen. Sie ging in die Küche und schaltete die Kaffeemaschine ein. Neben der Spüle stand ein Wasserglas mit drei Ringelblumen, darunter lag ein Zettel, auf den jemand mit blauem Kuli geschrieben hatte: »Mach Dir ein schönes Wochenende. Fahr nicht über das Bödele, dort ist eine Baustelle. Und lass bitte den Bus da, ich will mit den Kindern morgen in den Säntispark fahren.«

Susanne hielt inne. Pirmin! Sollte sie etwa doch …?

In Windeseile holte sie den großen Rucksack aus dem Keller, füllte ihn anhand von Franziskas Packliste bis oben hin und brachte ihn in den Pick-up. Dann warf sie noch einen Blick in die Kinderzimmer, verschickte Luftküsse und kraulte Rico. Anschließend füllte sie Pirmins Kaffeebecher und eilte zum Stall. Eine der jungen Kühe brachte gerade ihr erstes Kalb zur Welt. Sie stellte den

Kaffeebecher auf die alte Werkbank neben der Stalltür, warf auch Pirmin einen Luftkuss zu und winkte fröhlich.

Dann brauste sie mit dem rostigen Pick-up der aufgehenden Sonne entgegen. Susanne schaltete das Radio ein. Kein Hörspiel, keine Jodler, kein Gezeter auf der Rückbank, weil jeder ein anderes Lied hören wollte. Sie wählte alte deutsche Schlager und drehte auf. Ihr Kopf wippte fröhlich im Takt, aus voller Kehle sang sie mit: »*Himbeereis zum Frühstück, träumend durch den Sommer, mit der Berg-und-Tal-Bahn fuhren wir ins Glück ...*« Sie lachte auf, als sie merkte, dass selbst der Fuß auf dem Gaspedal mitwippte. Sie versuchte, ihn ruhig zu halten, und trommelte stattdessen mit der freien Hand auf ihren Oberschenkel. Es war ein herrlich leichtes Gefühl, sie kam sich jung und unbeschwert vor. Einfach mal den ganzen Alltag mit all dem Kleinkram hinter sich lassen. Es war fast wie früher. Sie spürte Freiheit, Freude und Lebenslust. Ein Ausflug mit alten Freundinnen war eben doch etwas anderes als Freude am achtsamen Bügeln. Susanne strahlte und suchte zwischen Isolatoren und Holzschuhen nach einer Sonnenbrille.

elf

Linda war bereits am Vortag mit dem Fernbus von Stuttgart nach Bregenz gereist. Das Bett in dem günstigen Hotel in Bahnhofsnähe war überraschend bequem gewesen. Sie hatte richtig gut geschlafen und war früh am Samstagmorgen in den Zug gestiegen, der sie nach Langen am Arlberg bringen würde. In Bregenz waren nur wenige Fahrgäste eingestiegen, und sie hatte sich einen Platz am Fenster mit einem kleinen Tisch ausgesucht. Dort stellte sie ihre Thermoskanne ab, schenkte ein wenig Tee in den dazu passenden Becher, suchte dann im Rucksack nach dem angefangenen Taschenbuch und legte es dazu. Sie nippte an dem grünen Tee und schaute schläfrig aus dem trüben Fenster. Der Zug ratterte viel zu laut durch das Rheintal. Kaum hatte er richtig Fahrt aufgenommen, bremste er quietschend und blieb an einem winzigen Bahnsteig stehen, um eine Handvoll Pendler aufzunehmen. Erst in Dornbirn füllten sich die Abteile, der Geräuschpegel stieg an, das Rattern schien weicher zu werden.

Linda stellte ihren Rucksack auf den leeren Platz neben sich. Sie konnte die Nähe zu fremden Menschen nur schwer ertragen. In der Hoffnung, in Ruhe gelassen zu werden, schloss sie die Augen und versuchte, sich auf ihren Atem zu konzentrieren. Es fiel ihr schwer. Ihre Gedanken führten sich auf wie eine Horde hungriger Heuschrecken. Sprangen hierhin und dorthin. Ihre Lider flatterten, ihre Finger fanden keine Ruhe, Gesprächsfetzen drangen bis in ihr Innerstes. Sie versuchte, ein schützendes Ei zu visualisieren. Eine Hülle, in die sie sich zurückziehen konnte, eine undurchlässige Schale. Es gelang ihr nicht besonders gut. Immer wieder wurde sie gestört. Sie wünschte sich, niemals ihr Auto verkauft zu haben. Ihr ökologischer Fußabdruck war bereits viel kleiner als der von vielen ihrer Mitmenschen hier in Mitteleuropa. Wieso geißelte sie sich selbst mit dem Verzicht auf ihr geliebtes Auto?

Kurz vor dem Bahnhof in Feldkirch blinzelte die Sonne über einen Bergrücken. Beim Stopp leerte sich der Zug beinahe ganz, nur wenige neue Fahrgäste stiegen zu. Linda entspannte sich und trank einen Schluck kalten Tee.

Draußen zogen sonnige Wiesen, steile Wälder und Feldwege vorbei, dazwischen immer wieder auch größere Dörfer. Der Blick ins Grüne tat ihr gut. Die Weite und die Fernsicht auf dem Berg würden sie restlos entspannen. Dort konnte ihre Seele ihr den richtigen Weg weisen.

Der nächste Halt war Langen am Arlberg. Linda schulterte den schweren Rucksack und verließ die einengende Energie des Wagons. Draußen schien alles wieder gut. Sie musste nur frische Luft schnappen. Schon immer war sie ein Naturkind gewesen. Leider hatte sie zwanzig Jahre nicht daran gedacht.

Der Bus nach Lech wartete bereits. Sie war der einzige Fahrgast an diesem Samstagmorgen. Der Fahrer wünschte ihr einen schönen Tag, und Linda lehnte sich gemütlich zurück und schaute aus dem Fenster. Die felsigen Berggipfel leuchteten in der Sonne, während die Straße noch im Schatten lag. In vielen Kurven direkt am Felshang und durch unzählige Tunnels kämpfte sich der Postbus den Flexenpass hinauf. Sie war noch nie hier gewesen. Zum Glück war kaum Gegenverkehr. Sie bewunderte den Busfahrer und war heilfroh, nicht selbst mit dem eigenen Auto diese halsbrecherische Tour fahren zu müssen. Sie wollte sich gar nicht vorstellen, wie sie reagieren würde, wenn ihr der Bus entgegenkäme. Rechts die Felswand und links ging es Hunderte von Metern steil bergab. Sie atmete erleichtert auf, als der Bus aus einem weiteren Tunnel fuhr und sich vor ihr eine Hochebene erstreckte. Grüne Wiesen, Kühe mit Glocken, ein riesiger Parkplatz und ein paar Hotels. Am Straßenrand das Ortsschild: Zürs.

»Ist es noch weit bis Lech?«, fragte Linda den Fahrer.

»Nee, nur noch zehn Minuten.« Er schaute auf ihren riesigen Rucksack. »Wo werden Sie wohnen? Eine Jugendherberge oder sonst was Billiges werden Sie dort nicht finden.«

»Eine Freundin hat mich eingeladen«, sagte Linda vage und schaute wieder aus dem Fenster. Lech war als Nobel-Skiort weltbekannt. Sie biss sich auf die Unterlippe. Sie konnte sich einen Ausflug hier herauf gar nicht leisten. Sie hatte gehört, dass die Flasche Wasser in einem Lokal kaum für unter zehn Euro zu haben war. Was um Himmels willen machte sie hier?

Der Bus fuhr in das Ortszentrum von Lech. Sie drückte die Nase ans Fenster wie ein Kind und staunte. Direkt neben ihr glitzerte das Wasser, das fröhlich durchs Bachbett plätscherte, über die malerische Holzbrücke spazierten bunte Wanderer mit Rucksäcken und Stöcken. Die Hotels waren in Holz gekleidet, die steinerne Kirche schaute mit ihrem Zwiebelturm wie eine gutmütige Wächterin über das kleine Dorf. Die grünen Hänge mit noch mehr Hotels lagen in der Sonne, dunkelgrüne Fichtengruppen verliehen der Landschaft Kontur. Skilifte überall. Im Hintergrund erhoben sich majestätisch graue Felstürme, und Linda kam sich klein und unbedeutend vor. Und wurde immer ängstlicher.

Vielleicht sollte sie noch einmal die schützende Eihülle visualisieren? Das würde sie brauchen. Mit prickelnder Vorfreude und viel Respekt erinnerte sie sich an Katjas ehrliche, aber auch unberechenbare Kommentare. Vielleicht war sie für zwei Tage einfach wieder wie früher? Leise und unkompliziert. Grau und angepasst. Auf keinen Fall konnte sie erzählen, wie sie ihr Geld verdiente. Katja würde sich totlachen. Sie behielt wohl besser ein paar Wahrheiten für sich. So fühlte sie sich sicherer. Sie war immer schon eine gute Zuhörerin gewesen, und unangenehme Fragen würde sie mit einer Gegenfrage beantworten. Ansonsten würde sie sich an Susanne halten. Die war herrlich unkompliziert und fröhlich gewesen. Hoffentlich würde Susanne mit dabei sein. Linda schulterte den Rucksack, und ein mulmiges Gefühl überkam sie. Sie fühlte sich plötzlich schwach auf den Beinen.

»Wann fahren Sie denn wieder zurück?«, fragte sie beim Aussteigen.

»Um neun Uhr dreißig«, antwortete der Busfahrer. »Aber bleiben Sie ruhig länger. Herrliche Wandertage stehen an. Ein Traumwetter.« Er lachte, während die Türen leise zuglitten.

zwölf

Katja packte den Inhalt des Rucksacks in die beiden Seitentaschen ihrer Fat Boy. Heute Morgen hatte sie dafür in einem angesagten Sportladen in Innsbruck überraschend viele Hunderter hingeblättert. Der Verkäufer war nicht nur eine Augenweide gewesen, er hatte auch schnell erkannt, dass sie nicht hier war, um ein paar Turnschuhe der vorletzten Saison zu ergattern. Rucksack, Bergschuhe, Regenjacke, Schlafsack, Stirnlampe, Wanderhose, Ärmlinge und atmungsaktive Shirts. Sie hatte keine Ahnung gehabt, was es dort alles gab, was sie kaufen würde, und vor allem, was es kostete, denn auf ihre Rabattvorstellungen ging er leider nicht ein. Stattdessen zog er unter dem Tresen ein Päckchen hervor und legte es in den Rucksack. »Ein kleines Geschenk. Glauben Sie mir, das ist bedeutend mehr wert als ein paar Prozente Rabatt.«

Sie hatte das Päckchen herausgekramt und ihn ausgelacht.

»Ein Kartenspiel für Leute ab vierzig? Das ist nicht Ihr Ernst. In Zukunft werde ich bei der Konkurrenz einkaufen.« Sie hatte ihre Sachen zusammengerafft und war erhobenen Hauptes zum Auto gegangen. Seit wann sah sie aus wie über vierzig?

Das Leben lehrte sie gerade so einiges. Nachdem sie den

Großteil der Ausrüstung verstaut hatte, ging sie in die Küche, um ein einfaches, leckeres Abendbrot zu zaubern. Sie schaute auf die Uhr. In einer knappen halben Stunde würde Robert klingeln. Pünktlich auf die Minute. Wie immer. Katja schob das selbstgemachte, dunkle Baguette in den Ofen, um es aufzubacken. Auf einem einfachen Holzbrett richtete sie verschiedene Käsespezialitäten, gefüllte Oliven und Trauben an. Die aufgeschnittenen Kaminwurzen und Kärntner Würste drapierte sie auf einem schwarzen Teller, in dessen Mitte eine kleine Schale stand. Sie nahm die frische Meerrettichwurzel zur Hand, hobelte sie in feine Streifen und füllte sie in die Schale. Sie lächelte – der Meerrettich war nur eine von vielen gemeinsamen Vorlieben. Vergnügt deckte sie den Tisch und zündete die dicke Kerze am Tischende an, die von einem Kranz aus Schleierkraut umrahmt wurde. Der Rotwein im Dekantierer leuchtete blutrot.

Punkt sieben stand Robert vor der Tür. Sie wischte ein paar Brotbrösel von ihrem kleinen Schwarzen und öffnete mit einem strahlenden Lächeln die Tür.

»Schön, dass du da bist!« Sie küsste ihn fordernd und schnurrte, als er mit der freien Hand über ihren Po fuhr und mit der anderen die weiße Rose auf den Tisch legte.

»Du bist aber gut drauf«, lächelte Robert und zwinkerte ihr zu.

»Komm rein. Und danke für die Blumen!«

Robert sah sich um, registrierte die zwei Teller auf dem Tisch und fragte: »Wo ist Adam?«

»Sein Kumpel wird heute zwölf. Übernachtungsparty ist angesagt. Du kannst ihn morgen gegen elf bei Max abholen. Das ist gut so, denn wir müssen reden. Setz dich.«

»Das passt gut. Ich wollte auch etwas mit dir besprechen.«

Katja setzte sich. »Du darfst anfangen.«

»Okay, obwohl du mich neugierig gemacht hast. Aber ich kann's in zwei Sätzen erklären. Ich werde ab sofort mittwochs nicht mehr in die Kanzlei gehen.«

»Was?« Katja schaute ihn ungläubig an. »Warum denn das?«

»Du hast die aktuellen Asyl-Debatten sicher mitbekommen. Ich kann nicht länger wegschauen. Ich möchte Menschen helfen, die aufgrund ihrer Hautfarbe oder Religion benachteiligt werden. Ich werde sie ehrenamtlich vertreten.«

Katja strich über seine Finger.

»Das finde ich bewundernswert, Robert. Hut ab.«

Katja erhob sich, stellte die Rose in eine handgeschliffene Glaskaraffe und nahm dann wieder am Tisch Platz. Sie brach ein Stück Baguette ab, zupfte ein wenig von dem weichen Inneren heraus, steckte es in den Mund und sagte: »Robert, ich brauche einen Anwalt. Ich kann ihn bezahlen, aber es muss ein verdammt guter sein.«

»Worauf soll er spezialisiert sein? Urheberrecht, Versicherungsrecht?« Robert schnupperte am Meerrettich und füllte sich seinen Teller damit. Dann steckte er ein Stück Kaminwurz mit Meerrettich in den Mund.

»Nein. Es ist eine persönliche, private Geschichte. Sorgerecht.«

Robert hustete. Er nahm die Serviette vom Tisch und wandte sich ab. Seine Augen fingen an zu tränen, er hatte sich am Kren verschluckt und eilte zur Spüle, um sich ein Glas Wasser einzuschenken.

»Entschuldige.«

»Ich wusste gar nicht, dass du so leicht aus der Fassung zu bringen bist«, sagte Katja und zog beinahe anklagend eine Augenbraue hoch.

»Du brauchst einen Anwalt zum Thema Sorgerecht. Darf ich fragen, wozu? Der Vater von Adam ist tot.«

Katja kaute ein Stück Bergkäse und ließ sich Zeit. »Die Geschichte ist in Wirklichkeit etwas komplizierter.«

Jetzt versuchte Robert, Zeit zu gewinnen und das Gesagte einzuschätzen. Er schenkte ihnen beiden Rotwein ein, prostete Katja zu und nahm einen Schluck. »Hervorragend«, murmelte er und stellte das Glas sachte ab. »Dann erzähl bitte ... Ich dachte, Adams Vater sei bei einer Klettertour abgestürzt. Diese Geschichte vom gelösten Haken und wie er vor deinen Augen abgestürzt ist, deine Todesangst, als du in der Wand auf die Bergrettung warten musstest – dieser Held, der lebt also?«

Katja stand erbost auf. »Wer sagt das?«

Robert zuckte mit den Schultern. »Adam. Bald nachdem ich ihn kennengelernt hatte.«

»Du hast für bare Münze genommen, was dir ein schüchterner Siebenjähriger erzählt? Du hast es einfach geglaubt, weil es sich so gut in deine Geschichte fügte. Du hast mich nie gefragt, wer Adams Vater ist. Du wolltest es nie wissen. Und jetzt machst du mir Vorwürfe, weil ich nie mit dir darüber gesprochen habe? Das ist absurd!« Katja war laut geworden. Ihre Wangen glühten. Sie nahm einen großen Schluck Wein und wiederholte: »DU hast mich NIE danach gefragt!«

»Das stimmt. Ich habe immer gehofft, dass du es mir unaufgefordert erzählen würdest. Und ich habe mich gewundert, dass du dieses Wochenende in den Bergen verbringen willst. Aber wenn Adam die Geschichte erfunden hat, ja, dann ist alles anders.«

Katja setzte sich wieder, schob aber den Teller Richtung Tischmitte. »Die Geschichte stimmt in etwa, und doch ist alles ganz anders. Dieses Wochenende in den Bergen ist wie eine Challenge für mich. Wenn ich das gut meistere, dann kann ich auch alles andere meistern, verstehst du?«

Robert schüttelte den Kopf. »Nein, Katja. Ich kann dich leider nur selten wirklich verstehen. Ich habe es oft versucht. Doch immer, wenn ich dir eine persönliche Frage stellte, ging eine Art Rollladen herunter, und du hast mir das Gefühl gegeben, dass es mir nicht zusteht, dir Fragen zu stellen. Ich kümmere mich gern um Adam, ich fühle mich für ihn verantwortlich. Doch du vertraust mir nicht. Du erzählst mir nichts und erwartest dann, dass ich dir einen Anwalt besorge? Wäre es nicht einfacher, mir zu sagen, worum es geht? Ich habe lange studiert, wahrscheinlich könnte ich dir weiterhelfen. Doch mich willst du nicht. Ich akzeptiere das. Ich werde jetzt zurück nach Innsbruck fahren. Ich muss in Ruhe nachdenken. Wenn du willst, dann nehme ich mit Patrick Achammer Kontakt auf, er ist auf Sorgerechtsfragen spezialisiert. Ich schicke dir seine Nummer.«

Als Robert ohne weiteren Abschiedsgruß gegangen war, sank Katja mit der Rotweinflasche auf die Couch. Das Gespräch hatte sie aufgewühlt. Trotz der sommerlichen Temperaturen draußen fröstelte sie. Ja, die Bergtour war eine Herausforderung. Obwohl sie sich heute schwach fühlte wie noch nie in ihrem Leben, würde sie morgen früh aufs Motorrad steigen und Richtung Arlberg brausen. So einfach ließ sich eine Katja Stark nicht ausbremsen. Außer, es war etwas mit Adam. Er hatte stets Priorität.

Katja bereute, dass der gemeinsame Abend auf diese Art geendet hatte. Doch es war richtig gewesen, das Thema endlich anzusprechen. Sie brauchte Unterstützung. Die Briefe des Anwaltsbüros aus Dresden bauten immer mehr Druck auf. Lange konnte sie sie nicht mehr einfach in der Grillschale abfackeln. Irgendwann würde jemand vor der Tür stehen. Das galt es auf jeden Fall zu verhindern. Zum Wohl von Adam.

Katja aß ein wenig von dem Käse und holte sich eine zweite Flasche Wein aus dem Keller. Nein, so hatte sie sich den Abend nicht vorgestellt. Robert war sonst unkompliziert, er hatte ihr nie einen Wunsch abgeschlagen oder nervig nachgebohrt. Warum diesmal? Wieso wollte er plötzlich Antworten auf nie gestellte Fragen? Konnte er ihr nicht einfach einen guten Anwalt empfehlen? Das war schließlich sein Metier. Musste sie ihm für diesen Gefallen reinen Wein einschenken? Ihr graute bei dem Gedanken daran.

Was würde sich ändern? Würde er weiterhin der Ersatzvater für Adam sein oder würde er sich gar von ihr abwenden? Sie würde neue Männer finden, zumindest fürs Bett, keine Frage. Aber mit einem neuen Vater würde es schwieriger werden. Das wollte sie nicht aufs Spiel setzen. Aber wenn sie dafür ihr Innerstes nach außen kehren musste – das konnte sie nicht. So gut kannte er sie doch. Wieso alles zerreden, wenn es gut lief? In erster Linie brauchte sie einen Anwalt, und zwar den besten, schließlich ging es um Adam. Und in zweiter Linie brauchte sie Robert dieses Wochenende. Sie hatte schon gepackt, konnte aber nicht fahren, solange sie nicht sicher war, dass er sich um Adam kümmern würde. Der Junge war nicht immer einfach, er würde ihr ein kurzfristiges Umplanen übelnehmen, und sowieso hatte sie sonst niemanden, den sie um diesen Gefallen bitten konnte. Ihre Mutter hatte andere Sorgen. Verdammt, Robert, warum machte er alles so kompliziert?

Am nächsten Morgen wachte Katja mit Kopfschmerzen auf. In ihrer Nachttischschublade suchte sie nach Aspirin und griff dann nach dem Smartphone, um Robert anzurufen. Sie musste in einer Stunde los, sie brauchte

Gewissheit. Eigentlich war er nicht nachtragend, aber normalerweise haute er auch nicht einfach ab. Sie versuchte es dreimal hintereinander, doch Robert nahm nicht ab. Verdammter Mist! Ausgerechnet heute. Sie wollte das Treffen nicht sausen lassen. Es war ihre Chance, wieder Vertrauen in die Bergwelt zu gewinnen, große Ängste zu überwinden. Sie hatte die Herausforderung angenommen, indem sie Franziska nicht abgesagt hatte. Sie hatte große Erwartungen an dieses Wochenende.

dreizehn

Franziska quälte ihr Auto die steile Passstraße Richtung Hochtannberg hinauf. Die unerwartete Begegnung mit ihrer Mutter hatte sie aus der Fassung gebracht. Sie hatte das Radio ausgeschaltet, das Autofenster geöffnet. Die vielen Kurven hinterließen ein flaues Gefühl in ihrem Magen. Immer wieder schaute sie auf die Zeitanzeige des Wagens. Sie würde früh genug da sein, es war nicht mehr weit. Ob überhaupt eine der ehemaligen Freundinnen kommen würde?

Sie hatte auf der Einladung keine Adresse und keine Telefonnummer angegeben. Sie wollte keine Ausreden hören. Und sie war im Netz nicht so leicht zu finden wie Katja. Franziska war völlig überrascht gewesen, wie viele Einträge Google zu dem Namen Katja Stark gefunden hatte. Trotzdem war es schwierig gewesen, ihre Adresse herauszufinden. Ihre Privatsphäre war ihr wohl wichtig, und unter der Nummer ihrer Eltern hatte niemand abgehoben. Ob sie noch lebten? Bei Linda und Susanne hatte jeweils ein Anruf bei deren Eltern genügt. Die ältere Generation wohnte noch dort, wo sie immer schon gewohnt hatte. Sie kannte sonst niemanden, der so oft umgezogen war wie sie selbst.

Franziska parkte ihr Auto kurz vor dem Zentrum von

Lech. Sie ging lieber ein Stück zu Fuß die Straße entlang, als im Parkhaus zu parken. Hier stand weder ein Parkscheinautomat noch eine Schranke mit Münzeinwurf. Sie schnürte die Bergschuhe, schloss das Auto ab und verstaute den Schlüssel in einem kleinen Reißverschlussfach des Rucksacks. Die Luft war frisch und klar, die Straße lag noch im Schatten. Es herrschte nur wenig Verkehr. Franziska machte sich auf den Weg zum Tourismusbüro, um den hinterlegten Schlüssel abzuholen. Ihr Herz klopfte nervös.

Kurz vor halb neun betrat sie die Backstube in der Ortsmitte. Genüsslich sog sie den Duft von frischen Brötchen ein. Die Verkäuferin fragte freundlich: »Was darf es sein?«

»Ich treffe mich hier mit einer Freundin«, sagte Franziska. »Ich warte noch mit der Bestellung, wenn das okay ist.« Die Verkäuferin nickte und holte ein heißes Blech voller handgeformter Semmeln aus dem Ofen.

Franziska schaute sich um und wählte einen der rustikalen Holztische am Fenster. Den großen Rucksack deponierte sie an der Garderobe und setzte sich so, dass sie einen guten Blick nach draußen hatte. Ob zumindest eine der ehemaligen Freundinnen kommen würde? Sie knabberte an ihrem Daumennagel und nahm zur Ablenkung die ausliegende Tageszeitung zur Hand. Doch nach jeder gelesenen Überschrift wanderte ihr Blick wieder aus dem Fenster, und nach wenigen Minuten legte sie die Zeitung zur Seite.

Eine Viertelstunde später sah sie den gelben Postbus, der an der Haltebucht ein Stück weiter vorn hielt. Nur eine einzelne Wanderin stieg aus. Von der Statur her glich sie durchaus der Linda von früher. Doch Linda wohnte nun in Stuttgart und würde wohl kaum mit öffentlichen Verkehrsmitteln anreisen. Möglicherweise hatte sie ihr Auto in Langen am Arlberg stehen lassen, um nicht die Passstraße hochfahren zu müssen. Franziska schaute genauer hin. Die Frau in der tannengrünen Wanderhose und dem lindgrünen Shirt schaute sich suchend um. Es könnte wirklich Linda sein. Sollte sie hinausgehen und winken?

Da setzte sich die Wanderin in Bewegung und kam direkt auf die Bäckerei zu. Ja, es musste ihre alte Freundin sein. Schmal war sie geblieben, die Schultern leicht gebeugt unter dem schweren Rucksack, kam sie mit langsamen Schritten näher. Ihr Blick schweifte umher, als wäre sie zum ersten Mal in Lech. Franziska musterte die Aussicht aus dem Fenster mit frischem Blick. Bilderbuchidylle. Die Tür zur Bäckerei wurde aufgedrückt, und die Frau im grünen Outfit trat ein und schaute sich suchend um. Franziska winkte erst schüchtern, stand dann auf und freute sich über das Strahlen in den Augen der anderen.

»Linda, du bist wirklich gekommen!« Sie schüttelten sich unbeholfen die Hand.

»Franziska! Ganz lieben Dank für die tolle Einladung. So eine Überraschung war das. Ich freue mich riesig auf den Ausflug, das wird ein echtes Abenteuer. Sind Katja und Susanne schon da?«

»Wir sind die Ersten. Ich habe den Tisch am Fenster für uns reserviert.«

Franziska ging zurück zum Tisch. Linda stellte ihren Rucksack ebenfalls an die Garderobe und hängte ihre Mütze an einen Haken. Franziska erschrak. Was war mit Lindas Haaren passiert? Alle abrasiert. Franziska schluckte. Hoffentlich drehten sich die Gespräche während der Wanderung nicht hauptsächlich um Krankheiten und andere schlimme Schicksale. Lächelnd kam Linda an den Tisch. »Wie hast du meine Adresse rausgefunden?«

»Über deine Mutter. Was hat dich denn ausgerechnet nach Stuttgart verschlagen?«

Linda zuckte mit den Schultern. »Die Liebe?«

Beide zögerten weiterzusprechen und beobachteten schweigend drei weißhaarige, braungebrannte Rentner, die den Nebentisch in Beschlag nahmen.

Franziska senkte die Stimme. »Aber seit wann ... oh, schau, das könnte Katja sein!«

»Die Flotte dahinten, ganz in Schwarz und Silber?«, fragte Linda. »Dann hat sie aber ordentlich abgenommen.«

»Schau dir den Gang an. Selbstbewusst und zielstrebig wie früher. Und sagt man nicht, Schwarz macht schlank?«

Linda lächelte. »Das ist sie. Unglaublich, dass ihr euch in all den Jahren so wenig verändert habt.«

Nur wenige Sekunden später stand Katja in der Bäckerei, zeigte ihre makellosen weißen Zahnreihen, ließ den Rucksack auf den Boden fallen und schwenkte theatralisch die Arme. »Mädels«, rief sie, »wie habe ich euch vermisst. Kommt an meinen Busen und lasst euch drücken!«

Sie zwängte sich zwischen den Stühlen durch und wollte Linda in den Arm nehmen, als einer der Rentner aufstand und sich ihr in den Weg stellte. »Danke für die Einladung, an den wohlgeformten Busen lasse ich mich gern drücken.«

Katjas Lachen schallte durch die ganze Backstube. Sie musterte den Herrn mit hochgezogener Augenbraue und sagte laut: »Schätzle, vor ein paar Jahrzehnten hätte ich dich nicht von der Bettkante gestoßen, aber ich stehe auf Kerle, die auch ohne Viagra einen hochkriegen.«

Für einen kurzen Moment hielt selbst die freundliche Dame hinter dem Tresen die Luft an. Linda und Franziska schauten peinlich berührt aus dem Fenster. Der Rentner verlor kurzzeitig ein wenig von seiner Sommerbräune, machte dann Platz und zog sich wortlos zu seinen Kameraden zurück, denen ebenfalls die Worte fehlten. Katja drückte erst Linda, danach Franziska und meinte: »Ladys! Ich freue mich auf unser Wochenende. Das wird geil!«

Die anderen Gäste und die Angestellten hatten ihre Unterhaltungen gerade wieder aufgenommen, als sich die Tür erneut öffnete. Ein fröhlich lächelnder Lockenkopf wurde sichtbar. »Susi!«, rief Katja. »Du hast noch gefehlt zu unserem Glück. Nun sind wir komplett. Chefin, stell schon mal den Champagner kalt.«

»Ihr Lieben, wie schön, euch zu sehen! Wie geht's euch, wo wohnt ihr, was macht ihr? Ihr müsst mir alles erzählen! Ach, wieso haben wir uns nicht schon früher getroffen? He, wir sind alle über vierzig.« Susanne redete und lachte gleichzeitig und umarmte eine nach der anderen.

Linda drückte sie dezent von sich, um wieder Atem zu holen. »Susanne, du hast dich überhaupt nicht verändert. Du hast dir diese ansteckende Lebensfreude erhalten. Wie schön.«

»Hach, ich freue mich. Stellt euch vor, ich war zwölf Jahre nur daheim. Und jetzt gleich so ein cooles Wochenende mit euch. Aber das Beste ist das Foto, das ich eben gemacht habe. Das muss ich Pirmin schicken, er wird sich kaputtlachen.«

Susanne zog ihr Smartphone heraus. »Was für ein Anblick! Ich habe mich fast weggeschmissen. Schaut euch das an.« Sie zeigte ihr Handydisplay in die Runde. Darauf war ein rostiger Pick-up mit einem dreckverkrusteten Reservereifen auf der Ladefläche zu sehen, der eingeklemmt zwischen zwei blank polierten BMWs stand. »Ich muss das kurz abschicken. Ich bin ja so froh, dass Pirmin sich um Kinder, Hof und Gäste kümmert, ich wäre sonst nicht hier, und ihr glaubt nicht, wie ich mich freue, und dass ihr wirklich alle gekommen seid, und wie du überhaupt auf die Idee gekommen bist, ich find's ja so was von genial, ich habe mich über die Einladung gefreut, als wäre Ostern und Weihnachten und Hochzeitstag und Geburtstag gleichzeitig.«

Alle vier lachten herzlich, und Franziska meinte: »Das kann ja heiter werden mit euch!«

»Verrätst du uns, wohin die Reise führt?«, fragte Susanne. »Ich habe die Gegend gegoogelt. Es gibt hier jede Menge Alpenvereinshütten in wunderbarer Lage. Ich habe keinen Schimmer, wo du mit uns hinwillst.«

Franziska lächelte. »Ich kenne den allerschönsten Platz hier oben. Lasst uns den Ballast abladen und den Schlüssel zum Glück mitnehmen.«

»Wieso?«, fragte Susanne. »Brauche ich den Rucksack gar nicht? Hast du etwa ein All-inclusive-Hotel gebucht?«

Franziska legte den großen, schweren Schlüssel auf den Tisch. »Ich schlage vor, dass wir alles unnütze Zeug hierlassen. Also Handys, Geldbörsen, Handtaschen, Schminkspiegel, Haarbürsten etc. kommen ins Auto, und dann geht's los. Wir sollten vor Sonnenuntergang am Ziel sein!«

»Das Handy?«, fragte Linda erschrocken. »Ohne meine Medi-App kann ich nicht einschlafen.«

»Bist du immer noch so leichtgläubig?«, fragte Katja. »Wir sind hier nicht in der Schule, niemand zwingt dich, dein Handy hier zu lassen. Ich nehme meins auch mit. Ich muss noch klären, wer sich um meinen Jungen kümmert.«

Susanne starrte sie erschrocken an. »Das ist nicht dein Ernst?«

Katja zuckte mit den Schultern. »Kann ich meine Motorradklamotten in deinem Wagen verstauen? Ich habe auch in der Tiefgarage geparkt. Lasst mich kurz telefonieren. Bestellt eine Runde Prosecco auf mich. Gibst du mir den Autoschlüssel?« Sie lachte laut. »Ich bin gleich wieder da, versprochen, und wehe, ihr tauscht jetzt schon Geheimnisse aus. Ich will alles wissen!«

Franziska schüttelte den Kopf. »Lasst uns einen Kaffee trinken und dann zur Bushaltestelle gehen. Der Bus nach Zürs fährt in zwanzig Minuten.«

vierzehn

Franziska drängte zum Aufbruch. Sie stellten die leeren Kaffee- und Teetassen in die Durchreiche und nahmen ihre Siebensachen aus der Garderobe. Susanne schleppte den Rucksack von Katja nach draußen. »Sag mal, was hat Katja denn alles eingepackt? Der ist ja mega schwer!«

»Wo bleibt sie nur so lange?«, fragte Franziska mit einem nervösen Blick auf die Uhr. »Der Bus kommt jeden Moment. Lasst uns zur Haltestelle vorgehen.«

Sie schulterten die Rucksäcke, und Franziska trug den von Katja wie ein Riesenbaby vor dem Bauch. So zügig es ging, wanderten sie zur Haltebucht an der Straße. Susanne blickte immer wieder Richtung Tiefgarage, doch von Katja war nichts zu sehen.

»Hätte sie sich nicht früher um einen Babysitter kümmern können?«, fragte Franziska und verzog ärgerlich den Mund.

Sie waren nur noch wenige Meter von der Haltestelle entfernt, als sie den Bus um eine Kurve kommen hörten. Er hielt laut tuckernd und öffnete die vordere Tür. Die drei Frauen schauten sich an. Franziska zuckte genervt mit den Schultern. Linda versteckte sich hinter Susanne und versuchte mit Hilfe ihrer Gedankenkraft, Katja an die Haltestelle zu beamen, und Susanne lächelte den Busfahrer an und fragte freundlich: »Haben wir noch eine Minute Zeit? Unsere Freundin kommt jeden Moment.«

»Eine Minute«, knurrte der Busfahrer und schaute demonstrativ auf seine Uhr.

»Danke, Sie sind ein Schatz«, flötete Susanne. Franziska ließ beide Rucksäcke auf den Boden poltern und sprintete Richtung Tiefgarage davon. »Wow.« Susannes Mund blieb offen. »Franziska scheint gut im Training zu sein.«

Linda nickte: »Die Wandertour könnte anstrengend werden, so durchtrainiert, wie die Organisatorin ist.«

»Ich bin die Einzige, die in den letzten zwanzig Jahren ein Kilo pro Jahr zugelegt hat.« Susanne klopfte auf ihre Oberschenkel. Der Busfahrer klopfte auf seine Armbanduhr, zog die Augenbrauen hoch und erkannte Linda.

»Sie wollen doch nicht schon wieder abreisen?«

Linda schüttelte den Kopf. »Wir wollen nach Zürs.«

Jetzt schüttelte der Busfahrer den Kopf. »Das Geld hätten Sie sich sparen können, wenn Sie gleich dort ausgestiegen wären. In einer Stunde komme ich wieder.« Er tippte gegen seine Mütze, ließ die Tür zugleiten und gab Gas. Linda und Susanne schauten verzweifelt Richtung Tiefgarage. Von ihren Freundinnen war nichts zu sehen. Der Bus hinterließ eine dicke Abgaswolke, Linda hustete, und Susanne wedelte mit einer Hand vor ihrer Nase. Das fing ja gut an.

»Wann kommt denn der nächste Bus? Doch nicht erst in einer Stunde, oder?«, fragte Susanne. Linda studierte die ausgehängten Fahrpläne und verzog den Mund. »Tja, wir sind hier nicht in Stuttgart. Dort kommt alle paar Minuten ein Bus, hier geht der nächste tatsächlich erst in einer Stunde. Das ist wirklich ärgerlich. Was macht Katja denn so lange? Vielleicht hat sie dein Auto doch nicht gefunden?«

»O doch!« Susanne zeigte aufgeregt nach vorn, wo gerade ein alter Pick-up in der Ausfahrt der Tiefgarage auftauchte und auf die Bushaltestelle zuhielt. Katja saß grinsend am Steuer, Franziska hatte sich wohl zwischen Spanngurte, Holzhämmer und Isolatoren auf den Beifahrersitz gequetscht. Sie strahlte bedeutend weniger als Katja, die jetzt die Fensterscheibe herunterkurbelte und rief: »Einsteigen, Mädels! Ich hasse öffentliche Verkehrsmittel.«

»Wir haben zu viert keinen Platz«, wandte Susanne ein. »Es gibt keine Rückbank.«

»Aber eine riesige Ladefläche. Steigt hinten auf und haltet euch fest. Das wird ein Riesenspaß!«

Franziska stieg aus. »Susanne, kannst du Katja diese Schnapsidee ausreden? Wir warten auf den nächsten Bus, wird ja wohl bald wieder einer kommen.«

»In einer Stunde«, murmelte Linda.

»Was?«, fragte Franziska entsetzt. »So lange können wir nicht warten. Wir haben ein strammes Programm vor uns.«

»Na also, rauf mit euch«, lachte Katja.

»Niemals«, sagte Linda. »Wenn uns jemand sieht, bist du deinen Führerschein los, Katja. Das wirst du nicht wollen.«

»Aber wie kommen wir sonst nach Zürs?«, fragte Katja. »Linda ist mit dem Bus gekommen, Franziskas Auto steht irgendwo am Straßenrand in Richtung Warth, und ohne Helm kann ich auf dem Motorrad niemanden mitnehmen. Und der Bus ist ja nun mal weg.«

»Warum hast du überhaupt so lange gebraucht? Klappt es nicht mit dem Babysitter?«, fragte Susanne.

»Das habe ich gemanagt.« Katja nickte selbstsicher. »Ich bin nur beinah verzweifelt, weil ich bei dieser Karre den Rückwärtsgang nicht reinbekommen habe. Jetzt habe ich aber alles im Griff. Also, aufgesessen! Duckt euch einfach hinter die Rucksäcke, die sind groß genug.«

Linda und Susanne schauten sich zweifelnd an. »Ich schaffe es nicht auf die Ladefläche, ich bin keine fünfzehn mehr«, kicherte Susanne plötzlich los.

»Das ist nicht euer Ernst.« Linda schüttelte den Kopf. Franziska sagte: »Susanne, du nimmst den Beifahrersitz. Linda, ich helfe dir hoch, du setzt dich neben den Reifen, und ich stelle die Rucksäcke davor. Und Katja, wenn du mehr als dreißig fährst, musst du meinen Rucksack den Berg hinaufschleppen. Ich klopfe an die Rückwand, wenn wir startklar sind.«

Susanne setzte ihre Sonnenbrille auf und machte sich so klein wie möglich. Hoffentlich beobachtete sie niemand. Wirklich gefährlich würde es nicht werden. Daheim saßen oft genug ein paar Buben hinten drauf, wenn sie zum Zäunen gingen oder die Rinder von der Weide holten. Trotzdem fühlte es sich ungut an. Sie schwitzte allein beim Gedanken an eine Polizeikontrolle. Doch Katja war guter Dinge, und als sie von hinten ein Klopfen hörten, startete sie den Motor und fädelte sich in den geringen Verkehr auf der Dorfstraße ein.

Als sie Lech hinter sich ließen und auf der Landesstraße in Richtung Zürs unterwegs waren, fiel ein Teil der Anspannung von Susanne ab. »Ich wusste, dass dieses Wochenende abenteuerlich wird, aber wenn ich das Pirmin erzähle, wird er uns alle für verrückt halten.«

»Verrückt ist, wer jeden Tag lebt wie am Tag davor. Das, was wir machen, ist nicht verrückt, Susi. Das nennt sich einfach Leben!«

Katja spielte am Radiogerät herum, bis sie guten Empfang hatte, drehte dann die Lautstärke voll auf, kurbelte die Seitenscheibe herunter und sang lauthals: »*Auf der Straße nach San Fernando, da stand ein junges Mädchen wartend in der heißen Sonne ...*« Susanne stimmte ein. Und von hinten hörten sie ein rhythmisches Klopfen und zwei fröhliche Stimmen.

fünfzehn

Katja stellte den Pick-up auf dem riesigen leeren Parkplatz am Ortsanfang von Zürs ab, und Susanne lachte: »Ein Platz in der ersten Reihe, davon kann man im Winter nur träumen.«

Katja nickte. »Wenn man überhaupt noch hochfahren darf, manchmal ist das Kartenkontingent um zehn schon erschöpft.«

»Gehst du oft Skifahren?«, fragte Susanne neugierig.

»Ich liebe Tempo«, lachte Katja. »Und mit Skiern bin ich garantiert dreimal so schnell wie mit dieser Rostlaube. Komm, wir befreien Franziska und Linda.«

Doch die beiden hatten sich bereits aus ihrer Rucksackmauer herausgekämpft und sprangen vergnügt von der Ladefläche. »Scheint gut gegangen zu sein.« Franziska schaute sich um. »Kein Polizeiwagen weit und breit.«

»Darauf stoßen wir an.« Katja öffnete eine Seitentasche ihres prall gefüllten Rucksacks und zog vier Dosen Prosecco heraus.

»Du bist unglaublich«, sagte Susanne.

»Ich trinke schon lange nicht mehr.« Linda zog eine Wasserflasche aus ihrem Rucksack. »Ich stoße damit an.«

Franziska klimperte mit dem Schlüssel. »Ich trinke eigentlich auch nicht, aber auf diesen Start hin mach ich eine Ausnahme. Kann ja nur besser werden.«

Susanne stieß ihre Dose mit Katjas zusammen: »Eisgekühlt. Herrlich. Hast du etwa Kühlpads dabei?«

»Ich bin zur perfekten Hausfrau mutiert, wer hätte das gedacht?« Katja nahm genüsslich einen Schluck. »Herrlich!«

Franziska verzog das Gesicht. »Prosecco aus der Dose. Wie schräg ist das denn?«

Susanne lachte: »Auch nicht schlimmer als der billige Lambrusco aus der Flasche damals.« Alle stimmten in ihr Gelächter ein.

»Seid ihr startklar?« Franziska passierte als Erste das Drehkreuz. Der Pfad führte sofort steil den Hang hinauf und war so schmal, dass sie hintereinander gehen mussten und für mögliche Gespräche gleich die Luft wegblieb. Susanne bildete den Abschluss und sog den würzigen Duft der Alpenkräuter ein. Sie kannte die Arlbergregion nur vom Winter. Einmal pro Saison waren sie früher zum Skilaufen nach Lech gekommen. Sie selbst war nicht mehr hier oben gewesen, seit die Kinder auf der Welt waren. Aber sie könnte mal mit ihnen herfahren. Die Jungs waren alle prima Skifahrer. Schade, dass es hier so verdammt teuer war. Dafür reichte das Geld momentan nicht.

Nein, schalt sie sich in Gedanken, daran werde ich heute nicht denken. Sie würde alles im Tal lassen: Geldsorgen, Eheprobleme, Kinderkram. Der Rucksack war schwer genug. Sie fuhr mit den Daumen unter die Träger und freute sich jetzt schon, dieses Gewicht irgendwann abzuwerfen. Sie hatte in der Hektik zu unüberlegt gepackt und wahrscheinlich viel zu viel Unnützes mitgenommen. Das bereute sie jetzt bitter. Unter dem Rucksack klebte das Shirt bereits an ihrem Rücken fest. Sie stieß die Luft aus und stapfte weiter, Schritt für Schritt.

Der Pfad stieg weiter steil bergauf. Grobe Steine auf lehmigem Grund. Ein gleichmäßiges Laufen war nicht möglich. Immer wieder waren große Schritte nötig, um in den engen Kehren höher zu steigen. Kleine Rinnsale und Bächlein querten den Weg. An diesen Stellen war es schmierig und matschig. Da galt es darüberzuspringen oder über ein paar trockene Steine zu balancieren. Mit dem Rucksack auf dem Rücken war das eine echte Herausforderung für Susanne. Sie konzentrierte sich ganz auf den Weg, um den anderen möglichst zügig zu folgen. Doch schon auf halber Höhe ging ihr endgültig die Luft aus, und sie war schweißgebadet. Was für eine Tortur!

Susanne drehte sich Richtung Tal und ließ sich zurückfallen. Sie lehnte mit dem Rucksack am Hang und versuchte, wieder zu Atem zu kommen. Mit feuchten Fingern strich sie sich die Locken aus dem Gesicht. Für einen Moment schloss sie die Augen. Sie hörte das Pochen des Blutes in ihren Ohren und dahinter das Schwirren der Insekten in der warmen Luft. Sie fühlte sich körperlich erschöpft, doch ihre Sinne waren wach. Sie versuchte, die einzelnen Duftaromen zu benennen. Quendel, wilder Thymian. Sie schmeckte den salzigen Schweiß auf der Lippe und spürte ein Insekt, das über ihren nackten Unterschenkel kroch. Sie öffnete die Augen und ließ den Blick über den Hang schweifen. Unzählige Alpenrosen tauchten die Hügelkuppe vor ihr in zartrosa Pastelltöne. Dahinter ragte der markante Berggipfel des Rüfikopfs in die Höhe. Auch zu seinen Füßen schien ein Meer aus Alpenrosen zu blühen. Traumhaft.

Susanne stemmte sich wieder vom Hang ab und hielt Ausschau nach ihren Freundinnen. Sie waren bestimmt schon zweihundert Meter über ihr, und Susanne konnte sie nur noch anhand der Kleiderfarben auseinanderhalten. Ganz vorn erkannte sie ein blaues Outfit. Dass Franziska so fit war, wunderte sie nicht. Sie war schon in der Schule die Sportlichste gewesen, hatte sogar kurzzeitig als Skispringerin am Weltcup teilgenommen. Linda in Grün schien ebenfalls gut in Form. Bei ihr sah der Anstieg spielend leicht aus. Und Katja hatte sich vermutlich vorgenommen, nicht hinter Franziska zurückzubleiben, und wenn Katja sich etwas in den Kopf setzte, dann zog sie das durch. Mochte der Schweiß noch so strömen, sie würde lächeln wie eine Königin. Sie selbst, die noch nie besonders sportlich gewesen war, hatte am meisten zugelegt. Vier Schwangerschaften waren nicht ohne Folgen geblieben. Wie es Pirmin und den Jungs wohl ging? Zum ersten Mal in ihrem Leben mussten sie ohne die Mutter einschlafen. Und Pirmin würde mal sehen, wie der Alltag bei ihr ablief. Dahingegen war so eine Wanderung doch die pure Erholung. Es tat gut, hier zu sein. Auch wenn der Weg wirklich verdammt steil war. Sie genoss noch einmal den Ausblick und konzentrierte sich dann wieder auf den Weg. Weiter ging's. Schritt für Schritt.

Schon nach wenigen Serpentinen blieb Susanne erneut stehen, stützte die Hände auf die Knie und schnaufte. Wie machten die anderen das? Drehten die sich eigentlich nie um? Bemerkten sie gar nicht, dass sie nicht mithalten konnte? Sie quälte sich weiter bergauf. Der Rucksack wurde mit jeder Biegung des Pfades schwerer. Wie lange sollte sie noch mit diesem Steilhang kämpfen? Irgendwann musste es doch etwas flacher werden. Und wie wär's mit einer Trinkpause? Ja, sie würde allein eine einlegen. Zum Rufen fehlte ihr jetzt schon die Kraft, und ein Ende des Pfades war nicht in Sicht. Wie lange waren sie überhaupt schon unterwegs? Sie kramte ihr Handy hervor. Beinahe eine Stunde. Kein Wunder, dass sie fast verdurstete. Sie zog eine Flasche Rivella aus den Tiefen ihres Rucksacks und gönnte sich einen kräftigen Schluck. Oh, das tat gut. Sie verscheuchte ein paar lästige Fliegen und versuchte, das Panorama zu genießen. So ganz wollte es ihr aber nicht mehr gelingen.

Susanne behielt die Flasche in der einen und das Handy in der anderen Hand und kämpfte sich voran. Sie schnaufte schlimmer als die alte Frieda im Kuhstall. Sie war doch immer fit gewesen. Natürlich machte sie keinen Sport, wann denn auch? Aber sie war jeden Tag von früh bis spät auf den Beinen. Von irgendwoher wehte der Wind Gelächter. Sie schaute den Hang hinauf. Drei Farbpunkte: grün, blau und schwarz. Dort oben standen die Freundinnen und zeigten zu ihr herunter. Susanne fühlte sich elend. Da hatte sie ihren ganzen Mut zusammengenommen, sich auf das Abenteuer eingelassen, um Hilfe gebeten, Mann und Kinder und Gäste im Stich gelassen – um dann hier ausgelacht zu werden. Selbst Linda lachte mit. Das wurmte sie am meisten. Wie oft hatte sie Linda unterstützt und ihr Kraft und Hoffnung geschenkt, wenn sie mal wieder an den einfachsten Aufgaben verzweifelte. Ohne ihre Hilfe würde sie heute noch ohne Schulabschluss und Englischkenntnisse in irgendeiner Klasse rumdümpeln. Wut brodelte in ihr wie Lava. Von den blöden Hasen da oben musste sie sich nicht auslachen lassen. Keine von denen leistete im Alltag Vergleichbares, deshalb hatten sie auch so viel Energie. Sie blieb stehen und trank noch einen Schluck. Die anderen schienen auf sie zu warten. Wortfetzen wehten den Hang herunter. Hasenfuß. Was? Redeten die etwa so über sie? Ha, das würde sich heute Nacht noch zeigen, wer hier der Hasenfuß war. Sie brachte so schnell nichts aus dem Konzept. Aber die luxusverwöhnte Katja würde sich in einer einfachen Hütte noch umschauen. Immer missmutiger stieg Susanne langsam weiter nach oben.

»Cool, dass du auch schon da bist«, sagte Franziska. »Schau dir diese Aussicht an.«

»Springt ihr gleich weiter, wenn ich mich setze?«, fragte Susanne und strich sich die feuchten Locken aus dem Gesicht.

»Ich erzähle dir die Geschichte von der Hasenfluh. Lehn dich zurück und lass dir die Sonne ins Gesicht scheinen«, sagte Franziska sanft. »Wir laufen hier gerade eine Etappe des sagenumwobenen grünen Rings. Der Anstieg, der jetzt hinter uns liegt, nennt sich Hasenfluh. Dort ist angeblich vor vielen Wintern ein Bauer namens Ignaz beim Holzschlitteln erfroren. In den darauffolgenden Jahren soll er immer wieder Wanderer um Hilfe mit dem schweren Schlitten gebeten haben, doch niemand hat sich seiner erbarmt. Eines Tages bemerkte der Geist von Ignaz, dass er in die Gedanken der Wanderer schlüpfen konnte. Das war ein spannender Zeitvertreib für ihn. Er traf Schlaue und Dumme und hatte sein Vergnügen. Irgendwann lernte er, die Gedanken der Wanderer zu verändern. Daraus macht sich dieser Ignaz bis heute manchmal einen Spaß. Er sitzt da unten und wartet darauf, einem guten Menschen hässliche Gedanken durch den Kopf zu jagen. Dann amüsiert er sich über ihre Flüche und Wutausbrüche.«

»Woher kennst du diese Geschichte?«, fragte Susanne misstrauisch.

»Ich habe das kleine Büchlein mit den Sagen vom grünen Ring im Rucksack«, sagte Franziska. »Ich habe es mir zu Ostern geschenkt und meiner Tochter daraus vorgelesen.«

»Wie alt ist deine Tochter?«

»In zwanzig Minuten sind wir am Zürser See. Dort setzen wir uns auf den alten Holzsteg und erzählen uns wahre Geschichten, okay?« Franziska wandte sich wieder bergwärts.

Da sagte Linda: »Mir gefällt die Geschichte von Ignaz. Es ist schon erstaunlich, wie sehr Gedanken uns und unser Handeln beeinflussen. Sie rattern über die Wünsche unserer Seele hinweg, quälen uns oder verstopfen unsere Köpfe mit Belanglosigkeiten, die uns daran hindern, das Wesentliche wahrzunehmen. Ich versuche schon seit Jahren, sie unter Kontrolle zu halten. Meistens gelingt es mir nicht. Ich glaube, bei mir sitzt so ein Ignaz im Kopf. Jetzt habe ich endlich einen Namen für diesen Widersacher.«

»Du hast recht, Linda«, sagte Franziska ernst. »Ich weiß genau, was du meinst, und da ist etwas Wahres dran. Unsere Gedanken machen wir uns selbst. Wenn ich beim Raufkraxeln denke, wie anstrengend, wie sinnlos und beschissen der Weg ist, macht das etwas ganz anderes aus meinem Tag, als wenn ich mich auf die Farben und die Schönheit des Panoramas oder der Blumen konzentriere. Der Weg bleibt derselbe. Im einen Fall komme ich genervt und schlecht gelaunt hier oben an, im anderen dankbar und glücklich. Mein Verstand weiß das eigentlich. Und trotzdem wühlen meine Gedanken so oft Schlamm auf. Manchmal hasse ich sie dafür. Vermutlich streiten sich in meinem Kopf gleich zehn von diesen Bauern.«

sechzehn

In gemächlichem Tempo stiegen die vier Frauen weiter hintereinander bergan. Der Weg wurde allmählich flacher, die Stauden und Steine wurden weniger, zwischen einzelnen Felsbrocken erstreckten sich immer größere grüne Flecken. Rinder in allen Größen und Farben tranken aus zahlreichen Bergbächlein und strahlten Frieden und Genügsamkeit aus. Die Glocken um ihre Hälse bimmelten leise. Der Pfad querte jetzt eine Schotterstraße, und nur wenige hundert Meter entfernt erkannte Susanne die Bergstation einer Seilbahn.

»Die ist nur im Winter in Betrieb«, erklärte Franziska. »Deshalb ist man im Sommer hier oben so allein.«

»Ich hätte kein Problem mit ein paar Touristen«, lachte Susanne, »wenn ich mir dadurch diesen Hatsch hätte ersparen können.«

»Du würdest die Pause am See niemals so sehr genießen, wenn du das Ziel ohne Anstrengung erreicht hättest«, warf Linda ein.

»Oh, da kennst du mich schlecht.« Sie lachten und stiegen nebeneinander zur Geländekuppe auf. Nur einen kräftigen Steinwurf entfernt, glitzerte der See direkt unter ihnen. Freilaufende Pferde grasten am Ufer, und ein langer Steg aus Holz ragte fast bis in die Mitte des Sees.

»Leuchtend türkisgrünes Wasser mitten in den Bergen, wo gibt es denn so etwas?«, fragte Susanne erstaunt.

»Wow. Was für ein Kraftplatz!« Linda schien ganz ergriffen.

Auch Franziska war stehen geblieben. »Wie sich die Gipfel darin spiegeln. Das müssen das Kriegerhorn und die Große Wildgrubenspitze sein.«

»Die Abkühlung kommt gerade recht, ich stinke wie ein Iltis«, lachte Katja übermütig.

Fröhlich rannten die vier den kleinen Abhang zum See hinunter und legten die Rucksäcke ab.

»Ui, als könnte ich fliegen!« Susanne ließ ihre Schultern kreisen. »Fühlt ihr euch auch plötzlich so schwerelos?«

Sie zogen Schuhe und Strümpfe aus, nahmen etwas zu trinken und zu knabbern mit und gingen barfuß über die verwitterten Holzdielen zur kleinen Plattform in der Mitte des Sees hinaus. Sie wandten ihre Gesichter der Sonne zu. Die Pause war eine Wohltat. Jegliche Anspannung fiel von den Freundinnen ab. Andächtige Stille breitete sich aus. Nur die Kuhglocken waren leise zu hören.

Katja biss kräftig in ihren Apfel, dann sagte sie: »Also, Susanne, lass hören, wie es dir nach der Matura ergangen ist.«

Susanne lag auf dem Bauch und beobachtete ihr Spiegelbild im See. Langsam drehte sie sich um und schaute die anderen an. »Ich habe mich gerade gefragt, wie ihr mich wohl heute seht. Persönlich fühle ich mich kaum anders als zur Schulzeit. Der einzige Unterschied ist: Damals sehnte ich mich nach Mann und Kindern und heute bin ich froh, mal zwei Tage ohne die Mannschaft zu sein.«

Die anderen schwiegen, und sie fuhr fort: »Ich habe Pirmin kennengelernt, als ich für eine Saison im Restaurant auf dem Säntis gearbeitet habe. Er war dort jedes Wochenende mit seinem Jodelverein, und so nervig ich die Aufführungen fand, so gut gefiel mir der kräftige Kerl in seiner Lederhose. Umgekehrt wohl auch. So bin ich in der Schweiz geblieben und habe vier Buben bekommen. Aaron, Beat, Christian und David.«

»Nein!« Katja klopfte auf ihre Schenkel. »Wolltet ihr euch etwa 26 Jungs in Lederhosen zulegen?«

Linda brauchte einen Moment, bis sie die Anspielung verstanden hatte. Sie lachten alle schallend, und das Gelächter dröhnte von den steilen Felswänden.

Katja zog einen nagelneuen Flachmann aus der Hosentasche und reichte ihn Susanne. »Darauf nehmen wir einen Schluck.« Der Enzianschnaps brannte in Susannes Kehle, doch sie nahm noch einen zweiten. »Danke.«

»Also Wünsche erfüllt und alles gut?«, hakte Katja nach. »Trägt er dich auf Händen, wie du es verdienst, macht er dich beim Sex glücklich, kannst du dich durchsetzen, hast du dir ein paar Hobbys erhalten oder bist du fürs ganze Dorf das liebe Annile geworden, das nie Nein sagen kann?«

Susanne errötete. »Der Sex ist gut, aber 26 wären mir

dann doch zu viel.« Sie schaute über die Wasseroberfläche. »Er ist ein Ruhepol in meinem Leben, er ist die Gelassenheit in Person. Das tut mir gut, denn leider bin ich wirklich die, die zu jedem Dorffest drei Torten mitbringt, weil andere besser Nein sagen können. Und Hobbys? Kannst du mir sagen, was das ist?« Sie lachte traurig. »Mein Alltag ist so vollgepackt, dass ich gar nicht auf die Idee komme, irgendwelchen Hobbys nachzugehen. Was macht ihr denn so nur für euch, was tut euch gut?«, versuchte sie ungeschickt, von sich abzulenken und traurige Gedanken gar nicht erst zuzulassen. Nicht an diesem schönen Wochenende.

»Schau mal ins Wasser«, bat Linda freundlich. »Und sag uns einfach, was du dort siehst.«

Susanne drehte sich kichernd wieder auf den Bauch: »Ich bin schon froh, dass ich meinen Bauch dadrin nicht sehen muss.« Dann wurde sie ernst. »Ich sehe einen roten, verschwitzten Kopf, Augen, die müde sind, und ich sehe meine Stupsnase, die alle immer so niedlich finden, obwohl ich nie niedlich sein wollte. Ich sehe Lippen, die gern lachen, die ich aber immer öfter zusammenpresse, weil mich in letzter Zeit alles Mögliche aufregt. Ich sehe eine Frau, die ständig alles gibt und dabei weit hinter ihren Möglichkeiten zurückbleibt. Eine Frau, die mir fremd vorkommt. Eine Frau, die hinter ihrer lachenden Maske ziemlich unglücklich wirkt.«

Katja legte sich neben Susanne auf den Steg. »Und ich sehe eine starke, eine ehrliche Frau. Das bist du, Susanne. Du machst diese Welt schöner und liebenswerter. Du kannst von Herzen stolz auf dich sein.«

Eine Träne tropfte auf die unberührte Oberfläche des klaren Bergsees. »Siehst du diese Kreise? Wie dieser winzige Tropfen in dem großen See, so wird auch diese Bergtour Kreise ziehen und unser Leben verwandeln.« Es war Linda, die weitersprach. »Den momentanen Zustand anzuerkennen, das ist der erste und wichtigste Schritt auf dem Weg zur Veränderung.«

Susanne setzte sich auf. »Ich danke euch, aber in meinem Leben ist kein Platz für Veränderung. Der Haushalt, die Kinder, die Pension, der Hof, irgendwelche Pflichten rufen immer nach mir. Ich kann sie schließlich nicht einfach ignorieren.«

»Du bist schon raus«, sagte Franziska. »Du bist jetzt und heute hier – das ist es, was zählt.«

Plötzlich spritzten eiskalte Tropfen über den Steg. Katja hatte sich ausgezogen und war beinahe lautlos mit einem Kopfsprung ins Wasser getaucht. Mit kräftigen Zügen durchpflügte sie den glasklaren See. Ihre rote Unterwäsche hing verführerisch über ihrer Wasserflasche. »Kommt rein. Wir waschen uns alles Gedöns von der Haut und kommen frisch und klar wieder aus dem See. Es ist kalt. Erfrischend. Herrlich. Los jetzt!«

Susanne drehte sich um, um sich auszuziehen, dann wagte sie tatsächlich einen ungelenken Hüpfer ins Wasser und quietschte. »Erfrischend? Das ist pures Gletscherwasser. Iiiiih. Ich will wieder raus.«

Doch sie schwamm ein paar Züge, und mit der gleichmäßigen Bewegung beruhigte sich auch ihr Herzschlag wieder. Nur der Atem blieb flach. Es platschte noch zweimal: Franziska und Linda. Susanne drehte sich zu ihnen um. Sie kam sich vor wie ein kleines Kind. Sie bestaunte das Glitzern der Sonnenstrahlen und fühlte ihre Nacktheit im Wasser. Es war großartig. Und es war kalt. Bald hielten alle wieder auf den Steg zu, und während Franziska sich mit Schwung an den Brettern hochzog, waren die drei anderen froh, dass Franziska von oben mit einem festen Handgriff nachhalf.

Sie ließen sich von der Sonne trocknen und zogen dann die verschwitzten Wanderklamotten wieder an. Am Ufer steckten sie die kühlen Füße wieder in Socken und Bergschuhe, bis auf Linda. Sie knüpfte ihre Wanderschuhe außen an den Rucksack. Franziska beobachtete sie irritiert. Als Linda den Blick bemerkte, sagte sie: »Ich laufe ab Mitte Februar täglich barfuß durch den Wald.«

»Aber hier ist kein Waldboden.«

»Es ist ja nicht mehr weit. Ich nehme an, das Größere dort drüben ist die Alphütte, wo die Hirten der Rinder und Pferde wohnen, und für uns ist das kleinere, schnuckelige Häuschen am anderen Ufer reserviert, oder?«

Franziska schüttelte den Kopf. »Unsere Unterkunft sieht man noch lange nicht. Wir wandern jetzt erst mal zwei Stunden aufwärts, aufs Madlochjoch.«

»Willst du uns verarschen?«, fragte Katja. Susanne hatte es ganz die Sprache verschlagen.

»Ladys«, lachte Franziska, »es ist gerade mal ein Uhr, der Tag fängt erst an.«

»Seit wann steht auf dem Joch eine Hütte?«, fragte Susanne. »Da ist doch nur die Bergstation der Bahn. Oder ist die Hütte so klein, dass sie im Winter völlig eingeschneit ist?«

»Bitte kein alter Heuschober. Ich bin allergisch«, sagte Katja.

»Tja, groß ist die Hütte nicht, aber völlig frei von Allergenen. Und vermutlich sieht man sie auch im Winter. Es wird euch dort gefallen. Lasst euch überraschen!«

siebzehn

Gut gelaunt umrundeten die Frauen den See. Die Pferde grasten auf den mageren Weideflächen. Die Gesteinsbrocken und Kieshügel wurden zahlreicher, trotzdem zeigte Linda auf Alpenveilchen, Butterblumen und Enzian. Als sie die andere Seite des Sees erreicht hatten, nahm Franziska einen kleinen, flachen Stein vom Weg, ging am Ufer in die Hocke und versuchte, den Stein über die Wasseroberfläche hüpfen zu lassen. Sie holte aus und schmiss den Stein mit einer drehenden Handbewegung ins Wasser. In dem Moment wieherte eines der Pferde, und die Herde von etwa einem Dutzend Tiere galoppierte davon. Zurück blieb nur eine Staubwolke.

Überrascht schaute Franziska auf. »Sind die Pferde wegen des kleinen Steins weggerannt?«

Linda schüttelte den Kopf. »Nicht wegen des Steins, Franziska, sondern eher deinetwegen.«

»Das ist jetzt ein Scherz, oder?«

»Sie waren schon nervös, als wir vorbeigingen. Pferde spüren innere Unruhe sofort. Ich bin da mittlerweile auch sehr sensibel.«

Franziska verzog verständnislos das Gesicht, stand auf und spurtete den ansteigenden Pfad nach oben, als wäre eine wildgewordene Pferdeherde hinter ihr her.

Linda zuckte mit den Schultern. »Es nützt ja nichts, wenn wir uns selbst belügen.«

»Du hast dich verändert, Linda«, sagte Katja.

»Ich hoffe, Franziskas Wut verfliegt schnell wieder. Wir wissen ja nicht mal, wohin dieser Weg uns führt.« Susanne stolperte los. »Kommt, wir folgen ihr besser, sie ist bereits hinter der Kante da vorn verschwunden.«

»Gleich abhauen, also nein, so viel sollte man in unserem Alter aushalten können. War schließlich nicht böse gemeint.« Katja schüttelte ungläubig den Kopf.

Der Wind frischte auf. Er kräuselte die Oberfläche des Sees, und das eben noch türkisgrüne Wasser schien plötzlich trüb. Sie wandten sich ab, folgten dem Pfad hangaufwärts und gerieten bald wieder ins Schwitzen. Die Stimmung blieb sonderbar angespannt. Was hatte Franziska so aufgebracht? Jede der Frauen machte sich ihre eigenen Gedanken, denn zu einem ausgiebigen Gespräch fehlte schlicht der Atem.

»Wir könnten noch umdrehen«, sagte Linda plötzlich und blickte zurück Richtung Tal. »Wir wären am späten Nachmittag wieder in Zürs. Wenn wir weiter aufsteigen, dann gibt es kein Zurück mehr für heute.«

Susanne blieb schnaufend stehen. »Unmöglich, wir können nicht umdrehen. Da müssen wir jetzt durch. Schließlich können wir Franzi nicht allein lassen. Wir müssen sie finden. Ich habe das Gefühl, dass sie psychisch in einem nicht annähernd so guten Zustand ist wie konditionell.«

»Warum sie diese Tour wohl organisiert hat?«, fragte Katja nachdenklich. »Im Grunde wäre sie doch lieber allein unterwegs. Aber das ist sie ja jetzt. Hattet ihr beiden nach der Schule noch Kontakt zu ihr?«

Beide schüttelten die Köpfe. »Leider nein«, sagte Susanne, »aber ich habe das Gefühl, sie könnte Hilfe brauchen.«

»Also weiter bergan, ihr Lieben.« Linda stapfte jetzt vorneweg über die felsigen Wegabschnitte. »Aber die Idee, dass ich mir meine Bergschuhe wieder anziehen sollte, war gut.«

Nach ein paar hundert Metern querte der Pfad einen Bachlauf. Die drei Frauen balancierten über das morsche Holzbrett, das jemand als Brückenersatz hingelegt hatte. Linda zeigte bachaufwärts und war begeistert: »Ein kleiner Wasserfall. Schaut mal, wie sich die Sonne in der Gischt spiegelt. Wie schön!«

Susanne zückte ihr Handy, und Katja und Linda posierten nebeneinander vor dem magischen Sprühnebel. Linda wollte noch näher ans Wasser und rief: »Hinter dem Wasserfall ist eine Höhle. Oh, da möchte ich kurz rein. Ich liebe diese Kraftplätze, die die Natur uns schenkt, gerade dann, wenn wir erschöpft sind. Kommt ihr mit?«

»Das ist mir zu glitschig über die nassen Felsrinnen. Pass auf dich auf«, rief Katja.

Susanne ließ den Rucksack auf den Boden gleiten und holte die Flasche Rivella hervor. »Ich hab's nicht so mit Höhlen, und falls Franziska nach uns Ausschau hält, setze ich mich lieber auf die Kuppe hier. Eine kurze Pause gönnen wir uns, oder?«

Linda verschwand im Berginneren, und Katja setzte sich zu Susanne und trank ebenfalls einen Schluck.

»Danke dir. Für vorhin. Auf dem Steg.«

»Susanne, du hast schon immer zuerst an die anderen gedacht. Ich habe damals gehofft, dass du einen Mann erwischst, der das nicht ausnutzt, sonst verlierst du dich selbst.«

»Pirmin nutzt mich nicht aus. Er würde mir alle Freiheiten lassen. Ich enge mich selbst ein, weil ich es allen recht machen will. Ich mag es, wenn die Leute mir dankbar sind, es gibt mir das Gefühl, dass sie mich mögen. Aber das ist mir wirklich erst in den letzten Wochen aufgefallen.«

»Immerhin.«

»Jetzt, da auch der Kleine täglich für ein paar Stunden aus dem Haus ist, komme ich eher mal zur Ruhe und zum Nachdenken. David ist der Hammer. Zuckersüß, aber oft nenne ich ihn in Gedanken meinen Tinnitus.«

Katja lachte. »Dann lass uns mal tauschen. Adam muss ich jedes Wort aus der Nase ziehen.«

»Dein Sohn heißt Adam? Wie seid ihr denn auf den Namen gekommen?«

»Seine Kumpels nennen ihn Starky, obwohl er gar nichts Kräftiges an sich hat. Keine Ahnung, wer sich das ausgedacht hat. Kinder eben.«

Susanne legte beide Hände auf ihr Herz. »Und die Liebe, Katja? Hast du außer deinem Sohn noch jemanden in dein Herz geschlossen?«

Katja stand auf und ging ein paar Schritte. »Wo bleibt Linda? Ich komme mir vor wie in diesem Kinderreim. Da waren's nur noch zwei.«

»Lass die Scherze, Katja. Ich gehe nachschauen, die Höhle kann so groß ja nicht sein.«

Vorsichtig balancierte Susanne über die rutschigen Felskanten und durch die Gischt des Wasserfalls hindurch in das dunkle Loch hinein. »Linda! Linda! Wo bist du?«

Ihre Stimme hallte von den feuchten Wänden wider. Niemand antwortete.

Nach wenigen Schritten fühlte sich Susanne völlig von der Dunkelheit gefangen. Wie konnte man einen derart unheimlichen Ort als Kraftplatz empfinden? »Liindaaaa!«

Susanne stützte sich mit einer Hand an der klammen Felswand ab und tastete sich mit kleinen Schritten vorsichtig weiter in die Dunkelheit vor. Hatte Linda eine Lampe dabei? Dann müsste irgendwo ein Lichtschein sein, aber da war nur Finsternis. Sie musste umdrehen, bevor sie die Orientierung verlor und nicht mehr hinausfand. Das Rauschen des Wassers war leiser geworden, doch was war mit Linda? Tränen schossen Susanne in die Augen, Verzweiflung brach über sie herein. Wenn sie wieder herausgekommen wäre, hätten sie sie gesehen. Linda musste also noch hier drin sein. Aber hier war nichts. Nur Kälte, Rauschen, Feuchtigkeit.

Mit zitternden Knien drehte Susanne sich um und tastete sich nun mit der anderen Hand an der Felswand entlang. Erst mal raus. Hier drinnen konnte sie keinen klaren Gedanken fassen. Sie atmete viel zu schnell und viel zu flach. Wo war Linda? Wie kam sie hier wieder raus? Woher diese plötzliche Panik? Sie war nur ein paar Schritte in die Dunkelheit gegangen. Sie war doch kein Angsthase, nie gewesen. Was überrollte sie da gerade mit solcher Wucht? Sie lehnte sich an die feuchte Felswand, ihre Knie gaben nach. Langsam sank sie zu Boden. Das Rauschen hielt sie gefangen. Die Dunkelheit legte sich über sie.

achtzehn

Franziska lief bergwärts. Meter um Meter. Wie bei ihren regelmäßigen Runden daheim. Denken ausschalten. Laufen. Schritt für Schritt. Sie hatte sich vorgenommen, auf der Hut zu sein und Katjas Angriffe nicht persönlich zu nehmen. Sie kannte die Mädels ja. Sie war nicht davon ausgegangen, dass sie sich wesentlich verändert hatten. Doch Lindas Bemerkung war überraschend gekommen. Von völlig unerwarteter Seite. Und treffend. Sie hatte versucht, ihre innere Unruhe zu verbergen. Hatte versucht, ihre Gedanken an Vater, Mutter, Elina und Mara im Tal zu lassen. Es war ihr nicht gelungen.

Mechanisch stieg sie höher. Sie nahm die Umgebung nicht wahr, sah nur den Pfad und die nächsten paar Schritte vor sich. Dieses Davonlaufen hatte sich in den letzten Jahren tief in sie eingeprägt, sie konnte nicht anders. Früher, da war alles anders gewesen. Sie wurde langsamer. Die anderen würden sich Sorgen machen. Sie kannten sie nicht so dünnhäutig. Die Mädels wussten nicht, dass die Adlerin zu einem Fluchttier geworden war. Sie hob den Kopf und hielt Ausschau nach einem Sitzplatz. Da vorn führte ein Brett über ein Bächlein. Ein Stück weiter oberhalb sah sie einen großen, flachen Felsbrocken. Von dort würde sie einen wunderbaren Ausblick auf das Wasser und über das Tal haben. Sie würde ihre Freundinnen sehen, sobald sie sich auf dem Weg näherten. Mit sicherem Tritt kletterte sie zu dem Gesteinsbrocken hoch, legte den Rucksack auf den Boden und bettete ihren Kopf darauf. Das Rauschen des Wasserfalls klang beruhigend. Sie würde nicht weiterrennen. Sie würde erzählen. Hier war ein guter Platz dafür. Sie schaute in den blauen Himmel hinauf. Einzelne Flugzeuge zogen feine, weiße Kondensstreifen, und einmal meinte sie, in großer Höhe einen Greifvogel auszumachen. Frei wie dieser Vogel wollte sie sein.

Von weitem sah sie ihre drei Begleiterinnen. Sie wirkten müde und erschöpft. Ob sie ihnen zu viel zumutete? Doch die Sonne stand noch hoch, sie hatten Zeit. Linda zeigte auf einen Punkt, etwas unterhalb von Franziska, vermutlich hatte sie den kleinen Wasserfall entdeckt. Sie selbst war auf dem Gesteinsbrocken von unten vermutlich kaum zu erkennen. Sie setzte sich auf und überlegte, wie sie den anderen am besten gegenübertrat. Eine Entschuldigung schien angebracht. Es war ihr unangenehm, so kindisch reagiert zu haben und wie ein Ross in Panik davongestürmt zu sein. Linda hatte es bestimmt nicht böse gemeint.

Franziska band einen der Schnürsenkel fester, da schaute plötzlich Lindas kurzrasierter Kopf über den Rand des Gesteinsbrockens. Sie lächelte, und Franziska reichte ihr die Hand, um sie hochzuziehen.

»Es tut mir leid«, flüsterte Franziska.

»Du hast uns einen ordentlichen Schrecken eingejagt. Wir sind ja völlig verloren ohne dich. Danke, dass du hier auf uns gewartet hast.«

»Du hast dich verändert, Linda. Am meisten von uns allen. Und damit meine ich nicht den rasierten Schädel. Bist du Buddhistin oder so was geworden?«

Linda lachte hell und klar. »Nein, nach zwanzig Jahren Rollenspiel bin ich jetzt endlich die Linda geworden, die ich immer schon war.«

»Wow. Das möchte ich auch. Einfach Franzi sein dürfen. Du strahlst etwas Helles aus. Ich bin wirklich beeindruckt.«

»Auch ich habe eine Menge Schattenseiten. Ich bin dabei, mich mit ihnen auszusöhnen, aber das ist vermutlich ein lebenslanger Prozess. Was macht dich so unruhig? Willst du darüber reden?«

Schweigend schauten sie ins Tal. Die Stille war angenehm. Linda drängte nicht nach Antworten. Sie saßen einfach da. In Franziskas Kopf purzelten einzelne Sätze und Szenen ihrer Lebensgeschichte wie wild durcheinander. Sie brauchte Ruhe, sie musste erst alles sortieren. Dieser wirre Haufen an Gedanken und Erinnerungen ließ sich nicht teilen. Jede einzelne Szene würde wieder tausend Fragen aufwerfen. Sie musste in dem Chaos erst irgendwo einen Anfang finden.

»Ich glaube, wir gehen besser zu Katja und Susanne hinunter. Sonst machen sie sich Sorgen, wenn du plötzlich auch nicht mehr auftauchst.«

Nach wenigen Schritten kamen die beiden wieder in Sichtweite der Höhle und des kleinen Baches und sahen Katja, die nervös quer über den Hang hin und her lief und nach allen Richtungen Ausschau hielt. Als Katja sie erblickte, fuchtelte sie mit beiden Armen und rannte auf sie zu.

»Menschenskind. Ein unmöglicher Ort. Jetzt ist Susanne verschwunden. Sie wollte dich in der Höhle suchen, Linda. Gibt's da mehrere Ausgänge?«

Linda riss erschrocken die Augen auf. »Ich war nicht drin. Da strömt eine extrem ungute und angsteinflößende Energie heraus. Ich habe mich schnell wieder abgewandt und hatte das Gefühl, ich könnte auf der kleinen Plattform da oben viel besser Kraft tanken. Franziska hatte wohl intuitiv die gleiche Idee. So habe ich sie entdeckt.«

Katja starrte beide missmutig an. »Dann wird euch eure Intuition sicher auch verraten, wo Susanne ist.«

Linda und Franziska schauten sich an. »Ich hol sie zurück.« Linda visualisierte eine Schutzhülle und verschwand hinter dem feuchten Sprühnebel.

»Susanne!«, rief sie und erschrak über den harten Widerhall. Groß konnte die Höhle nicht sein. Niemand antwortete.

»Susanne?« Diesmal rief sie weniger laut. Ihre Augen gewöhnten sich schnell an die Dunkelheit, und sie sah einen unförmigen Umriss am Boden. Vorsichtig ging sie die paar Schritte darauf zu. Es war Susanne. Linda berührte sie sanft an der Schulter, Susanne hob verwirrt den Kopf. Sie atmete schnell und flach, wirkte wie weggetreten.

Linda ließ sich zu ihr auf den Boden sinken und nahm sie in den Arm. »Einatmen – eins, zwei, drei, vier – Luft anhalten – eins, zwei, drei, vier – ausatmen – eins, zwei, drei, vier. Einatmen …« Susanne folgte den Anweisungen wie unter Hypnose. Schon nach wenigen Atemzügen ging es ihr besser. Linda reichte ihr die Hand. »Lass uns nach draußen gehen, in die Sonne.«

Hand in Hand traten sie durch den Sprühnebel aus der Höhle heraus. Susanne schüttelte den Kopf. »Es ist nur ein Rinnsal. Ich hörte es tosen und rauschen. Mir wurde schwindlig, ich schwitzte und fühlte mich wie in einer Spirale, die sich immer schneller drehte. Ich bekam Panik. Und irgendwann kam ich nicht mehr raus.«

»Leidest du unter Klaustrophobie?«

»Ich erinnerte mich plötzlich an eine Situation aus meiner Kindheit. Keine Ahnung, ob es ein Traum war oder ob das wirklich geschehen ist. Wir hatten im Heustock einen Tunnel gegraben. Ich kroch hinter meinem Bruder her, meine Schwester war hinter mir, und plötzlich bekam ich Panik. Ich fürchtete, der Tunnel würden einstürzen und wir kämen nicht mehr raus. Ich schrie. Die anderen lachten. Der Tunnel war nur drei Meter lang. Sie lachten mich aus. Woher kommen diese Erinnerungen? Mein Herz klopft schon wieder wie wild. Ich brauche ein Stück Schokolade. Wahrscheinlich bin ich unterzuckert.«

Sie setzten sich zu Franziska und Katja ins Gras. »Ein gruseliger Ort«, sagte Franziska. »Der Sage nach benutzt der Riese Taurin diese kleine Höhle als Lagerplatz. Und damit niemand seinem Hab und Gut zu nahe kommt, hat er furchterregende Barrieren eingebaut. Die sind für sensible Menschen immer noch wahrnehmbar. Sie dienten dem Schutz seiner Sachen vor den Kobolden, die oben auf der Wollgraswiese hausen.«

»Bei denen müssen wir sicher auch noch vorbei«, sagte Katja. »Danke für diesen Motivationsschub. Werden sie uns nach dem Leben trachten?«

»Die Natur wirft uns auf uns selbst zurück. Wir dürfen wieder lernen, uns selbst zu erkennen. Allein. Draußen.«

»Linda, niemand kennt sich besser selbst als ich. Hör auf mit deinen klugen Sprüchen. Oder hast du jemals stundenlang auf einem Berg gehockt und dein Begleiter kam nie an? Konnte nur noch tot geborgen werden? Glaub mir, ich kenne mich. Also bitte verkneif dir dieses esoterische Gedöns.«

Alle Augen richteten sich erschrocken auf Katja. Mit einer schnellen Bewegung wischte sie eine Träne fort und sagte viel zu laut: »Auf geht's. In die Schlacht gegen die Kobolde am Kriegerhorn.«

neunzehn

Eine Stunde lang waren sie beinahe wortlos dem Pfad durch felsdurchsetzte Hänge gefolgt, als sie endlich eine ebene Anhöhe erreichten. Eigentlich wollte Franziska hier die Sage über die Pforte zur alten Gletscherstadt erzählen, doch sie schwieg. Sie hätte besser nie mit den alten Geschichten angefangen. Irgendwie verbreiteten sie eine komische Stimmung. Doch jetzt schienen alle gut gelaunt und froh, wieder einen steilen Abschnitt geschafft zu haben.

»Ich muss etwas trinken. Himmel, habe ich einen Durst.« Susanne ließ sich ins Gras plumpsen. Sie holten ihre Wasserflaschen hervor und staunten über das Plateau. Auf einer Größe von mehreren Fußballfeldern war das Gelände völlig eben, bewachsen mit leicht im Wind schwingendem Wollgras, dahinter erhob sich der geröllreiche Ausläufer eines früheren Gletschers, in den Bergrinnen hatte sich alter Schnee festgesetzt, und Bächlein suchten sich einen Weg Richtung Tal. Ein paar Federwölkchen zogen gemächlich an der Sonne vorbei, und Bergdohlen ließen sich vom leichten Wind tragen.

Susanne legte eine Hand auf Katjas Oberarm. »Deine Andeutung unten bei der Höhle beschäftigt mich sehr. Ich kann mir nichts Schlimmeres vorstellen. Wie schön, dass du heute trotzdem mit uns in die Berge bist. Das ist bestimmt nicht leicht für dich.«

»Nur kein Mitleid. Es ist lange her. Ich habe es gut verkraftet.«

Susanne hakte nach: »Wer war dein Begleiter?«

»Ich gebe Bescheid, wenn ich darüber reden will. Franzi, wie lange dauert's noch bis zu unserem Ziel? Ich muss meine Wasservorräte einteilen.«

Susanne zog die Hand zurück. Linda blieb stumm.

»Füllt die Wasserflaschen an einem der Bächlein hier. Weiter oben gibt es keine Möglichkeit mehr dazu.«

»Äh, es wird in der Hütte wohl ein Klo und eine Dusche geben?« Katja schaute ungläubig zu Franziska.

»Nein. Also füllen wir am besten alle Flaschen auf.«

»Ha, ha, ha. Ich habe gerade meine Tage. Hast du Lust, meine Menstruationstasse zu leeren, ohne dir danach die Hände mit Seife waschen zu können?« Katja wandte sich zornig ab. »Das wäre wohl eine kleine Notiz in der verfluchten Einladung wert gewesen. Oder etwa nicht?«

Franziska zuckte mit den Schultern. »Du bekommst von mir eine Flasche Wasser zum Händewaschen, okay? Und bevor wir die paar Schritte zum Hochplateau hinuntersteigen, möchte ich mich entschuldigen. Ich glaube zwar nicht an die alten Sagen, aber der Weg ist irgendwie magisch und bringt auch in mir viele unterdrückte Gefühle wieder an die Oberfläche.«

»He, es ist doch alles gut, ihr Lieben. Ich nehme auch eine zusätzliche Flasche für dich mit, Katja, und Seife habe ich auch dabei. Ohne Seife komme ich nicht durch den Tag. Sonst rieche ich immer nach Kuhstall, heute nach Schweiß.« Susanne legte die Hände auf den Busen. »Trotz der unglaublichen Anstrengung fühle ich mich hier wie neu geboren.«

»Ja.« Franziska konnte wieder lächeln. »Gleich da vorn steht eine Tür mitten in der Natur. Lasst uns durchgehen, die Vergangenheit hinter uns lassen und uns etwas für die Zukunft wünschen.«

Linda ging als Erste weiter. Nach ein paar Schritten drehte sie sich um. »Da steht ja wirklich eine Tür, Franziska!«, rief sie. »Ich dachte, du hättest es metaphorisch gemeint.«

»Eine echte Tür und davor ein echter Briefkasten. Du kannst dir eine Postkarte herausziehen, etwas daraufschreiben und einwerfen. Einmal jährlich im Herbst wird der Kasten geleert. Wollen wir ...?«

»Wer hat sich denn so etwas ausgedacht?« Katja war skeptisch. Doch dann saßen sie alle vier, jede für sich, auf einem Stein und überlegten sich ein paar Worte, die sie für immer an diesen besonderen Tag erinnern sollten.

Linda schaute sich um und ließ sich von der Natur inspirieren. Die langsam aufziehenden Wolken deuteten einen Wetterumschwung an. Die harten, zackigen Felsgrate am Horizont zeigten, dass es nicht immer einfach und lieblich sein würde. Das Leben hatte noch ein paar Aufgaben für sie. Sie atmete tief in den Bauch. Nur durch harte Lektionen hatte sie gelernt, zu wachsen und sich selbst zu vertrauen. Sie würde auch weitere Krisen meistern und gestärkt aus ihnen hervorgehen. Denn so, wie die Felsgrate mit der Zeit bröckelten und als Steine auf die Hochebene kullerten, so würde auch eine Krise nicht ewig am Horizont stehen. Sie würde abflachen. Und sie konnte sie überwinden. Fasziniert beobachtete sie das sich sanft im Wind bewegende Wollgras. Bald würde der Zeitpunkt kommen, an dem die Samen ausgereift waren, und dann würden die filigranen weißen Haare mit den winzigen Samen daran mit dem Wind auf die Reise gehen und irgendwo in dieser hochalpinen Gegend ein Fleckchen fruchtbare Erde finden, Wurzeln treiben und neu geboren werden. Das Leben war so einfach, so klar.

Hinter den weißen Tupfen verschwamm der Horizont, und sie fühlte eine kühle Brise. Dunkle Erinnerungen wollten aufsteigen, doch Linda schüttelte energisch den Kopf, griff zum Stift und schrieb: »Erinnere Dich, Linda. Du wirst alle Krisen meistern und gestärkt aus ihnen hervorgehen. Du trägst den Samen Deines Ichs in Dir, er kann sich überall entfalten. Immer wieder neu.« Sie legte die Karte auf die Brust und atmete die wunderbare Energie dieser Seelenbotschaft tief ein.

Susanne ließ ihren Blick ebenfalls schweifen. Sie hatte keine Ahnung, was sie auf die Karte schreiben könnte, deshalb legte sie sie ins Gras und ließ sich vom Wogen der Wollgraswiese mitnehmen. Sie fühlte sich leicht und zart. Katjas Worte gingen ihr durch den Kopf. Sie hatte im Wasser das Bild einer schönen Frau gesehen. Ja, es war unglaublich, wie ein paar Worte und Gedanken eine Stimmung verändern konnten. Sie könnte sich schlechtreden, weil die anderen immer auf sie warten mussten und weil sie ein paar Kilo zu viel auf den Hüften hatte. Sie könnte sich schämen, weil sie in der ausgeleierten Turnhose nie so aussehen würde wie die anderen Sportskanonen, oder sie könnte sich freuen, heute hier zu sein. Mit alten Freundinnen. Das Leben konnte so einfach sein, so schön.

In dem Moment nahm Susanne aus dem Augenwinkel eine Bewegung hinter einem Stein wahr. Sie bewegte sich vorsichtig und sah genauer hin. Jetzt wieder. Ja, da bewegte sich etwas. Sie flüsterte: »Schaut mal, ein Murmeltier, oh, und da noch zwei, nein, drei, das müssen ganz junge sein.« Sie holte ihr Handy hervor und versuchte, ein Foto zu machen. Das musste sie ihren Kindern zeigen. Beat liebte sämtliche Tiere, die es auf dieser Erde gab. Da fiel ihr Blick auf die Karte im Gras. Sie würde sie ihren Kindern schreiben und sich eine kleine Geschichte über die Begegnung mit einer Murmeltierfamilie ausdenken. Linda, die neben ihr saß, folgte ihrem Fingerzeig und flüsterte: »Murmeltiere sind Krafttiere. Wenn sie in dein Leben treten, fordern sie dich auf, aus deinem zu lange andauernden Winterschlaf zu erwachen und endlich dein Leben zu leben.«

Susanne schaute Linda verärgert an. Musste sie ihr diese schöne Szene kaputt machen? Da erinnerte sie sich an die Macht der Gedanken und Worte und versuchte, sich über diese Bemerkung zu freuen. Mit einigen Mühen gelang es ihr. Sie griff zum Stift und schrieb: »Liebe Susanne, alte Schlafmütze, Du hast lange genug geschnarcht und geträumt, jetzt wird gelebt!« Wie sie das umsetzen würde, war ihr völlig schleierhaft.

Franziska schrieb nur fünf Worte neben ihre Adresse. Die aber groß und fett. Das Ausrufezeichen dahinter drückte fast auf die Vorderseite durch, die ein Foto von der Stelle zeigte, wo sie gerade saßen. Dann beobachtete sie ebenfalls die Murmeltierbande bei ihrem Spiel. Die frechen Tierchen schienen sich durch die Frauen nicht gestört zu fühlen und balgten ausgelassen durch das sonnenbeschienene Gras. Da flog plötzlich etwas anderes in ihr Blickfeld. Alle drei schauten zu Katja. Sie hatte aus der Karte einen Papierflieger gefaltet, der jetzt schon beinah ertrunken in einer Wasserlache lag.

»Willst du uns endlich sagen, wie weit wir unseren Kram noch schleppen sollen? Ich habe Blasen an den Füßen, und mein Lustpegel liegt bei null!«

zwanzig

Die blaue Tür stand in der Landschaft wie bestellt und nicht abgeholt. Sie wirkte noch ein gutes Stück surrealer als der Briefkasten.

»Manchen Künstlern fehlt heutzutage wirklich die ein oder andere Tasse im Schrank«, schimpfte Katja. »Diese grausigen Installationen, die selbst die Bergwelt verschandeln. Ein Unding.«

Sie machte einen großen Bogen um die Tür und stapfte missmutig über das flache Hochplateau auf den nächsten steileren Anstieg zu. Einmal drehte sie sich noch um und zeigte hoch zum Grat. »Wenn ich da oben bin und keine Hütte sehe, ruf ich den Hubschrauber!«

Die drei anderen schauten ihr hinterher, blickten sich dann gegenseitig an, und Susanne zuckte mit den Schultern. »Bis wir da oben sind, verraucht vieles. Ich bewundere sie. Sie ist immer noch so stark und frech und ehrlich, es scheint, als hätte sie das Vernünftig- und Erwachsenwerden einfach nicht durchgemacht. Ich fühle mich so langweilig neben ihr. Bei mir ist alles so vorhersehbar und konservativ. Bieder.« Sie lachte: »Was für ein schreckliches Wort!«

»Manchmal geht das innere Kind mit ihr durch«, sagte Linda. »Ich finde es auch schön, dass sie ihm so viel Platz einräumt, trotzdem ist unter ihrer Oberfläche etwas Trauriges. In kleinen Momenten scheint es durch. Sie tut sich schwer damit, die leisen und sensiblen Gefühle anzunehmen. Sie hat sich eine Schutzhülle aus Aggression und Kaltschnäuzigkeit aufgebaut, doch die beginnt gerade zu bröckeln. Lassen wir ihr Zeit. Lassen wir uns Zeit. Die Natur wühlt vieles auf. Nehmen wir es an, es wird uns stärken.«

Franziska schaute sie fragend an: »Wie meinst du das mit dem inneren Kind?«

»Als du unten am See davongestürmt bist, war das nicht die vierzigjährige Franziska, das war ein kleines Mädchen, die kleine Franzi. Wenn wir in einer Situation überreagieren, dann erinnert uns das meist unbewusst an eine Situation aus unserer Kindheit. Es ist die kleine Franzi, die sich nicht geliebt fühlte, nicht gesehen wurde, nicht so sein konnte, wie sie wollte. Wenn du diese Trigger-Situationen erkennen und annehmen kannst, kann das innere Kind heilen, und du kannst souverän und gelassen reagieren.«

»Und wie kann ich das lernen?«

»Gib ihm jetzt, was es früher vermisst hat.« Linda ging langsam auf Franziska zu und umarmte sie innig und lange.

Franziska stand steif und unbeholfen da. Nach so langer Zeit ohne eine liebevolle Umarmung fühlte sich das ungewohnt an, doch Lindas liebevolle Energie sickerte langsam in ihr Inneres. Sie spürte, wie ein Teil ihrer Anspannung sich in Wohlbehagen verwandelte. Nicht alles, nein. Doch etwas lockerte sich und wurde weicher. Ihr wurde sprichwörtlich warm ums Herz.

Susanne nahm ihren Rucksack und ging auf die Tür zu. Da löste sich Franziska aus der Umarmung, räusperte sich und fragte: »Gehst du als Erste durch die Tür? Dann mache ich ein Foto von dir.«

Susanne reichte ihr das Handy und ging nachdenklich auf die Tür zu. Es war ein ungewöhnlicher Augenblick, das spürte sie, und doch konnte sie ihn nicht wirklich fassen. Wollte sie überhaupt etwas abstreifen und hinter sich lassen? Wenn ja, was? Sie spürte eine leise Angst. Welche Tür würde zufallen, wenn sie eine neue öffnete? Da pfiff ganz in der Nähe ein Murmeltier. Susanne lachte. Es war, als hätte das Murmeltier eigens für sie gepfiffen. Sie war wichtig. Sie war gut, so wie sie war. Sie richtete sich auf, Kopf nach oben, Brust raus, und flüsterte beim Durchschreiten der Tür: »Ich bin es wert, auf mich selbst zu achten.« Ja, das fühlte sich gut an. Sie ließ die Tür offen und ging mit federnden Schritten über den weichen Boden weiter.

Jetzt war Franziska an der Reihe. Sie stand vor der offenen Pforte. In Gedanken sprach sie mit sich selbst. »Es ist ein wichtiger Schritt für mich. Ich lasse meine Verschlossenheit und meine Zugeknöpftheit hinter mir und öffne mich. Öffne mich, mir selbst und anderen gegenüber – und den Wundern dieser Welt. Ich nehme mein inneres Kind in den Arm. Ich werde um Heilung beten und aus meinem inneren Panzer aussteigen. Ich will wieder fühlen und mich mit mir beschäftigen, will neue Wege gehen, mich versöhnen, mich frei fühlen.« Es war so gut, hier zu sein. Sie schöpfte Hoffnung. Mit einem Lächeln ging sie durch die Tür und zog sie sanft ins Schloss.

Linda packte Susannes Handy in die Seitentasche ihres Rucksacks. Sie atmete tief ein, verband sich über ihren Scheitelpunkt mit dem unendlichen Himmel und verwurzelte sich gedanklich in der Erde. Sie fühlte sich zutiefst verbunden mit der Natur und voller Urvertrauen. Für einen Moment schloss sie die Augen und visualisierte eine goldene Fontäne aus reiner Energie, die vom Gipfel des Berges direkt in ihr Inneres floss. Dann ging sie gestärkt durch die Tür. Sie ließ alle Zweifel hinter sich. Das Leben würde ihr den Weg weisen. Sie brauchte ihn nur zu gehen. Mit offenem Herzen, mit Vertrauen und diesem wunderbaren Gefühl der Verbundenheit. Wenn wieder Zweifel auftauchten und das ewige Gedankenkarussell antrieben, dann wollte sie sich an diesen klaren Moment zurückerinnern. Viel Weisheit steckte bereits in ihr, und die Natur gab ihr die Möglichkeit, diese in aller Klarheit erkennen zu dürfen. Leise stimmte sie ein kleines Lied an und folgte mit federleichten Schritten ihren Schulfreundinnen.

einundzwanzig

Katja warf den Rucksack auf den Boden und riss die Hände in die Höhe. Sie hatte es geschafft. Wow. Das Panorama war einzigartig. Felsige Berggipfel in alle Richtungen, einzelne Schneefelder glitzerten im Sonnenschein, ein Adler über dem Gipfelkreuz und Steinböcke am Hang direkt neben ihr. Ihr Herz jubilierte. Diese Freiheit. Dieser Blick. Dieses Berggefühl. Ihr war nicht bewusst gewesen, wie sehr sie es vermisst hatte. Wie gut, dass Franziska keine der üblichen Alphütten ausgesucht hatte. Dieses Gefühl hier oben war jede Anstrengung wert. Tausendfach. Sie könnte weinen vor Glück, auch wenn noch immer keine Hütte in Sicht war.

Sie holte die Sitzunterlage aus dem Rucksack, zog den schwarzen Kapuzenpulli über und trank ein paar Schlucke Wasser. Es schmeckte klarer, frischer und besser als jeder Champagner. Dazu gönnte sie sich eine scharfe Kaminwurz. Göttlich. Sie lehnte sich an den Rucksack und drehte ihr Gesicht der Sonne zu. Einfach herrlich. Fast wie früher. Ja – fast. Hier oben fühlte sie sich verletzlich. Sie hatte es geahnt, deshalb hatte sie die Berge so lange gemieden, deshalb hatte sie Jahre im Tal verbracht, auf sicherem Boden, immer mit den Bergen im Rücken. Was für ein Fehler! Hier oben war selbst die Traurigkeit plötzlich kein Feind mehr. War es vielleicht an der Zeit, die weiße Flagge zu hissen?

Katja schloss die Augen, und sofort war das Bild da. Das Bild, das sie mehr fürchtete als alles andere in ihrem Leben. Das Bild dieses einen Menschen, mit dem sie sich so tief verbunden gefühlt hatte. Dieses Gefühl, das weit über den Tod hinausreichte. Sie konnte an ihn denken, ohne sofort innerlich die Jalousien herunterzulassen. Sie begrüßte ihn herzlich und trat mit ihm in das so lange aufgeschobene und ängstlich abgewehrte Zwiegespräch. *Weißt du noch? Irgendwo da unten muss die Ravensburger Hütte sein. Weißt du noch, der bärtige Schnarcher neben dir?*

Sie öffnete die Augen und versuchte, die verschiedenen Gipfel zu erkennen. Innerlich flüsterte sie weiter. *Weißt du noch, das Schneefeld da drüben, an der Roten Wand? Das war gefährlich. Oder die Tour auf den Widderstein, als plötzlich das Gewitter aufzog?* Es waren wunderbare Sommer gewesen. Sie war zum Studium in Wien und in den Ferien immer gierig, möglichst viel Heimat und Bergluft einzusaugen. Diese gemeinsamen Bergtouren hatten eine wortlose Verbundenheit geschaffen und eine Vertrautheit erzeugt, die über seinen Tod hinaus bis heute anhielt. Wie dumm war sie gewesen, die Berge zu meiden. Hier fühlte sie sich ungebunden und frei. Hier konnte sie einfach sein. Das Wort »andächtig« stieg in ihr auf. Sie musste lachen, es passte nicht zu ihr. Das entsprach eher seinem Wortschatz, er hatte kurzzeitig sogar überlegt, Priester zu werden.

»Halleluja!« Susanne tauchte strahlend über dem Bergkamm auf. »Ich hab's geschafft. Ich kann es kaum glauben. Ich bin ganz oben. Halleluja!«

Katja gratulierte ihr: »Du hast wohl daran gezweifelt?«

»Ich habe gezweifelt, geschimpft, mir Sorgen gemacht und mich geärgert. Ich habe meine Füße verflucht und mein Übergewicht. Ich habe gedanklich die Einladung verfeuert und Franzi die Leviten gelesen, aber he, jetzt bin ich hier, und ich möchte nirgendwo anders sein.«

Sie ließ den Rucksack auf den Boden gleiten und sank auf ihn nieder. »Halleluja. Es ist grandios!« Ehrfürchtig bestaunte sie das Panorama. »Gibt es einen schöneren Platz auf der Welt?«

Katja gönnte ihr diese Freude ein paar Minuten, dann fragte sie ungewöhnlich sanft: »Siehst du hier irgendwo eine Hütte?«

Susanne starrte sie an. »O mein Gott, du meinst, wir müssen noch weiter? Nein! Ich kann nicht mehr. Ich bin heute mehr Höhenmeter bergauf gestiefelt als die letzten zehn Jahre zusammen. Hat Franziska vielleicht ein Zelt im Rucksack?«

»Oder eine aufblasbare Berghütte?«

Susanne stand auf und schaute sich um. »Da vorn ist irgendein hölzerner Verschlag. Vermutlich lagern die Hirten dort im Winter die Zaunpfähle, aber der Platz wäre cool, schau!«

»Würdest du dich da oben sicher fühlen? Sieht ja aus,

als wär's aus einem Flugzeug gefallen und würde jeden Moment weiter abstürzen.«

»Da vorn führt ein Pfad Richtung Spullersee. Dort gibt's ganz in der Nähe eine Alpenvereinshütte. Aber das sind bestimmt noch mal zwei Stunden zu laufen, eher vier, in meinem Zustand.«

»Ich kenne die Hütte«, sagte Katja. »Eintopf für alle, Hüttenruhe um zehn und hundert Mitschnarcher im Matratzenlager.«

Nun kamen Linda und Franziska an, die bewusst hinter Susanne gelaufen waren. Niemand mochte immer die Letzte sein.

»Wo werden wir schlafen?«, fragte Katja.

»Müssen wir hinunter zum Spullersee?«, fragte Susanne enttäuscht.

Franziska schüttelte den Kopf und zog den riesigen Schlüssel aus ihrem Rucksack. »Wir bleiben in der Höhe. Schaut da rüber zum Stierlochkopf. Seht ihr die winzige Hütte?«

»Du meinst die Holzschachtel da drüben?«, fragte Katja.

»Das ist eine Biwakschachtel, eine Notunterkunft. Die Bergrettung hat sie hier aufgestellt. Heute Nacht dürfen wir dort schlafen.«

Katja zog die Augenbrauen hoch. »Kein Klo, kein Bett, kein Herd, nichts?«

»Wir vier, ein paar Kerzen, Landjäger und Brot. Stille, Ruhe, Aussicht, Freiheit.«

Linda flüsterte: »Danke für dieses Erlebnis, Franziska.«

Katja brummelte: »Du bist ein bisschen schnell mit deinem Dankeschön. Sollen wir uns die Bude nicht zuerst anschauen?«

Susanne biss in ein Käsebrot. »Jetzt essen wir erst mal was, ich verhungere fast.«

Linda und Franziska holten ebenfalls Brote aus ihren Rucksäcken und tranken gierig aus ihren Wasserflaschen. »Es ist nur ein Brot mit Streichwurst, aber es schmeckt göttlich.« Franziska kaute genüsslich. Tiefer Frieden breitete sich auf dem Grat aus. Sie zogen warme Pullis über und hingen ihren Gedanken nach. Die Sonne wanderte weiter. Die Zeit schien unendlich.

Plötzlich stand Susanne ächzend auf und zückte ihre Luftgitarre.

»*Da, da, daaaa, da, daa, da, da, daaaaa.*«

Ein Strahlen ging über die Gesichter der anderen. Sie standen ebenfalls auf, legten einander die Arme um die Hüften und stimmten ein in jenes Lied, das sie durch ihre Schulzeit begleitet hatte: »*Valley's deep and the mountains so high, if you want to see God you've got to move on the other side ...*«

Bei der nächsten Strophe summte Susanne die zweite Stimme dazu. Katja überkam Gänsehaut. Mit jedem Ton fühlte sich ihre Stimme sicherer und voller an. Sie tönte durch ihren Körper hinaus in die Welt. Es war wie eine Befreiung. Diese Töne, so kraftvoll und voller Gefühl. Es gab nichts anderes mehr zwischen Himmel und Erde als sie und ihre Stimme und dieses so lange vermisste Gefühl der Verbundenheit. Mit den Frauen, mit ihrem Bruder und mit sich selbst. Die Welt stand für einen Augenblick still.

zweiundzwanzig

Den letzten Wegabschnitt gingen sie leichten Schrittes gemeinsam. Der Pfad war nicht mehr anstrengend, die Sonne wärmte nur noch sanft. Das Ziel war in greifbare Nähe gerückt, die Stimmung endlich gelassen und heiter. Sie liefen einen schattigen Hang hinunter, als Susanne plötzlich stehen blieb und auf den in der Sonne liegenden Gegenhang deutete.

»Sind das Gämsen oder Steinböcke?«

»Steinböcke«, flüsterte Katja. »Wie lange habe ich keine mehr gesehen!«

Die Tiere streckten die Nasen in den Wind und schienen ihre Witterung aufzunehmen. Gelassen schauten sie zu den vier Frauen herüber und ästen dann in Ruhe weiter.

»Von uns scheint keine Gefahr auszugehen«, lächelte Linda. Beschwingt liefen sie zu der kleinen Senke hinunter, vorbei an einem Hirschbad und dann geradeaus über eine flache Moorwiese. Nur noch ein letzter kleiner Anstieg lag zwischen ihnen und der Hütte. Susanne seufzte vor Erleichterung laut auf. »Ich glaub's nicht, wir sind tatsächlich bald da.«

Linda legte den Zeigefinger auf die Lippen und deutete auf eine feuchte Stelle vor ihnen. Sie ging in die Hocke, um das kleine Tierchen näher betrachten zu können.

»Oh, Feuersalamander!«, sagte Susanne und ging ebenfalls in die Knie.

»Der ist ja überhaupt nicht schüchtern«, staunte Franziska. »Ich glaube, der möchte gestreichelt werden.« Sie lachte leise.

»Der Feuersalamander will uns an unser inneres Feuer erinnern.« Linda stand wieder auf. »Es ist Zeit, Vergangenes loszulassen, uns selbst und den uns nahestehenden Menschen zu vergeben, unsere innere Feuerkraft zu aktivieren und so unsere Träume zu leben. Wir sollen uns wieder in den Fluss des Lebens gleiten lassen. Es ist Wandel, es ist Veränderung. Lebt und liebt und seid ganz ihr selbst, in eurer Einzigartigkeit, so wie jeder Feuersalamander sein ganz eigenes Muster trägt. Ich habe auch viel zu lange keinen gesehen. Danke, dass du dich gezeigt hast.«

Katja wedelte mit der Hand vor ihrer Stirn und ging weiter. Dieses esoterische Gequatsche ging ihr gehörig auf den Wecker. Das konnte ja noch heiter werden. Susanne folgte Katja und fragte sich, ob die drei anderen ein inneres Feuer spürten, das ihnen Antrieb gab und den Weg zeigte. Vermutlich spürten es alle mehr als sie. Denn wenn sie es nüchtern betrachtete, fühlte sie an Stelle eines Feuers schlicht gar nichts. Eine warme Liebe umgab ihr Herz, das schon, aber ein loderndes Feuer? Fehlanzeige.

Und diese Einzigartigkeit, dieses Muster, das jeden Salamander vom anderen unterschied, das war bei ihr auch ausgesprochen blass. Sie war Mutter geworden, Ehefrau, Gastgeberin, Bäuerin, so wie vor ihr schon Generationen und Tausende anderer Frauen in ihrer Region. Eher ein unscheinbares Regentierchen als ein Feuersalamander. Ob sich daran etwas ändern ließ? Irgendwo in ihrem Inneren verspürte sie durchaus eine Sehnsucht nach mehr. Mehr Feuer, mehr Sinn, mehr Tiefe, mehr Erleben, mehr Gestalten. Aber wo in ihrem Alltag war Platz für mehr?

Oder war es gar keine Sehnsucht nach mehr, sondern ein tiefer Wunsch nach weniger, einfacher? Ach, vom vielen Nachdenken wurde ihr Kopf ganz schwer. Sie hatte sich das Wochenende anders vorgestellt. Lachen über alte Geschichten, Plaudern über das aktuelle Familien- und zu später Stunde auch Liebesleben. Irgendwie leichter das Ganze, fröhlicher, geselliger, viel weniger anstrengend. Sie schaute zurück, der Zürser See war schon lange nicht mehr zu sehen, von den Ortschaften Lech und Zürs ganz zu schweigen. Hätte sich Franziska nicht einfach die urige Hütte am Zürser See für die Übernachtung aussuchen können? Dann könnten sie jetzt mit einem Achtel Wein in der Sonne sitzen und übers Leben tratschen. Ja, das wäre schön. Doch wie würde Pirmin sagen? Das Leben ist nun mal kein Wunschkonzert. Ein bisschen vermisste sie ihn und die Buben. Daheim war immer alles logisch und richtig und klar. Gewesen.

Hier erschien plötzlich alles in einem anderen Licht.

Und dieses Licht beleuchtete auch die unter den Tisch gekehrten Geschichten und die vermüllten Winkel. Das war nicht unbedingt angenehm. Vielleicht sollte sie mal ordentlich aufräumen und frischen Wind in die Winkel lassen, wenn sie wieder zu Hause war. Vielleicht ließ sich irgendwo eine Flamme entzünden? Sie zuckte mit den Schultern. Es war nicht mehr weit. Gleich hatte sie es geschafft. Schluss jetzt mit diesen Gedankenspielereien. Hätte sie doch nur ein paar Spielkarten eingepackt. Sie musste dem Abend dringend eine gesellige Richtung geben, bevor sie noch anfingen zu streiten.

Auch bei Franziska hatten Lindas Worte einen wunden Punkt berührt. Sie hatte ihre ganze Energie darin investiert, sich abzukapseln. Die daraus resultierende Einsamkeit hatte sie als Buße für ihre Fehler angesehen. Es war Zeit, zu vergeben. Eigentlich war es viel zu spät, denn Vater war tot. Doch ihre Mutter lebte. Sie musste einen Weg der Vergebung finden, bevor es auch dafür zu spät war. Nur wie? Wie sollte sie verzeihen können? Die Wunde war tief, doch der dicke Schorf darüber war bröselig geworden und blutete neu. Die Zeit war gekommen, das spürte Franziska, doch sie hatte keine Ahnung, wie Vergebung funktionierte. Sie hatte schlichtweg Angst davor. Am Ende würde sie sich selbst verzeihen müssen, doch das könnte sie niemals.

dreiundzwanzig

Dann stand sie vor ihnen. Die Biwakschachtel. Quaderförmig, einfach, aus Holz, etwa zwei mal drei Meter groß mit einem schrägen Pultdach. Schmale, lange Gucklöcher in alle Richtungen, eine massive Tür und an jeder Ecke ein dickes Stahlseil, mit dem die Konstruktion hoffentlich fest im Felsen verankert war.

»Sensationell.« Katja schüttelte lachend den Kopf, und Susanne kratzte sich an der Nasenspitze: »Hoffentlich bekomme ich dadrin keine Platzangst.«

Linda legte ihr die Hand auf die Schultern. »Dann zählst du einfach wieder bis vier und atmest dabei tief ein und aus.«

»So viel größer war unser Zimmer im Internat auch nicht«, sagte Franziska und fügte an: »Ist es okay, wenn ich oben schlafe?«

»Nur wenn du vor dem Bett einen Handstand machst, dich mit den Zehen am Rahmen einhängst und hochziehst. So wie früher.« Linda lachte fröhlich. Alles wurde gut.

»Wer schnarcht, wird rausgeschmissen!« Katja drohte mit dem Zeigefinger.

»Ob wir hier wirklich schlafen können, ich meine, so richtig, nicht nur ein bisschen die Augen schließen und den Mund halten?« Susanne war immer noch skeptisch. »Hätte ich nur die Karten eingepackt, dann könnten wir die Nacht durchspielen.«

»Du bringst mich auf eine Idee!« Katja fing an, in ihrem Rucksack zu kramen. »Irgendwo ...«

Franziska spähte durch eines der Gucklöcher: ein Holztisch in der Mitte des Raums, auf jeder Seite eine schmale Bank und rechts und links davon jeweils zwei Bretter als eine Art Stockbett übereinander. Eine dünne Isomatte lag auf den vier »Betten«, und auf dem Sims hinter dem Guckloch stand ein ganzes Sammelsurium an Kerzenstummeln in Gläsern und Teelichtern. Das war alles. Sie würden geschützt sein. Zumindest vor dem Wind. Ob die Traumgeister draußen bleiben würden, war ungewiss. Besser, sie ersparte den Freundinnen die Sagen, die sich um den Stierlochkopf rankten.

»Hier!«, rief Katja triumphierend und zog eine kleine Metalldose hervor. »Ein Kartenspiel für Menschen ab vierzig.«

»Damit machen wir die Nacht zum Tag.« Susanne streckte die Hand aus. Sie las die Anleitung auf der Unterseite der Schachtel und kicherte: »Das ist noch besser als Jassen. Ein Fragespiel. Hast du schon mal einen Orgasmus vorgetäuscht?«

Linda und Franziska verdrehten die Augen. Katja stieg sofort drauf ein. »Vortäuschen? Was habe ich davon? Wenn der Kerl es nicht schafft, helfe ich selbst nach, deshalb lasse ich mich beim Sex auch nicht fesseln.«

»Das ist ja dann wohl eher etwas für die Dunkelheit.« Susanne legte das Spiel auf einen Stein und begann, ihre Bergschuhe auszuziehen.

»Du hast vier Kinder, da werden dir Gespräche über Sex doch nicht peinlich sein?« Katja nahm das Kartenspiel an sich und öffnete den Deckel. »Für Frauen über vierzig. Da wird's doch hoffentlich nicht nur um sexuellen Kleinkram gehen.«

Sie mischte die Karten und zog eine aus dem verdeckten Stapel. »Jede gibt eine ehrliche Antwort, okay?« Nacheinander schaute sie allen in die Augen. Sie nickten.

»Eine einzige, zufällige Frage«, sagte Franziska. »Danach ziehe ich mich erst mal um.«

Katja drehte die Karte um, blieb aber stumm.

»Mach's nicht so spannend. Sag schon!«, forderte Susanne lachend.

Fast tonlos las Katja vor: »Wie lautet der letzte Satz, den du zu deiner Mutter gesagt hast?«

Franziska setzte sich schweigend, Linda drehte den Kopf Richtung Himmel.

»Mensch, das ist ja langweilig«, meinte dagegen Susanne. »Ich habe danke gesagt, weil sie dieses Wochenende für mich einspringt, sich um die Kinder kümmert und den Feriengästen das Frühstück serviert.«

Katja warf das Spiel neben den Rucksack. »Der Verkäufer im Sportladen hat mir das Spiel geschenkt. So ein Mist. Und ich bin noch so blöd und schleppe es hier hoch. So, jetzt aber raus aus den stinkigen Klamotten.«

Sie zogen die verschwitzten Sachen aus. Shirts und Socken baumelten an den Drahtseilen, die Bergschuhe standen zum Auslüften unter der kleinen Bank, die sich auf der Nordseite der Schachtel entlangzog. Von dort reichte der Blick bis zum Spullersee hinab. Die Berggipfel des Bregenzerwaldes leuchteten im warmen Abendschein, auf den Schweizer Gipfeln funkelten Schneereste. Linda machte ein paar Dehnübungen, Franziska rubbelte mit einem kleinen Handtuch über den verschwitzten Kopf, und Katja lief vorsichtig ein paar Schritte barfuß durchs Gelände. Hände waschen wäre fein, doch ein Schluck Wasser aus der Trinkflasche und ein Abstreifen der Finger an einem zerzausten Grasbüschel mussten genügen. Die Rucksäcke standen in Reih und Glied vor der Haustür. Vermutlich mussten sie die Nacht im Freien verbringen, drinnen war es zu eng für vier Frauen und vier riesige Rucksäcke.

vierundzwanzig

»Seid ihr eigentlich nicht hungrig?«, fragte Susanne. »Wir haben den ganzen Tag über kaum etwas gegessen.«

»Doch«, riefen sie lachend wie aus einem Mund.

»Dann rückt mal euren Proviant raus. Ich gehe rein und decke den Tisch, zu viert wird's zu eng.«

Franziska sperrte mit dem riesigen Schlüssel die massive Tür auf. »Du hast recht. Wir reichen dir unsere Schätze rein. Und wir legen einen Stein auf den Boden, damit die Tür nicht ins Schloss fällt und wir uns aussperren.«

Jede reichte ihre Vesperdosen, Sackmesser und Trinkflaschen an Susanne weiter, die freudig in dem winzigen Raum werkelte. Auf jeden Platz legte sie ein ausgebreitetes Papiertaschentuch mit einem Sackmesser darauf. Tomaten, Eier, Wurst und Käse arrangierte sie hübsch auf den Deckeln der Vesperdosen, ein weißes Baguette nahm fast die gesamte Tischlänge ein. Die Flasche Rotwein hatte Katja bereits draußen entkorkt und zusammen mit vier Plastikbechern durch die Tür gereicht. Susanne dekorierte den Tisch rasch noch mit ein paar Teelichtern und einer einzelnen Alpenrose, die jemand in einem kleinen Essiggurkenglas zurückgelassen hatte. Alles war perfekt.

»Hereinspaziert! Essen ist fertig.«

Susanne und Katja quetschten sich rechts vom Tisch

auf die harte Holzbank, Linda und Franziska saßen ihnen gegenüber. Staunend betrachteten sie die gedeckte Tafel.

»Keine Ahnung, wann ich mich zuletzt so auf ein Abendessen gefreut habe«, sagte Franziska.

»Wunderbar. Danke, Susanne«, sagte Linda. Katja langte bereits zu, brach ein Stück vom Baguette ab und meinte: »Ein Festmahl! Guten Appetit, ihr Lieben.«

Susanne nahm die Weinflasche zur Hand und schenkte die Becher voll. »Für mich nichts.« Linda hielt die Hand über den Becher.

»Dann bleibt mehr für mich, kein Problem«, sagte Katja mit vollem Mund. »Aber Linda, von uns allen hast du dich am meisten verändert, nach dem Essen möchte ich als Erstes deine Geschichte hören. Und jetzt Mahlzeit und Prost. Auf uns!«

Linda tunkte ihr Knäckebrot in den Hummus, Katja steckte sich ein Stück Bergkäse in den Mund und zog die Augenbraue hoch. »Jetzt sag bloß, du lebst vegetarisch?«

Linda schüttelte lächelnd den Kopf.

»Puh, ich hatte schon Angst, du zerredest uns den Appetit auf Käse und Landjäger mit Schauermärchen aus irgendeiner Tierfabrik. Da haben wir ja noch mal Glück gehabt.«

Lindas Lächeln erstarrte. »Ich werde euch den Appetit nicht verderben. Meinetwegen soll jede essen, was ihr guttut. Ich esse schon lange nicht mehr vegetarisch. Ich lebe seit über drei Jahren vegan.«

Katja verschluckte sich, hustete und spülte mit einem

Schluck Rotwein hinterher. »Ist Rotwein nicht vegan? Wegen der Reblaus, oder wie?«

»Ich diskutiere nicht über meine Ernährung. Ich habe meine Gründe, mir geht es gut. Und jetzt lasst uns genießen.« Ihr Knäckebrot durchbrach knackend die unangenehme Stille.

Als der letzte Schluck Wein getrunken war, fing Susanne an, die Reste zu verpacken und Ordnung zu schaffen. Katja hielt sie zurück. »Vor dem Schlafen kommt bei mir bestimmt noch mal Hunger auf. Ich wäre bereit für Lindas Story.«

Auf der einfachen Bank konnte man sich nicht zurücklehnen, deshalb zog sie die Füße auf die Bank und legte erwartungsvoll den Kopf auf die Knie.

»Meine Geschichte ist unspektakulär«, begann Linda zögerlich. »Ich bin heute nicht viel anders als damals. Vielleicht ein bisschen weniger schüchtern.« Sie lächelte verlegen.

»Ein bisschen ist gut«, sagte Katja. »Damals kamst du mir vor wie ein scheues Reh, und heute bist du selbstbewusst und stark.«

»Nach dem Internat war ich erst mal eine Zeit lang zu Hause, aber ich hielt es dort nicht aus. Ich fand meine Eltern furchtbar konservativ und bieder und wollte nur noch raus. Das Malergeschäft kam mir trostlos vor. Geld hatte ich keines, Pläne oder Ziele schon gar nicht, aber einen flotten Verehrer. Tja, ich heiratete, bekam zwei Kinder und wollte alles besser machen. Doch irgendwie ging dieses Andere und Bessere im Alltag unter. Ich kümmerte mich um die Kinder und um den Haushalt, und als die Kinder älter wurden, übernahm ich immer mehr Aufgaben in der Firma.«

»Was für ein Geschäft war das?«, fragte Susanne neugierig.

»Das Autohaus meines Schwiegervaters. Ich machte die Buchhaltung und die Abrechnungen und versuchte, der Firma einen für das Finanzamt tauglichen Anstrich zu verleihen. Ich trug plötzlich graue Kostüme, Lippenstift und eine Brille. In meinem Kalender notierte die Sekretärin Termine für Friseur und Maniküre. Abends brachte ich völlig erledigt die Jungs ins Bett, jonglierte nebenbei im Kopf mit Zahlen, und aus Angst vor einer Betriebsprüfung fing ich an, zur Beruhigung zu rauchen. Mein Mann trank vor dem Fernseher drei, vier Bier und schnarchte, während mich daneben Albträume plagten. Ich lebte quasi das Leben meiner Eltern.«

»Und wie bist du da rausgekommen?« Franziska steckte sich noch ein Stück Käse in den Mund.

»Das klingt jetzt irgendwie absurd. Eine Bekannte hatte einen Wellnessgutschein geschenkt bekommen und mich überredet, mitzukommen. Die Jungs waren mittlerweile 14 und 15 und sehr selbständig, mein Mann hatte auch nichts dagegen, also fuhr ich mit. Das war Ende April vor vier Jahren. Das Hotel war toll, aber draußen heulte ein spätwinterlicher Schneesturm, und meine Bekannte bandelte bereits in der ersten Stunde mit einem

Hotelgast an. Da saß ich dann wie bestellt und nicht abgeholt. Ich zog mich in den Ruheraum der Sauna zurück, und dort fiel mir ein Buch in die Hände, das jemand liegen gelassen hatte. Dieses Buch hat mir die Augen geöffnet. Ich tauchte ein in eine völlig neue Welt. Es hat dort auf dieser Liege auf mich gewartet.«

»Ein Buch hat dein Leben verändert? Inwiefern?« Katja schaute skeptisch.

»Ich habe einfach angefangen, ein paar meiner rosaroten Brillen abzulegen und die Dinge so zu sehen, wie sie wirklich waren. Jahrelang hatte ich mir selbst etwas vorgemacht. Ich hatte geglaubt, ich sei glücklich und zufrieden. Ich hatte das wirklich geglaubt, obwohl ich völlig neben der Spur war und keinen Funken Lebensfreude mehr spürte.«

»Wow. Hast du das Buch noch? Worum ging es darin?«, fragte Susanne interessiert.

»Ich habe es weitergegeben. Ich wünsche mir, dass es noch vielen Menschen die Augen öffnet. Es war nur ein Anfang. Ich habe dann ganz viel zu dem Thema gelesen, Videos angeschaut, mich intensiv damit beschäftigt. Es ging in dem Buch schlicht um Selbstverantwortung. Darum, dass ich selbst für mein Leben verantwortlich bin. Alles Jammern, alle Ausreden, all das schwächt mich nur. Jedes Abgeben der Verantwortung entzieht mir Energie. Ich bin kein Opfer irgendwelcher Umstände. Ich selbst bin die Schöpferin meines Lebens. Heute bin ich überzeugt davon.«

fünfundzwanzig

Franziska stand auf. Es war eng in der Biwakschachtel. Sie brauchte frische Luft. »Ich gehe mal kurz für kleine Mädchen.«

»Bleib in der Nähe«, sagte Susanne. »Nicht dass uns noch eine beim Pinkeln abhandenkommt.«

»Erzähl nicht weiter«, bat Franziska Linda. »Ich möchte auch hören, wie dein weiterer Weg ausgesehen hat.«

Sie ging vorsichtig barfuß auf die andere Seite der Biwakschachtel, um in die Schuhe zu schlüpfen. Die Schnürsenkel flatterten lose um die Füße, als sie sich ein Plätzchen suchte. Das war gar nicht so einfach. Auf der einen Seite blies ein frischer Wind, Bäume gab es keine und auch sonst nichts, das irgendwie Sichtschutz gewähren würde. Sie stieg hinab zu der kleinen Moorwiese in der Senke. Dort unten waren Gesteinsbrocken verstreut. Sie beneidete Linda, die einfach so von sich erzählen konnte. Ohne Drama, ohne Tränen, ohne Vorwürfe. Klar und sachlich. Sie würde das nicht schaffen. Es war besser, sie erzählte so wenig wie möglich, sonst würde der Abend in Tränen und Selbstvorwürfen enden.

Nachdem Franziska sich erleichtert hatte, ging sie querfeldein wieder auf die Schachtel zu. Sie musste sich zurückhalten, schließlich hatten die anderen ein Recht auf ein schönes Wochenende. Drama hatten vermutlich alle genug zu Hause. Sie schaute zum Horizont. Die Sonne stand schon tief. Alles schimmerte in warmen, goldenen Tönen. Da trat sie plötzlich mit einem Schuh auf den Schnürsenkel des anderen und strauchelte. Sie konnte sich nirgends festhalten und fiel hart auf eine kleine Felsplatte. »Verdammte Scheiße!« Sie rollte sich herum und setzte sich auf. Ihr rechtes Knie pochte. Vor Wut über die eigene Unachtsamkeit traten Tränen in Franziskas Augen. Das Leben war ungerecht. Wieso konnte sie nicht einfach mit Freundinnen einen Abend genießen? Wieso hatte ausgerechnet immer sie so ein Pech? Wieso?

Sie schloss die Augen und wünschte sich weit weg. Es war eine dumme Idee gewesen. Wie hatte sie so blöd sein können, zu hoffen, dass ihre ehemaligen Freundinnen ihr helfen konnten? Wieso hatte sie so hohe Erwartungen in dieses Wochenende gesetzt? Sie hätte doch wissen müssen, dass etwas schieflaufen würde, so wie ständig in ihrem verfluchten Leben. Wie sie es hasste. Selbstverantwortung. Sie spuckte ins Gras. Ja, liebe Linda, so, wie du es sagst, klingt es ganz einfach. Aber was ist, wenn man eben nicht nur für sich selbst verantwortlich ist? Mit zwei erwachsenen Kindern ließ es sich gut reden. Aber Mara würde nie selbständig werden.

Sie öffnete ihre Augen und erschrak. Über ihr kreiste ein dunkler Schatten. Groß und mächtig. Ruhig. Franziska hielt die Luft an. Ein Adler. Hier oben gab es diese seltenen Tiere noch. Die Flügelspannweite war enorm, größer als bei jedem anderen Vogel, den sie bisher beobachtet hatte. Ihr Herz öffnete sich. Das goldene, warme Abendgefühl flutete sie. Doch – sie war hier richtig. Alles war so, wie es sein sollte. Irgendwann würde auch sie, die Adlerin, wieder fliegen. Vielleicht.

Der Vogel zog seine Kreise, wurde kleiner, stieg höher und höher. Franziska ließ ihn nicht aus den Augen. Was Linda wohl über Adler zu erzählen wusste? Bestimmt irgendetwas über Mut und Stärke und Freiheit. Ja, sie musste nicht nachfragen. Franziska spürte es selbst. Sie fühlte sich zu dem Tier hingezogen. Bestimmt war es ein Weibchen auf der Suche nach Futter für die Jungen, eine Adlerin. Die Adlerin wollte ihr etwas sagen, sie war nicht zufällig direkt über ihr aufgetaucht. Sie war ihretwegen gekommen. Innerlich war sie mutig und stark, das hatte sie in den ganzen Jahren gezeigt. Was sie allein alles geschafft hatte! Zwillinge waren schon für intakte Familien eine Herausforderung. Sie war allein gewesen und schwach und einsam und jung und unerfahren. Trotzdem hatte sie die Mädchen großgezogen. Sie besaß Mut und Kraft und Ausdauer. Leider vergaß sie es viel zu oft.

Franziska musste blinzeln und fand dann den Himmel leer vor. Doch irgendetwas hatte sich verändert. Irgendetwas in ihrem Inneren. Als hätte die Adlerin ihr tatsächlich eine Portion Mut dagelassen. Mut. Und das Versprechen nach Freiheit.

»Franzi?« Susannes warme Stimme erfüllte die Luft. »Franziska, wo bist du?«

»Hier unten. Ich komme gleich.« Sie stand vorsichtig auf und humpelte langsam voran. Mit den Fingern wischte sie die Tränen weg und versuchte, ein Lächeln zustande zu bringen. Als sie näher kam, rief Susanne:

»Was ist passiert? Hast du Schmerzen?«

»Nur das Knie angeschlagen. Es geht schon. Ich habe eine Sportsalbe dabei.«

»Ach, Franziska, warst du zu bequem, die Schuhe zu binden?« Susanne schüttelte den Kopf, als stünde sie einem kleinen Kind gegenüber.

Katja kramte vor der Hütte in ihrem Rucksack. »Ich habe ein Kühlpad dabei. Es sollte zwar eine Überraschung werden, aber für den Sonnenuntergang habe ich eine Flasche Weißwein eingepackt.«

Linda kam ebenfalls aus der Hütte und schlüpfte in ihre Schuhe. »Ich habe vorhin ganz in der Nähe Arnikablüten gesehen. Jetzt weiß ich, warum sie mich so angestrahlt haben. Ich hole dir ein paar davon.« Susanne hielt Franziska den Flachmann unter die Nase. »Selbstgebrannter Enzianschnaps, der hilft immer. Von außen und von innen.«

Franziska ließ sich umsorgen. Das tat gut.

Dann machten die vier Freundinnen es sich draußen bequem, setzten sich auf die ausgebreiteten Schlafsäcke und drehten ihre Gesichter der untergehenden Sonne entgegen.

sechsundzwanzig

Es war Katja, die Linda ansprach: »Also, ein Buch hat dein Leben verändert. Du hast ein paar Kapitel gelesen, dann hast du aufgehört, dir die Nägel zu lackieren, und die Haare abgeschnitten und warst plötzlich wieder du selbst? Oder wie soll ich mir das vorstellen?«

Linda entfuhr ein feines glockenhelles Lachen. »Bücher, Videos, Artikel und Podcasts können Augenöffner sein. Dein Leben aber kannst du nur selbst verändern.«

»Ach Linda, das klingt bei dir so einfach, aber wie hast du das konkret gemacht?«, seufzte Susanne.

»Ich habe mich zum ersten Mal im Leben gefragt, was ich eigentlich wirklich will. Bisher hatte ich mich darauf konzentriert, was ich nicht wollte – und genau das bekommen. Zum Beispiel wollte ich nie das Leben meiner Eltern führen. Und was habe ich getan? Den Malerpinsel gegen ein Auto eingetauscht, aber ansonsten bin ich genauso durch den Alltag gehetzt. Ich habe also angefangen zu schreiben. Jeden Morgen habe ich mich vor ein leeres Blatt Papier gesetzt und geschrieben: über meine Wünsche, meine Träume, über meine Vorstellungen von einem sinnvollen Leben. Erst war es nur Gejammer über das, was ist, doch mit den Wochen und Monaten zeigte sich eine Spur. Ich wollte einfacher leben, weniger Termine, weniger Druck. Ich wollte die Jahreszeiten wieder erleben, selbst Gemüse anpflanzen, mehr über Kräuter erfahren und mich selbst besser kennenlernen. Ich habe mir falsche Termine in den Firmenkalender eingetragen, um allein durch den Wald zu schlendern. Das kam mir so verboten vor. So unnütz und ziellos. Immer irgendwo im Hinterkopf war der Gedanke, was würden die anderen denken, wenn sie das wüssten.«

»Oh, den Gedanken kenne ich nur zu gut«, sagte Susanne. »Wie bist du den losgeworden?«

»Das war schwer. Ehrlich gesagt, spukt er bis heute noch manchmal durch meine Träume. Es braucht jeden einzelnen Tag Kraft und Mut, ihm keine Macht mehr über mich zu geben. Doch je weniger Macht er über mich hatte, desto energievoller und glücklicher fühlte ich mich. Was denken, was sagen die anderen? Schon als Kind hat mich dieser Satz verfolgt. Meine Mutter kam aus sehr ärmlichen Verhältnissen. Die Heirat mit einem Malermeister war für sie ein großer Schritt in eine bessere Welt. Sie wollte dazugehören, als Geschäftsfrau anerkannt sein, als gute Mutter und aufopferungsvolle Ehefrau. Dazu gehörte auch, dass wir Kinder im Dorf ein gutes Bild abgeben mussten. Nie durften wir barfuß oder in dreckigen Hosen ins Dorf rennen. Wir mussten immer anziehen, was ihrer Meinung nach zum Anlass passte. Ich bekam jeden Tag ordentliche Zöpfe geflochten, ich musste in der Schule bei den Besten sein, sie suchte meine Freundinnen aus. Und immer ging es darum: Was denken die Leute?«

»Das kommt mir auch bekannt vor«, sagte Katja. »Meine Mutter konnte schäumen vor Wut, wenn sie meinen Rock zu kurz fand. Katja, was werden die Leute denken?!«

»Du warst als Kind schon stark, Katja. Du hast dich vermutlich nicht daran gestört. Ich hingegen habe mich angepasst und diesen verfluchten Satz auch für mein Leben übernommen. Ich trug mausgraue Kostüme, weil ich dachte, die Leute würden über mich reden, wenn ich in Jeans und T-Shirt zum Friseur ginge, wo ich alle drei Wochen meine Strähnchen auffrischen ließ, um ja nicht mit einer Frisur herumzurennen, über die die Leute vielleicht redeten. Ganz unbemerkt war diese Einstellung zu meinem Lebensmotto geworden. Diese Einsicht kam wirklich wie ein Blitz über mich. Ich konnte nicht die Ansprüche meiner Mutter ändern, aber ich musste aufhören, mich selbst zur Sklavin dieses blöden Gedankens zu machen.«

Susanne drehte sich ganz Linda zu. »O Linda. Ich fühle mich gerade irgendwie ertappt. Aber haben dir diese Veränderungen keine Angst gemacht?«

»Anfangs schon. Doch ich hatte zwei Dinge klar erkannt. Erstens, ich bin für mich selbst verantwortlich; niemand anderer ist schuld, wenn ich mich gestresst fühle und es mir nicht gut geht. Und zweitens habe ich gespürt, es gibt durchaus Hoffnungen, Wünsche und Sehnsüchte, die ich leben kann, wenn es mir endlich egal ist, was die anderen sagen oder denken.« Sie lachte leise. »Der Witz daran: Vermutlich denkt sich kein einziges Schwein irgendetwas, wenn ich mitten am Vormittag barfuß einen Waldspaziergang mache.«

»Wie hat dein Umfeld darauf reagiert, dass du dein Leben in die eigenen Hände genommen hast?«, fragte Katja.

»Mein Mann wollte mich zum Psychiater schicken, als ich ihm klarmachte, dass ich nicht weiter in der Firma mitarbeiten würde. Meinen Kindern war es peinlich, dass ich anfing, Dinge zu hinterfragen, und die Kostüme in den Altkleider-Container schmiss. Meine vermeintlichen Freundinnen waren ganz schnell weg. Es waren die Frauen von den Kollegen und Freunden meines Mannes, die ich fälschlicherweise als meine Freundinnen betrachtet hatte.«

»Du warst plötzlich allein?«, fragte Franziska nach.

»Erst im Alleinsein habe ich Ruhe und meine Mitte gefunden. Trotzdem habe ich noch viel zu lange versucht, im Außen Dinge zu verändern«, sie schmunzelte. »Unglaublich, was ich in den nächsten Jahren alles ausprobiert hatte, um glücklich und frei zu werden: Ich habe Coachings gebucht, bei Schamanen gelernt, Aufstellungen mitgemacht, mich meinen Ängsten gestellt und meine Schatten umarmt, mich mit den Chakren beschäftigt, exzessiv meditiert, Yoga morgens und abends gemacht, bin auf dem Jakobsweg gewandert, habe Therapeuten abgeklappert, Schweigeklöster. Versteht mich richtig. Alles kann für jemanden ganz viel bringen, aber ich hatte es schlicht übertrieben.«

»Ich bewundere deinen Mut, Linda«, sagte Susanne. »Ich könnte das nicht.«

»Wir alle können unser Leben verändern. Wir brauchen nur ein starkes Warum.«

Franziska rieb sich fröstelnd die Hände. »Was meinst du mit einem starken Warum?«

»Warum möchtest du eine Veränderung? Es gibt hundert Gründe. Nimm mal an, du wolltest abnehmen. Es wird dir nicht gelingen, wenn dein Warum heißt: Ich möchte eine kleinere Kleidergröße oder ich möchte hübscher sein oder ich möchte für meinen Partner attraktiver sein. Wenn dir aber ein Arzt sagt, dass du in zwei Monaten tot bist, wenn du nicht abnimmst, dann heißt dein Warum: Ich will leben. Das ist ein starkes Warum. Du wirst abnehmen und es wird einfacher sein, als du es dir jemals vorstellen konntest.«

»Was war dein Warum?«

»Ich wollte leben. Denn meine Seele lag längst auf dem Sterbebett.«

siebenundzwanzig

Katja holte drei Becher aus der Hütte und schenkte kühlen Weißwein ein. Die Sonne färbte den Himmel leuchtend rot. Überall auf den umliegenden Bergen entdeckten sie in der eintretenden Dunkelheit kleine flackernde Lagerfeuer. Heute war die kürzeste Nacht des Jahres.

»Wir haben früher immer das Sonnwendfest gefeiert«, sagte Katja. »Mein Vater stieg gemeinsam mit ein paar Kollegen von der Bergrettung auf die Gamsfreiheit. Sie schleppten Holz hinauf und die Lagerfeuer waren weithin sichtbar. Die Frauen und die Kinder blieben auf dem Muttersberg und entzündeten ein eigenes Feuer. Wenn die Männer wieder herunterkamen, gab es heiße Schüblinge. Meist wurde es nach Mitternacht, bis wir wieder nach Hause kamen.«

»Ich liebe diese Art von Erinnerungen«, sagte Linda. »Zu schade, dass ich meinen Buben nicht mehr davon mitgeben konnte.«

»Ja, solche Rituale geben uns allen viel. Nicht nur den Kindern. Ich möchte auch wieder mehr auf solche Möglichkeiten eingehen«, sagte Susanne.

»Apropos Rituale«, Linda wendete sich Susanne zu. »Kennst du das Neumondwünschen?«

Susanne schüttelte den Kopf.

»Heute ist Neumond. Jeden Monat nehme ich mir an dem Abend Zeit, um mir für die nächsten vier Wochen etwas zu wünschen. Dabei achte ich gern noch auf das Mondzeichen. Momentan steht der Mond in den Zwillingen. Da passen Wünsche zum Thema Kommunikation besonders gut. Den Wunsch schreibe ich ins Tagebuch, und dann versuche ich jeden Tag eine kleine Tat in diese Richtung in meinen Alltag zu integrieren. So gehen diese kleinen Wünsche meistens in Erfüllung.«

»Hast du ein Beispiel?«, fragte Susanne und überlegte schon, wann sie denn Zeit zum Tagebuchschreiben und Wünscheerfüllen finden würde.

»Es geht nicht um Beispiele. Spüre in dein Inneres und der passende Wunsch wird auftauchen.«

Minutenlang schauten sie wortlos auf die Feuer im Umkreis. Wie die Hühner auf der Stange saßen sie auf dem Berg und ließen sich von der fantastischen Abendstimmung anstecken.

Dann fing Susanne an, leise einen alten Ohrwurm zu summen. »*I am sailing, I am sailing* …« Die anderen stimmten ein. Die letzten Sonnenstrahlen verschwanden hinter den Berggipfeln. Außer ihrem leisen Summen war es vollkommen still. Immer mehr Sterne zündeten ihre Lichter an, und dann stand Franziska auf und sang laut und klar: »*I am flying, I am flying, like a bird, across the sky* …«

Ihre Stimme begann zu zittern. Susanne wischte sich eine Träne der Rührung aus dem Augenwinkel, das gemeinsame Summen gab Franziskas Stimme Sicherheit, und sie klang kräftig in den dunklen Abendhimmel. Bis sie verklang und alle gleichzeitig verstummten. Franziska setzte sich. Gemeinsam sanken sie in die Dunkelheit.

Franziska streckte ihren Rücken durch. Linda hatte recht. Es war völlig egal, was andere von ihr dachten. Sie würde jetzt ihre Geschichte erzählen, und selbst wenn sie danach völlig allein wäre, sie musste da durch. Wenn Linda diese Kraft aufgebracht hatte, dann würde sie es auch schaffen. Sie holte tief Luft. In diesem Augenblick erhob sich Susanne. »Wenn wir noch länger draußen bleiben, hole ich meine Mütze.«

»Die Abendstimmung ist nirgends schöner als hier«, sagte Katja, während Susanne zur Biwakschachtel lief.

»Ach herrje, ich spüre den Wein. Ich trinke zu selten etwas«, lachte Susanne, stieß die Tür auf und stolperte prompt über die Eingangsstufe. Sie nahm die Mütze, die sie als Sitzkissen auf der harten Bank benutzt hatte, und kam wieder nach draußen. Sie zog die Tür hinter sich zu und erschrak, als Franziska auf sie zustürmte und »Nein! Nicht!« rief. Doch zu spät! Die Tür war ins Schloss gefallen. Die Tür war zu. Der Schlüssel lag auf dem Tisch neben dem letzten Rest vom Baguette. Fassungslos starrten sie sich an.

Katja sprang auf und rüttelte an der massiven Türschnalle. Sie drückte und zog und stieß mit dem Fuß gegen die Tür. Sie bewegte sich keinen Millimeter. Susanne saß heulend auf dem Boden. »Es ist meine Schuld, ich habe den Stein verschoben, als ich gestolpert bin. Es tut mir so leid. Was machen wir denn jetzt?«

Franziska stand nachdenklich vor der Schachtel und meinte: »Es ist nur unser Essen drin. Die Schlafsäcke haben wir hier draußen, Rucksäcke, Klamotten, Schuhe ... alles da. Ein Feuer wäre vielleicht fein, sonst könnte es kalt werden heute Nacht.«

»Ich erfriere hier draußen. Es gibt ja keinen ebenen Fleck, das macht mein Rücken nicht mit.« Susannes Stimme klang immer noch weinerlich. Katja spähte rundherum durch alle Gucklöcher. »Was würde MacGyver jetzt tun? Der Held meiner Kindheit hätte bestimmt eine Idee.«

»Der hätte Magnete, Schraubenschlüssel, Drahtzangen und Wunderkerzen im Rucksack.« Franziska kratzte sich am Kopf. »Hat hier jemand Handynetz?«

»Wozu?«, fragte Katja. »Was nützt es uns, wenn wir irgendjemand im Tal erzählen, dass wir so doof waren, uns auszusperren? Für den Hubschrauber ist es zu dunkel, und für die Feuerwehr fehlt die Straße.«

»Apropos Feuer, ich suche Holz, hat jemand von euch Streichhölzer hier draußen?«, fragte Susanne.

Katja lachte verächtlich. »Susanne, Schätzchen, schon mal was von einer Baumgrenze gehört? Wir sind hier auf fast zweieinhalbtausend Meter. Vielleicht schaust du lieber hinter jeden größeren Stein. Dort findest du vielleicht Klopapier und getrocknete Scheiße. Soll ja auch brennen.«

Jetzt spähte Franziska in die von den Teelichtern gemütlich erleuchtete Minihütte und rüttelte ebenfalls an der Tür.

Katja fauchte: »Glaubst du, ich hätte sie nicht aufbekommen, du aber schon?«

»Entschuldige, ich muss etwas tun. Ich kann hier nicht bloß rumsitzen wie Linda.«

Katja schaute zu Linda, die gedankenverloren auf dem höchsten Punkt der Umgebung saß und sich im diffusen Sternenlicht nur als Grauschleier vom Horizont abhob. »Meditiert sie jetzt etwa?«, flüsterte sie erbost und ging langsam auf Linda zu.

»Lass sie«, rief Susanne hinter ihr her. »Es nützt ja nichts, wenn sie auch noch an der Tür rüttelt.«

Doch schon hatte Katja sich vor Linda aufgebaut, und als diese die Augen öffnete, knallten Katjas Worte wie Peitschenhiebe auf sie nieder.

»Tu nicht so engelsgleich, du Möchte-gern-Erleuchtete du. Kann Buddha den Schlüssel hervorzaubern? Sollen wir Om singend ums Feuer tanzen und die Götter um Hilfe anflehen oder sollen wir nackt Hampelmann springen? Kannst du nicht verdammt noch mal einfach fluchen, statt uns mit diesem Getue zu nerven?«

Franziska versuchte, Katja am Arm zu fassen. »Es reicht.« Doch Katja wehrte ab und schrie: »Bist du überhaupt noch ein Mensch? Kannst du nicht einfach mal ausrasten, statt dir alles gefallen zu lassen?«

Jetzt stand Linda auf. Ihre Augen lagen im Schatten der Nacht. »Katja, ich wünschte, ich könnte so fluchen wie du. Ich meditiere, obwohl in mir die Teufel der Hölle tanzen; ich schütze mich vor fremden Energien, obwohl die schwärzesten davon in mir selbst zu Hause sind; ich visualisiere das Leben meiner Träume und fühle mich doch mehr tot als lebendig. Ich heile Dramen, die meinen Ahnen passiert sind, und selbst fühle ich mich wie ein Scherbenhaufen. In mir ist es einfach nur dunkel, kalt und leer. Ich wünschte, ich könnte dieses Feuer der Lebendigkeit spüren, das in deiner Seele brennt. Ich würde liebend gern mit dir tauschen, Katja.«

Franziska ging leise zu Susanne zurück, und Katja setzte sich neben Linda. Ihr Zorn war verraucht. Und beide fühlten sich miteinander verbunden. Für diesen Augenblick, für diese Nacht ... für ein Leben lang.

»Ich würde auch gern mal tauschen«, sagte Katja leise. »Ich kann leider ebenso wenig aus meiner Haut.«

»Niemand kann das. Deshalb müssen wir lernen, uns selbst so anzunehmen, wie wir sind. Und das fällt mir wirklich schwer. Deshalb bin ich so anfällig für all diese Gurus und Methoden, Techniken, Heilsversprechen, diese ganze moderne Selbstoptimierungsschiene. Ich versuche ständig, mich selbst zu verbessern. Es ist so ätzend. Ich habe zwar aufgehört, mir ständig Sorgen darüber zu machen, was denn wohl die Leute sagen, aber seither ist alles noch schlimmer geworden. Jetzt frage ich mich ständig, ob ich selbst mit dem, was ich tue und wie ich bin, zufrieden bin. Und das bin ich nie. Vor mir selbst zu bestehen ist tausendmal schwieriger als früher vor der

Meinung der anderen. Das wird immer schlimmer. Ich muss mich von diesen inneren Zwängen befreien, doch ich schaffe es einfach nicht.«

»Wieso Zwänge? Geht es nicht darum, sich frei und glücklich zu fühlen?«

»Eigentlich ja. Und doch gibt es in meinem heutigen Umfeld, das übrigens hauptsächlich virtuell besteht, mehr Gebote als in der Kirche. Du sollst nicht wütend werden, kein Fleisch essen, keinen Alkohol trinken, keine Menschen bewerten, niemand ausgrenzen, nicht fluchen, nicht streiten, nicht lügen, nicht geizig sein, keinen ökologischen Fußabdruck hinterlassen, jeden Morgen ehren und jede Stechmücke, die nachts um deinen Kopf kreist. All diese Bücher, Zeitschriften, Podcasts, Videos, Coachings sind nur so erfolgreich, weil wir glauben, nicht gut genug zu sein. Wir denken, da ginge immer noch mehr. Wir könnten noch glücklicher werden, noch erfolgreicher, noch sichtbarer. Das ist doch eigentlich zum Weinen.«

Katja erwiderte sanft: »Zum Heulen haben wir jetzt aber keine Zeit. Lass uns lieber mal schauen, ob Franziska und Susanne schon eine Lösung gefunden haben.«

achtundzwanzig

Mit vorsichtigen Schritten kehrten sie durch die graue Dunkelheit zur Biwakschachtel zurück. Susanne schien aufgeregt unter jeden Stein zu gucken. »Sie wird wohl keine Scheiße suchen«, murmelte Katja leise und rief: »Was macht ihr da?«

Susanne antwortete stolz: »Ich habe mir überlegt, dass das ja eine Notunterkunft für Wanderer ist, die es vor Einbruch der Dunkelheit nicht mehr bis ins Tal oder zur nächsten Hütte schaffen.«

»Das ist aber keine wirklich neue Erkenntnis.«

»Nein, aber die Notunterkünfte bei Alpenvereinshütten sind gar nicht abgesperrt, sonst wären sie ja nutzlos.«

»Und wenn sie abgesperrt sind, dann muss da irgendwo ein Schlüssel deponiert sein«, schloss Franziska die Ausführungen. »Und den suchen wir jetzt.«

»Hinter einem Stein?«, fragte Katja argwöhnisch.

Da schaltete sich Linda ein. »Der Gedanke ist gut. Wo würdet ihr denn einen Schlüssel deponieren? Unerreichbar für Tiere, aber gut erreichbar für müde Wanderer?« Sie blickte sich um. »Es muss direkt an der Biwakschachtel sein, sonst ist hier ja nichts.«

Sie suchten jede auf einer anderen Seite die Fassade ab, klopften auf das unbehandelte Holz, tasteten nach Nischen. »Hier ist nichts, hier auch nicht.« Mit ihren Stirnlampen und Handys leuchteten sie jede Unebenheit aus. Nichts.

»Die Steine unter der Treppe wären noch einen Versuch wert«, meinte Linda. »Ansonsten bleibt uns nur, uns selbst eine Notschlafstelle einzurichten. Gott sei Dank regnet es nicht.«

Susanne suchte fieberhaft. Das schlechte Gewissen ob ihrer Unachtsamkeit plagte sie, und hier draußen wollte sie nicht schlafen. Sie holte einen Stein unter der Treppe heraus und schrie auf. Doch es war nur eine kleine Maus, die sich in ihrer Nachtruhe gestört fühlte und schnell über die Gesteinsbrocken davonflitzte. Niedergeschlagen drehte sie sich zu den anderen um. »Wir müssen die Bergrettung anrufen. Falls es einen Schlüssel gibt, dann wissen die garantiert, wo er ist.«

Franziska schaute auf die Uhr. Es war fast halb elf. Sie hatte diese Tour organisiert, sie würde das übernehmen. Mit eiskalten Fingern tippte sie auf ihr Handy und ließ es enttäuscht wieder sinken. Wäre ja auch zu schön gewesen! Sie zuckte mit den Schultern. »Kein Netz. Ich laufe hoch auf das Madlochjoch, dort hatte ich vorhin kurz Empfang.«

»Das ist im Dunkeln viel zu gefährlich«, sagte Susanne, obwohl sie sich nichts sehnlicher wünschte, als in ein Bett zu fallen und zu schlafen. »Gibt es keine andere Lösung?«

»Es gibt immer eine Lösung«, sagte Linda. »Sie fällt uns nur im Moment nicht ein.«

Neben der Dunkelheit breitete sich auch die Kälte immer mehr aus. Das Sternenglitzern am prachtvollen Nachthimmel vermochte keine der Frauen mehr zu begeistern. In ihre Schlafsäcke gehüllt standen sie vor der Biwakschachtel.

Susanne sagte: »Ich überlege gerade, was Pirmin in der Situation tun würde. Er würde sagen: ›Die Tür ist nur zugefallen, sie ist nicht abgeschlossen. Ich werde sie aufbrechen.‹ Dann würde er zu uns sagen: ›Geht mal ein Stück zur Seite‹, würde sich die Klinke greifen und mit einem kräftigen Ruck ziehen, und das Problem wäre gelöst. Das schaffen wir doch auch, oder?«

»Stimmt«, sagte Katja. »Das ist eine gute Idee. Könnte von mir sein«, sie grinste, warf den Schlafsack auf den Boden und sagte mit tiefer Stimme: »Geht mal ein Stück zur Seite!«

Sie lachten verlegen und traten einen Schritt nach hinten. Katja ergriff die Türklinke, drückte sie nach unten und mit einem lauten »Weah!« zog sie so kräftig daran, dass ihre Freundinnen befürchteten, sie würde rückwärts den Stierlochkopf hinabkullern. Der Tür entlockte sie nur ein leises Ächzen.

»Kommt, lasst es uns gemeinsam versuchen.« Susanne warf ebenfalls den Schlafsack zur Seite.

Franziska schaute skeptisch. »Auf der Klinke hat nur eine Hand Platz.«

Susannes Eifer war erwacht. In Windeseile räumte sie den Rucksack aus, legte die Handschlaufe über die Türklinke, und die anderen hielten sich an einem Schulterriemen fest. »Wir zählen bis drei!«

Katja gab das Kommando. Der Rucksack hielt der geballten Frauenkraft stand. Die Tür leider auch. Doch es war ein gutes Gefühl, etwas zu tun. »Uns fällt bestimmt noch etwas ein. Mädels, die Challenge nehmen wir an. Wir werden die Tür besiegen. Okay?«

»Klar! Das wäre ja gelacht. Das schaffen wir. Her mit den Ideen.« Susanne gab sich motivierter, als sie war.

Linda stöberte mit dem Licht ihrer Stirnlampe durch Susannes Sachen. Vielleicht war etwas Brauchbares dabei. Ihr Blick blieb an den zwei leeren Rivella-Flaschen hängen. Sie selbst würde niemals aus Plastikflaschen trinken, doch jetzt nahm sie eine der Flaschen in die Hand und fragte: »Ist in dem Erste-Hilfe-Paket eine Schere?«

»Klar.« Susanne holte sie hervor. »Was hast du vor?«

»Die Tür ist nur eingeschnappt. In den Krimis im Fernsehen öffnen sie Türen immer mit einer Kreditkarte. Ich schneide etwas in der Art zurecht, das stecken wir dann in den Türspalt und schieben es vorsichtig nach unten. So müsste sich der Schnapper zurückdrücken lassen.«

»Können das nicht nur Profieinbrecher?«, fragte Franziska.

»Ein Profi wird man durch Übung. Wir haben alle Zeit der Welt. Die Idee ist genial.« Katja rieb sich ihre Finger warm.

»Ja«, sagte Linda. »Ich habe auch das Gefühl, es könnte funktionieren. Schaut mal. Dieses Plastikteil wird unser

Glücksbringer. Ignoriert alle Zweifel, konzentriert euch auf unser Glück, stellt euch vor, wie ihr euch freut, wenn die Tür aufspringt, ruft alle Engel und Heiligen an oder ...«, sie lachte kurz, »... oder drückt schlicht die Daumen.«

Sie drückten ihre Daumen, so fest sie konnten, schlossen die Augen und versuchten tatsächlich sich vorzustellen, wie die Tür sich öffnete. In Gedanken bat Katja ihren Bruder um Hilfe, Franziska ihren Vater da oben im Himmel, und Susanne flehte sämtliche Schutzheiligen um Unterstützung an. Linda versuchte, das Plastikteil vorsichtig in die winzige Ritze zwischen Tür und Rahmen zu schieben. Als das gelungen war, flüsterte sie innerlich das erste ›Danke‹. Dann ließ sie sich ganz von ihrer Intuition führen, bewegte das Teil ruhig auf und ab und vor und zurück. Sie fokussierte alle ihre Energie auf die Tür, hörte ganz genau hin, und als sie ein leises Klicken zu vernehmen glaubte, drückte sie sachte die Klinke nach unten, ohne die Stellung des Plastikteils zu verändern, doch die Tür blieb zu. Das Knacken war von dem Plastik gekommen. Linda hielt jetzt zwei Teile in der Hand.

»Verdammte Scheiße!«, Katja fluchte laut. »Wäre ich doch daheimgeblieben, das Wochenende stand von Anfang an unter keinem guten Stern. Ich Trottel. Kruzifix noch mal.«

Niemand traute sich, etwas zu erwidern. Betreten schauten sie einander an.

»So leicht geben wir nicht auf.« Linda bückte sich und nahm das Kartenspiel.

»Wenn du mir jetzt eine dieser idiotischen Fragen stellst, schmeiß ich dich gemeinsam mit dem Spiel über die Felskante da vorn.«

Doch Linda nahm die Schere und würgte damit so lange an der Blechschachtel herum, bis sie ein Stück in der Größe einer Kreditkarte in der Hand hielt. »Das Plastik war nicht stark genug. Ich versuche es noch mal damit.«

Wortlos schauten die drei anderen ihr zu. Sie klemmte die provisorische Karte in die Ritze zwischen Tür und Türrahmen und bewegte sie vorsichtig auf und ab.

»Jetzt«, flüsterte Franziska aufgeregt. »Habt ihr das Knacken auch gehört?«

»Wenn das jetzt klappt, beantworte ich jede der idiotischen Fragen, versprochen«, flüsterte Susanne.

»Mach schon!« Katja wurde ungeduldig, und Linda versuchte langsam, die Tür aufzuziehen. Fast von allein schwang sie leise quietschend nach außen.

»Danke, danke, danke«, flüsterte Linda Richtung Himmel und Sterne hinauf, und Katja rief: »Du bist meine Superheldin!«

Susanne umarmte sie und weinte vor Glück. »Ihr glaubt nicht, wie froh ich bin.«

Franziska packte Schlafsäcke und Rucksäcke: »Lasst uns reingehen, bevor der Wind sie wieder zuschlägt.«

Hastig packten sie ihre Siebensachen und füllten die Biwakschachtel bis fast unters Dach. Es war voll, doch selbst Susanne genoss die Enge und machte sich daran, die verbliebenen Käsereste in eine Dose zu packen und den Tisch abzuräumen.

Sie kuschelten sich in ihre Schlafsäcke und versammelten sich wieder um den Tisch. Die eiskalten Hände wärmten sie sich an den kleinen Flammen der Teelichter und versuchten durch Zehengymnastik, auch die Füße wieder aufzutauen.

»Ich hätte nie gedacht, dass es im Juni so kalt sein kann«, sagte Susanne. »Ein Glühwein wäre jetzt fein.«

»Ich würde direkt einen mittrinken.« Alle sahen überrascht zu Linda. »Oder ist noch etwas von den Landjägern da?«

Susanne kramte in ihren Dosen und brachte einen kleinen Rest zum Vorschein.

Linda schob den Bissen in den Mund und kaute genüsslich. »Man muss sich auch mal was gönnen und genießen, wer nie genießt wird ungenießbar.«

»Danke dir fürs Türöffnen«, sagte Susanne.

neunundzwanzig

»Ich weiß nicht, wie ich anfangen soll.« Nun war Franziska an der Reihe, zu erzählen.

»Du bist nach dem Abschluss der Schule eine Zeitlang im Kader gesprungen, oder?«, schubste Susanne sie an.

»Ich war voll aufs Skispringen fixiert. Mein Vater trainierte mich, und ich war gut. Dieses Gefühl. Fliegen wie ein Adler. Ich lebte dafür. Ich liebte es. Immer noch, wenn ich die Augen schließe, kann ich abheben. Es war das, was ich tun wollte. Am liebsten für immer.«

»Aber warum hast du aufgehört mit dem Skispringen?«

»... dann kam Leevi, er war Finne. Wir haben uns in Oberstdorf kennengelernt, auf der Vierschanzen-Tournee. Er sprang gut, aber er hatte Probleme mit seinem Team und wollte nach Österreich wechseln. Wir wollten heiraten.«

»Eine Hochzeit wegen der Einbürgerung?«, fragte Susanne nach. »Oder hast du ihn geliebt?«

»Er hat mich geliebt. Ja.« Sie schluckte hörbar. »Ich mochte ihn. Er hatte dieselben Träume wie ich. Wir verstanden uns fast wortlos. Mit ihm bekam ich die Chance, der strengen Hand meiner Mutter zu entfliehen. Ich war ja nur ihretwegen im Internat gewesen. Sie hatte mich nie gemocht. Meine Brüder, die sind vermutlich heute noch schaffig und bescheiden, stellen keine Ansprüche. Ich war anders. Mein Vater hat das gefördert. Sie stritten deshalb oft. Mutter hat immer gesagt, ich soll meine Träume vom Fliegen aufgeben. In ihren Augen war ich nur ein undankbares Kind, das irgendwann enttäuscht auf die Nase fallen würde. Mein Vater glaubte an mich. Er hatte damals wegen meiner Mutter seine Träume begraben, aber ich sollte fliegen dürfen. So wie jetzt Elina.«

»Wer ist Elina?«, fragte Susanne leise dazwischen. »Deine Tochter?«

»Elina ist achtzehn. Am ersten März hat sie ihren Rucksack gepackt und ist in den Bus gestiegen. Sie hat sich nicht mal mehr umgedreht. Sie ist fort.«

Susanne legte ihre Hand auf Franziskas Rücken. »So wie es uns in dem Alter fortgezogen hat. Wo ist sie hin?«

»Nach Berlin. Keine andere Stadt war groß genug und weit genug entfernt von mir.« Ein Schluchzen schüttelte Franziska. Sie putzte sich die Nase. »Es geht ihr gut. Ab und zu schreibt sie eine kurze Nachricht per WhatsApp. ... Ich bin abgeschweift. Wo war ich stehengeblieben?«

»Leevi wollte dich heiraten.«

»Ja. Wir heirateten auf dem Standesamt in Bregenz, da war ich einundzwanzig. Drei Wochen später war ich schwanger – und damit raus aus dem Flugzirkus. Für immer.«

»War das schlimm für dich?« Susannes mitfühlende Frage brachte endgültig das Eis zum Schmelzen. Die bisher stockenden Worte entwickelten sich zu einem Fluss, sie kamen immer schneller. Die drei Frauen lauschten ergriffen.

»Die Mädchen kamen im Sommer zu Welt. Wir nannten sie Elina und Mara. Beide Namen waren in Finnland beliebt, aber auch auf Deutsch schön und gut aussprechbar. Leevi war anfangs viel zu Hause und kümmerte sich um die Mädchen, vor allem um Mara. Sie schrie ununterbrochen. Er packte sie ins Tragetuch und lief stundenlang mit ihr durch den Wald. Bald kannte er jeden Feldweg um Bregenz herum. Ich konnte nicht mehr schlafen. Selbst wenn Mara mit Leevi draußen war, hörte ich sie schreien und weinen. Ich hatte das Gefühl, alles falsch zu machen, den Kindern nicht gewachsen zu sein. Ich hätte Unterstützung gebraucht, doch ich war zu stolz, meine Eltern darum zu bitten. Zu stolz, irgendjemandem von meinen Problemen zu erzählen. Ich war unfähig, einen klaren Gedanken zu fassen. Auch Leevi war irgendwann am Ende seiner Kräfte. Das ständige Weinen der Kleinen, die Sorge um sie und um mich – das war zu viel für ihn. Wir stritten uns immer öfter, ich bereute die Hochzeit und die Kinder. Alles war so gekommen, wie Mutter es prophezeit hatte. Ich wollte nur fliegen. So wie Leevi. Sein Training nahm nach der Sommerpause wieder an Intensität zu. Er gab alles. Wir hofften auf ein paar gute Weltcup-Resultate, ein paar Sponsoren, wir lebten ja quasi vom Kindergeld. Eines Abends stritten wir wieder. Über den letzten Einkauf, über den teuren Kaffee, über belanglosen, unwichtigen Alltagskram. Wir stritten, Mara schrie.

Unser Alltag war zu einer Zerreißprobe geworden. Wer würde am längsten durchhalten? Dann wachte Elina auf und schrie ebenfalls. Wir holten sie aus der Wiege. Nun schrien wir alle vier – bis schlagartig alle verstummten. Erschrocken schauten wir uns an. Alles war aus dem Ruder gelaufen. Wir verfielen in Panik, packten die Mädchen in den Kinderwagen und stürmten mitten in der Nacht durch die Stadt. Wir brachten Mara in die Notaufnahme. Die Diagnose lautete: Schütteltrauma. Ich war wie gelähmt. Ich saß im Krankenhaus. Tagelang. Nächtelang. Keine Ahnung. Ich war wie in Trance. Umsorgte Elina und Mara. Irgendwann kam ich heim. Leevi war weg. Seine Skier, seine Lieblingsmütze, seine Klamotten. Weg. Einfach fort. Als wäre er nie dagewesen. Ich war allein mit den Mädchen.«

Franziska schien die Situation noch einmal zu durchleben. Linda streichelte sie sanft. »Lass die Erinnerungen fliegen, Franziska. Es ist lange her. Es hat dich stark gemacht.«

dreißig

Susanne zündete neue Teelichter an. Das Aufflammen der Streichhölzer vermittelte etwas Trost in dieser dunklen und kalten Stunde. Die passenden Worte fehlten. Die Stille stärkte jedoch die Verbundenheit. Die vier Freundinnen fühlten sich eins.

Franziska schaute verlegen in die Gesichter der anderen. Da war kein vorwurfsvoller Blick, da war auch kein Mitleid. Ihre Geschichte hatte alle tief berührt. Leise putzte sie ihre Nase. Dann flüsterte Susanne: »Du warst allein, aber du hast nie aufgegeben.«

Franziska nahm den Faden wieder auf. »Ich weiß nicht, wie ich die nächsten Monate überstanden habe. Alle wandten sich von mir ab und gaben mir die Schuld. Sie sagten, ich hätte mir viel früher Hilfe suchen sollen. Und dass sie mich unterstützt hätten, wenn ich es zugelassen hätte, aber ich sei ja wieder mal zu stolz gewesen.«

Tränen liefen über Franziskas Wangen und tropften auf den einfachen Holztisch. Sie hinterließen kleine dunkle Punkte in dem hellen Holz.

»Ich sah die Vorwürfe in ihren Augen, ich konnte niemanden mehr ansehen, ich wollte nur noch weg. Also packte ich unsere Siebensachen ins Auto und fuhr davon. Ich war völlig planlos, ich wollte nur weg, irgendwohin, wo mich niemand kannte, wo ich neu anfangen konnte. Wir übernachteten in schmuddeligen Landgasthöfen im Süden Deutschlands, und ich fragte überall nach Wohnmöglichkeiten, ob ich bleiben könnte, ein einfaches Zimmer für ein paar Wochen gegen Mithilfe an der Bar, nachts, wenn die Mädchen schliefen. Ich weiß nicht mehr, wo wir überall waren. Ich habe die Erinnerungen gelöscht, Erinnerungen an verrauchte Gasträume mit besoffenen Stammkunden und Wirten mit dicken Fingern. So habe ich mich durchgeschlagen, von einem Tag zum nächsten gelebt. Ich wusste immer, wo das nächste Krankenhaus war. Doch Maras Zustand schien stabil. Sie schrie nicht mehr. Ich wiegte sie stundenlang an meiner Brust, war mit den Mädchen draußen unterwegs, auf Waldwegen und auf Forststraßen. Irgendwann bemerkte ich, dass es Frühling geworden war. Es war wie eine Offenbarung. Ich begann langsam wieder, meine Umwelt wahrzunehmen.«

Es blieb still in der winzigen Hütte. Sie hörten nur den Atem der anderen.

Es war Katja, die mit einem Räuspern das Schweigen brach. »Hast du Leevi je wiedergesehen?«

Franziska wiegte den Kopf hin und her. »Viele Jahre später habe ich ihn im Netz gefunden. Irgendwie hat er es bis nach Kanada geschafft. Er trainiert dort Skispringer.«

»Hast du dich bei ihm gemeldet?«, fragte Susanne.

Franziska schüttelte den Kopf. »Wozu? Er hat eine Familie. Vermutlich wissen die nichts von seiner kurzen Zeit in Österreich. Was würde es nützen? Es würde nur noch mehr Menschen unglücklich machen.«

»Wie geht es Mara heute?«, fragte Susanne leise.

»Sie hat nie gelernt zu gehen. Und – sie schweigt noch immer.«

Linda stand auf und kniete sich neben Franziska nieder. Sie nahm ihre Freundin sanft in den Arm. Franziska schluchzte nun heftig. Irgendwann legte Linda sie vorsichtig auf die Pritsche neben ihnen, deckte sie mit ihrem Schlafsack zu und sagte: »Ich gehe noch ein paar Minuten nach draußen. Ich schließe dich in mein Abendgebet mit ein.«

Linda zog die warmen Socken aus und verließ die Biwakschachtel. Ihre Füße spürten den kalten Fels kaum. Sie folgte ihrem inneren Ruf, intuitiv gelangte sie zu einer kraftvollen Stelle. Sie öffnete die Handflächen und stand aufrecht und still. Von allen Seiten umhüllte sie die Dunkelheit. Sie legte den Kopf in den Nacken und stellte sich vor, wie das bleiche Sternenlicht wie ein goldener Strahl in ihren Körper floss. Sie atmete das Licht ein, beruhigte ihre aufgewühlten Gedanken durch ein leise gesummtes Mantra. Der Klang und das Licht erfüllten sie. Sie war bereit für ihr tägliches Nachtgebet.

Mutter Erde, Gott Vater.
Ihr zahlreichen Sterne, geliebte Mondin.
Ich fühle mich dankbar und behütet.

Verbunden mit euch, mit mir, mit allen.
Mit diesen Frauen hier und überall auf der Welt,
Heute ganz besonders.
Ich bete für uns.
Lasst uns unsere Schwächen umarmen.
Uns annehmen, wie wir sind.
Lasst nicht zu, dass wir uns selbst verurteilen.
Lasst uns Frieden in uns finden.
Mit unserer Geschichte, unseren Ahninnen.
Mit dem, was war, und dem was ist.
Lasst uns unser Feuer spüren.
Lasst uns leuchten und Liebe verbreiten.
Nehmt hinweg von uns all die Angst,
all die lähmenden Gedanken, Zweifel und Sorgen.
Lasst uns in unserer Stärke erblühen.
Mögen wir erkennen, wie wertvoll jede von uns ist.
Zeigt uns unsere Schönheit, die aus uns leuchten will.
Singt mit uns die Lieder der Liebe.
Lasst uns zur Ruhe kommen.
Damit wir uns am Gesang der Sterne erfreuen.
Den Ruf der Mondin vernehmen.
Und lernen, auf die Zeichen der Natur zu lauschen.
Lasst Franziska ihren Frieden finden, und Wärme.
Damit ihre Gefühle Ausdruck finden und sie nicht zerstören.
Ich bete für sie. Inniglich.
Möge sie zurück ins Leben finden.
Ich bitte sehnlichst darum.

Bitte erhört mich.
Zum Wohle aller.
Amen.

einunddreißig

Die Sterne funkelten am Firmament, während in der Hütte das letzte Teelicht flackernd verglühte. Die vier Frauen hatten sich in ihre Schlafsäcke eingemummelt und auf die harten Pritschen gelegt. Ganz langsam näherte ihr Atemrhythmus sich einander an. Für kurze Zeit schienen sie alle verbunden, über die Luft, die ein- und ausströmte, aus ihren Lungen in die Hütte und durch die nicht isolierte Bretterwand hinaus ins Universum. Zurück kam jungfräuliche Bergluft und auch das ein oder andere Traumgespenst, das versuchte, durch eine der Ritzen in die Hütte und in die Gedanken der Schlafenden zu gelangen.

Zumindest Franziska schien zu schlafen. Die anderen lagen zunächst für ein paar Minuten ganz reglos. Jede versuchte, die anderen nicht beim Hinübergleiten ins Traumland zu stören. Doch nach einer Viertelstunde war es vorbei mit der Ruhe. Sie drehten sich hin und her, stopften einen weiteren Pulli als Kissenersatz unter den Kopf, suchten ein Handtuch, damit der Hüftknochen weniger hart auf der Unterlage auflag, unterdrückten ein Räuspern und probierten, im engen Schlafsack eine halbwegs angenehme Position einzunehmen.

Plötzlich ruderte Franziska im Traum mit den Armen

und ein lautes Schluchzen durchbrach die unruhige Stille. Susanne schälte sich aus ihrem Schlafsack und legte Franziska eine Hand auf die Stirn. Sie war glühend heiß und feucht vom Schweiß.

Franziska schlug benommen die Augen auf. Wo war sie? Kein Schimmer der Straßenlaterne, keine Leuchtziffern des Weckers, kein Lichtschein aus dem Nachbarhaus. Dafür eine kühle Hand auf ihrer Stirn und eine Stimme, die flüsterte. »Es ist nur ein Traum. Schschsch. Nur ein Traum.«

Franziska stöhnte leise, ihr Herz raste.

»Alles ist gut. Schlaf weiter.«

»Ich kann nicht«, flüsterte Franziska. »Ich werde wieder abstürzen.«

»Du bist eine Adlerin, vergiss das nie. Du wirst fliegen.«

Franziska fühlte sich beschützt und geborgen. Sie war nicht allein, sie hatte eine Freundin an ihrer Seite. Sie rollte sich auf die andere Seite, das Gesicht zur Wand. Susanne sollte ihren Schmerz nicht sehen. Sie würde es nicht verstehen.

Doch Susanne verstand nur zu gut. Sie setzte sich wieder auf ihre Pritsche und fing an, leise zu summen. Ein Kinderlied. Jahrelang hatte sie es fast täglich gesungen. Immer wenn einer der Buben nicht einschlafen konnte. Eine Melodie, die auch Erwachsene trösten konnte. Dann ging das Summen in ein leises Lied über.

»Bist du noch wach? Der Mond steht überm Dach, auf dei-

ner Stirn da blitzt ein Stern. Ich habe dich gern. Bist schön locker bist schön schwer, bist ganz warm mein Kind, draußen wo die Wolken ziehen, singt der Wind ...«

Aus dem Lied wurde wieder ein Summen, immer leiser und langsamer, bis es nur noch als leise Ahnung in der Luft blieb, um die Traumgeister fernzuhalten.

Erneut versuchte jede, ruhig und still zu liegen, um die Freundinnen nicht vom Einschlafen abzuhalten. Dankbar lauschten sie Susannes leiser Melodie und hofften, jede für sich, etwas Schlaf zu finden.

Linda unterdrückte ein Husten und presste den Schlafsack vor den Mund. Da sagte Katja plötzlich laut: »Kann eigentlich eine von euch auf diesem harten Brett schlafen? Also ich nicht!«

Susanne kicherte: »Ich bin zwar gut gepolstert, aber ich spüre jeden einzelnen Knochen.«

Linda und Franziska setzten sich beinahe gleichzeitig auf, und Linda sagte: »Schlafen können wir daheim wieder. Ich glaube, wir sind einfach zu alt, um in einem Viererzimmer zu pennen.«

»Ich werde heute Nacht kein Auge mehr zutun.« Franziska klang überraschend wach.

Katja kramte im Dunkeln herum und machte dann ihre Taschenlampe an. »Irgendwo habe ich noch Kerzen im Rucksack. Schade, dass es keinen Wein mehr gibt.«

Sie steckte die Kerzen in die leeren Flaschen und stellte sie auf den Tisch. »Machen wir es uns doch einfach gemütlich.«

Susanne lachte wieder. »Wenn mir mein Hintern nur nicht so weh täte. Ich kann weder liegen noch sitzen. O mein Gott, so muss man sich mit hundert fühlen.« Trotzdem setzte sie sich auf die Bank und schaute ins flackernde Kerzenlicht.

»Wie spät ist es eigentlich?«, fragte Franziska. Katja leuchtete auf ihre Armbanduhr. »Fast halb vier. Wie wär's mit einer Runde Kartenspielen?«

»Ohne mich«, sagte Franziska, »meine Stimmbänder tun jetzt noch weh vom vielen Erzählen.«

»Ich bin dabei.« Susanne klatschte in die Hände. »Ich bin neugierig, ich will alle eure Geheimnisse wissen.«

»Komm, Franzi, mach mit«, sagte Linda. »Wir müssen es ja nicht übertreiben. Jede von uns zieht blind eine Frage und stellt sie dann ihrer rechten Nachbarin. Als Antwort reicht vielleicht sogar ein Nicken oder Kopfschütteln. Du musst ja keinen Roman erzählen. Und wir fragen nicht nach, okay?«

Katja mischte den Stapel gut durch und fächerte die Karten auf. Jede zog eine Karte und legte sie vor sich auf den Tisch. »Wer beginnt?«

»Ich«, sagte Susanne und las im Schein der Kerze und an Linda gewandt: »Wo in deinem Leben weichst du aus? Wo lebst du Kompromisse?«

Linda dachte nach. Sie ließ sich Zeit. Die Frage war schwierig, doch es war bestimmt kein Zufall, dass diese Frage sie traf. Sie schaute hinaus, verlor sich für ein paar Minuten im Funkeln der Sterne.

»Ich lebe in einer Wohnung, obwohl ich lieber mit einem Camper unterwegs wäre. Ich denke schlecht über meinen Exmann, obwohl ich selbst ihm erlaubt hatte, so zu sein. Ich sehe meine Kinder nur selten, um einer Konfrontation aus dem Weg zu gehen. Ich halte viel zu oft meine Wahrheit zurück, um Streit zu vermeiden und auch mir selbst Harmonie vorzugaukeln. Ich wünsche mir, kompromisslos ehrlich sein zu können, mich nicht mehr zu verbiegen. Ich möchte keine Kompromisse mehr eingehen. Ich will leben. Wach, klar und direkt und doch voller Empathie und Liebe allen Lebewesen gegenüber. Ja, Katja, ein wenig so wie du.«

»Wow.« Susanne räusperte sich. »Danke, Linda. Und jetzt bist du dran. Was hast du für eine Frage an Katja?«

Linda drehte ihre Karte um und hielt sie ebenfalls nahe ans Kerzenlicht. Sie las sie erst stumm und drehte sich dann Katja zu: »In welchem Bereich deines Lebens wünschst du dir einen Neuanfang?«

Katja überlegte nicht lange. »Wenn es einen Reset-Knopf gäbe, würde ich ihn in dieser Sekunde drücken und mit Champagner darauf anstoßen. Wenn ich nochmals zwanzig wäre, würde ich alles anders machen. Jetzt weiß ich ja, wohin mich meine verfluchten Entscheidungen bringen werden. Und Linda – ab und zu würde ich einen Kompromiss eingehen und weniger direkt sein. Bis Anfang 2020 hatte ich wenigstens in meinem Job einen sicheren Hafen. Corona hat den Hafen dichtgemacht. Alles wackelt, alles ist vernebelt und unklar. Ich habe gerade keinen Plan, wohin das Leben mich bringt. Vielleicht in die Klapsmühle. Aber dagegen werde ich mich wehren und weiterrudern. Irgendwo wird sich schon ein neuer Hafen finden. Und jetzt bin ich dran! Also, Franziska, meine Frage an dich lautet: Wem kannst du nicht verzeihen?«

Die Antwort kam schnell. »Mir selbst. Für all den Mist, den ich gebaut habe.«

»Du kannst es versuchen. Wehr dich nicht dagegen.«

»Nein! Susanne, meine Frage an dich lautet: Welches ist deine größte Angst und ist sie wirklich real?«

Susanne fuhr sich mit den Fingern durch die Locken und wiegte den Kopf leicht hin und her. »Eigentlich bin ich kein ängstlicher Typ. Das gestern in der Höhle war komisch, ich weiß auch nicht, ob es Angst war oder ob der Kreislauf von dieser ungewohnten Anstrengung überfordert war. Ich habe keine Angst vor Spinnen oder Schlangen oder Mäusen. Ich habe auch keine Höhenangst oder so. Manchmal vielleicht Sorgen, dass ich die Rechnungen nicht mehr bezahlen kann, aber Angst ...? Mmmmh!«

Linda sagte leise: »Denk mal weniger an handfeste Dinge, vielleicht gibt es Gefühle, die dir Angst machen?«

»Was meinst du damit? Angst vor der Liebe oder vor Traurigkeit?«

»Vielleicht Angst davor, nicht gemocht zu werden, oder Angst davor, andere zu enttäuschen?«

»Ach, Linda, dir kann man nichts vormachen. Du kennst mich besser als ich mich selbst. Darauf wäre ich nicht gekommen. Aber wieso sind in dem Spiel eigentlich keine witzigen Fragen? Dürfen Menschen ab vierzig nicht mehr lachen?«

zweiunddreißig

Susanne legte alle Karten wieder auf einen Stapel und mischte sie durch. Dann zog sie ein Haargummi aus ihrer Jackentasche. »Die Dose ist ja leider kaputt, aber damit hält der Stapel zusammen, damit du die Karten zu Hause nicht aus der Unterwäsche und den stinkenden Socken herausfummeln musst.«

»Die Karten lasse ich hier. Leg sie auf das kleine Fenstersims. Vielleicht gibt es nach uns Übernachtungsgäste, die sich damit beschäftigen wollen. Ich höre mir lieber noch eine lustige Geschichte von Susanne an.«

Susanne spannte den Gummi um den Kartenstapel. »Bei mir ist alles so banal und alltäglich. Da gibt es wenig zu erzählen, ich würde euch nur langweilen.« Als sie den Kartenstapel neben das Glas mit der Alpenrose legte, las sie die Frage auf der untersten Karte. »Mit welchem Wort würdest du die Beziehung zu deinen Eltern beschreiben? ... Ich kann weder mit einer deftigen Pubertätsgeschichte noch mit einer dramatischen Abnabelungsgeschichte oder mit sonst etwas Spannendem dienen. Mein Vater ist der coole Opa für meine Jungs. Er ist sein Leben lang selbst ein Lausbub geblieben. Sie vergöttern ihn, auch wenn sie ihn nur selten sehen. Und meine Mutter kennt ihr ja. Sie backt und kocht und tratscht für ihr Leben gern.

Manchmal nerven mich ihre vielen Fragen, aber sie ist immer für mich da, wenn ich Hilfe brauche. Ich würde euch gern etwas erzählen. Ihr müsst mich ja für völlig langweilig halten.«

Katja meinte: »Das klingt schön. Genieß es. Die Probleme kommen noch, spätestens wenn die Eltern im Alltag auf Hilfe angewiesen sind. Wie alt ist deine Mutter denn?«

»Erst fünfundsechzig.«

»Tja, meine Mutter ist fast zwanzig Jahre älter. Da sieht dann alles etwas anders aus.« Katja schaute in die flackernde Flamme.

»Und dein Vater? Wie geht es ihm?«, fragte Susanne.

»Mein Vater starb vor vier Jahren. Zwei Tage vor seinem Achtzigsten. Am Vorabend war er noch auf einem Musikantentreffen und hatte sein geliebtes Waldhorn gespielt. Am Morgen lag er tot im Bett. Statt zu seinem Geburtstag trafen wir uns alle zu seiner Beerdigung. Er hat sein Leben gelebt. Er wird mir immer ein Vorbild bleiben. Diese Lebensfreude, diese Zufriedenheit, nichts zu ernst nehmen und immer für ein Achtele zu haben. Und seine Frau hat er bis zum Schluss angebetet, obwohl sie so ein großer Sturkopf ist und ihm das Leben nicht immer leicht gemacht hat.«

»Ist sie gesundheitlich noch fit?«, wollte Susanne wissen.

Katja schüttelte den Kopf. »Über Nacht ist sie uralt geworden. Und sturer denn je. Anfang des Jahres hätte ich meine Beziehung zu ihr ebenfalls als alltäglich, normal und langweilig beschrieben. Seit meinem letzten Besuch ist Funkstille. Ich bin mit einer Krankenpflegerin aus der Gemeinde in Kontakt. Sie hat mir geholfen, alles zu organisieren. Warmes Essen, Haushaltshilfe, Gespräche. Die sind für so ein kleines Dorf richtig gut aufgestellt. So weit klappt es momentan, aber ... Na. Ich werde eine Lösung finden. Katja findet immer eine Lösung.«

Sie verschränkte die Arme vor der Brust. »Linda, wie geht's deinen Eltern? Schwingt dein Vater immer noch den Pinsel? Erinnert ihr euch, wie wir bei Linda zu Hause in der Werkstatt die Kulisse für unsere Showeinlage beim Abschlussball gebastelt haben? Das waren Zeiten!«

Lindas helles, feines Lachen ertönte. »Er war nicht zufrieden mit unserer schlampigen Malerei. Dreimal schaute er herein und brachte uns noch mehr Abdeckmaterial und dann Lösungsmittel, um Farbkleckser zu entfernen. Dabei waren wir so stolz auf unser farbenfrohes Kunstwerk. Heute ist er es, der kein Verständnis zeigt. In seinen Augen bin ich eine Emanze, die für ihre verqueren Hirngespinste Mann und Kinder und Firma im Stich gelassen und ihn zum Gespött aller Nachbarn und Vereinskollegen gemacht habe. Ich passe nicht in seine gut strukturierte, konservative Welt mit den traditionellen Wertvorstellungen. Ich war lange nicht mehr dort.«

»Und deine Mutter, versteht sie dich?«, fragte Franziska.

»Irgendwo tief in ihrem Innersten kann sie es sicher

nachvollziehen. Doch in unserem letzten Telefongespräch fielen zu oft die Worte egoistisch und unverständlich. Sie ist eine Kämpferin, aufgeben und weggehen wäre für sie niemals eine Lösung. In ihren Augen bin ich schwach und mache es mir zu einfach. Sie hat keine Ahnung, dass es häufig einfacher gewesen wäre, in meiner alten Rolle weiterzuleben. Der Neuanfang war nicht einfach. Ich habe mittlerweile gelernt, sie für ihre Worte und Ansichten nicht zu verurteilen. Ich nehme meine Eltern an, wie sie sind, und schicke ihnen oft zumindest gedanklich eine Ladung liebevoller Energie.«

»Du machst es dir wirklich einfach.« Katja runzelte die Stirn. »Du bastelst dir wieder eine rosarote Welt. Linda, das kann jederzeit platzen – und dann? Stell dir vor, deine Eltern würden morgen sterben. Wärst du nicht froh, du hättest sie öfter gesehen, mit ihnen geredet, auch wenn es mal in Streit ausgeartet wäre? Ich verstehe deine Eltern, du bist oft schwach und machst es dir einfach, gehst weg und malst dir rosarote Schäfchenwolken über jeden Konflikt. Das ist doch absurd.«

Linda kratzte sich an der Wange. Ihr Gesicht hatte rote Flecken bekommen, und sie hielt den Atem an. Dann schnappte sie nach Luft, und plötzlich sprudelten die Worte unkontrolliert hervor: »Du hast keine Ahnung, Katja, wie viel ich in den letzten Jahren versucht habe. Ich bin ihnen ständig entgegenkommen, habe immer wieder neu und zuversichtlich einen Schritt auf sie zugemacht, ich habe mich verletzlich und offen gezeigt, doch sie haben meine Gefühle nie ernst genommen. Mein Vater hat mich ausgelacht, meine Mutter ständig den Kopf geschüttelt. Sie waren mir gegenüber unfair und stur, sie haben mit dem Finger auf mich gezeigt und niemals ein freundliches, verständnisvolles Wort für mich gehabt. Nach meiner Scheidung haben sie nicht ein einziges Mal von sich aus Kontakt zu mir aufgenommen. Nie. Kein einziges Mal. Aber zu Weihnachten haben sie meine Kinder und meinen Exmann zum Mittagessen eingeladen. Da habe ich wohl das Recht darauf, mich verletzt zu fühlen.«

Jetzt weinte Linda, doch Katja war noch nicht fertig: »Und warum schickst du ihnen dann liebevolle Energie?«

dreiunddreißig

»Ich erinnere mich auch noch gut an unsere Malsession bei dir, Linda«, unterbrach Susanne das Schweigen. »Wir haben viel gelacht, über die Anregungen von deinem Vater, über seine Ansichten und Lösungsvorschläge. Ich glaube, wir sollten viel öfter lachen. Lachen ist so gesund. Gemeinsam lachen macht stark. Und lachen macht mich glücklich.«

Franziska zog die Nase kraus. »In deinem Leben gibt es vielleicht viel zu lachen, Susanne. Immer schon. Schön für dich. Aber wir sind nicht alle auf der Sonnenseite des Lebens geboren und noch viel weniger leben wir alle dort. Du hast einen Mann, den du liebst, und vier gesunde Kinder. Weißt du eigentlich, welch ein Privileg das ist? Du wohnst idyllisch in einem gemütlichen Holzhaus mit großem Garten, ihr habt Tiere und Wald und grüne Wiesen und Freunde und Helfer und und und. Hast du dir je bewusst gemacht, wie gut es dir geht? Oder nimmst du alles als selbstverständlich wahr? Wenn ich dein Leben führen würde, ja, dann könnte ich auch gut lachen.«

Jetzt standen Susanne die Tränen in den Augen. »Ich wollte nur ein bisschen die Stimmung aufheitern. Der Tag war furchtbar anstrengend für mich. Ich habe mich Schritt für Schritt hier hochgequält. Ich bin nicht so sportlich wie du, Franziska. Ich renne nicht jeden Tag durch die Gegend, weil ich sonst nicht weiß, wie ich meine Tage herumbringen soll. Ich wäre glücklich, wenn ich jeden Tag ein, zwei Stunden für mich hätte. Hast du eine Ahnung, wie es ist, die Verantwortung für alles zu schultern? Für meine Ehe, für die Kinder, für die Tiere und für die Feriengäste, für die Blumen in meinem Garten und für das Gelingen der Dorfgemeinschaft. Ohne Lachen könnte ich das alles nicht ertragen. Ich würde untergehen, wenn ich nur negativen Gedanken nachhängen und aus jeder Mücke einen Elefanten machen würde. Oder wenn ich jedes Wort meiner Eltern oder von Pirmin auf die Goldwaage legen würde. Deshalb versuche ich, in allem das Gute zu entdecken und fröhlich zu sein. Wir können gern mal ein paar Tage tauschen, ich glaube nicht, dass du mein Leben lustig fändest.«

»Du möchtest mit mir tauschen?« Franziskas Lachen klang traurig. »Hast du überhaupt eine Ahnung, wie mein Leben aussieht? Nein, liebe Susanne. Du hast keinen Schimmer.« Sie verstummte.

Da forderte Katja sie auf: »Dann erzähl uns davon. Erzähl uns von deinem Alltag, anstatt Andeutungen in die Luft zu werfen und ein Gesicht zu machen wie sieben Tage Regenwetter. Rede, statt wütend davonzustürmen. Bitte um Hilfe, statt dich ins Schneckenhaus zu verziehen. Und halt wenigstens die anderen nicht vom Lachen ab, verdammt noch mal. Das ist hier ja trostloser als eine Beerdigung.«

»Alles hat seine Zeit«, sagte Linda bedächtig, »das Lachen und das Weinen. Eine Stimmung lässt sich nicht künstlich aufheitern. Trotzdem sollten wir darauf achten, es uns in unserer Traurigkeit nicht allzu gemütlich einzurichten. Sonst sinken wir immer tiefer und finden nicht mehr heraus. Die Traurigkeit wie einen Gast in uns annehmen, aber ihr kein Wohnrecht auf Lebenszeit bieten. Sie wieder ziehen lassen und gegebenenfalls auch aktiv an die Tür begleiten. Das ist eine rechte Kunst.«

Franziska blies die Kerzen aus. »Ihr denkt also, ich fühle mich wohl in den schlechten Gefühlen? Ihr denkt, ihr kennt mich? Ich sage euch nur: Ihr habt keine Ahnung. Und ich frage mich, wie ich auf die beschissene Idee kam, diese Einladungen zu verschicken. Und jetzt haltet einfach alle den Mund und lasst mich in Ruhe!«

Sie legte sich auf ihre Pritsche und zog den Schlafsack über den Kopf.

»Ich habe mir noch nie den Mund verbieten lassen.« Katja tastete nach der Streichholzschachtel und zündete die Kerzen wieder an.

Susanne jammerte. »Es tut mir so leid. Ich habe alles kaputt gemacht. Ich wollte doch nur ein bisschen über die alten Zeiten lachen.«

»Die sind vorbei«, sagte Katja. »Ich wundere mich, wieso wir früher kaum gestritten haben. Wir waren doch damals schon so unterschiedlich.« Sie zog den Flachmann aus dem Rucksack und prostete den anderen zu. »Darauf nehme ich einen Schluck.«

Linda rieb die Hände aneinander. »Wärmt der Schnaps tatsächlich von innen?«

Katja nickte und reichte ihr den Flachmann.

»Ich fühl mich gerade innerlich und äußerlich ein wenig unterkühlt. Aber ich danke dir, Susanne.«

»Wofür?«

»Ich sollte öfter lachen, aber nicht über meine Eltern, sondern mit ihnen. Einfach mal vorbeifahren und alle schwierigen Themen zu Hause lassen. Mit meiner Mutter im Garten sitzen und mich über die Sonnenblumen freuen. Oder mit ihnen essen gehen, auch wenn es im Dorfgasthof nichts Veganes gibt. Einen Salatteller bestellen, obwohl Eier und Speckwürfel darin sind. Was ist denn wichtiger: dass ich mit meinen Eltern an einem Tisch sitze oder dass da ein paar Speckwürfel im Salat sind?«

»Hat der Schnaps diese Wirkung?«, fragte Susanne. »Gib mir auch einen Schluck.«

Linda reichte den Flachmann weiter. »Es war nur ein Tropfen, aber ich fühle mich schon etwas wärmer.«

Susanne nahm einen größeren Schluck und lachte: »Er schmeckt grässlich. Ihr solltet mal den Selbstgebrannten von Pirmin probieren. Unsere Gäste nehmen immer ein paar Flaschen mit nach Hause.«

»Erinnert ihr euch, wie wir das erste Mal Schnaps probiert haben?« Katja schaute vielsagend auf Linda. Die schlug die Hände vors Gesicht. »Das war leider mehr als nur ein Tropfen. O Gott, ich habe in meinem Leben nie mehr so gekotzt wie in dieser Nacht.«

»Erinnert ihr euch auch noch an die Strafe, als die Erzieherin die leere Flasche entdeckt hat?«

Susanne kicherte. »Beim bloßen Gedanken tun mir die Finger weh. Es war kurz vor Ostern. Frühjahrsputz stand an. Und wir saßen vierzehn Tage lang in jeder freien Minute im Keller und fummelten Tausende Gardinenröllchen aus den Vorhängen, um sie dann nach dem Waschen wieder einzufädeln.«

»Ja, aber noch schlimmer fand ich die Strafe, als sie die zwei Jungs auf unserem Balkon erwischten.« Linda lachte ebenfalls leise. »Bis zu den Sommerferien mussten wir jeden Tag eine Stunde im Gemüsegarten Unkraut jäten. Vielleicht kommt es daher, dass ich bis heute alle Unkräuter als Freunde ansehe und es nicht übers Herz bringe, irgendetwas auszuzupfen.«

Da regte sich Franziska und streckte den Kopf aus dem Schlafsack. »Und wenn wir in der Schule zu viel geschwätzt haben, mussten wir in der Turnstunde joggen gehen. Wie habe ich das gehasst. Heute bestrafe ich mich täglich damit. Manchmal bin ich mir selbst ein Rätsel.«

Susanne atmete erleichtert auf. »Am liebsten erinnere ich mich an die Showeinlage, als unsere Erzieherin ihren fünfzigsten Geburtstag feierte. Wir spielten ›Wetten, dass ...?‹ und du, Franzi, warst Tom Cruise. Du hieltest einen Knopf ins Ohr und tatest so, als würde dir jemand alles übersetzen. Immer wenn Katja als Thomas Gottschalk etwas sagte und wir alle lachten, machtest du ein konzentriertes Gesicht, um dann eine halbe Minute später allein lauthals zu lachen.«

Jetzt endlich schaffte es auch das Lachen durch die Ritzen der Biwakschachtel. Nach und nach füllten Erinnerungen den Raum mit Wärme. Leichtigkeit und Fröhlichkeit und alte Erinnerungen webten ein filigranes Netz unter den alten Freundinnen. In gelöster Stimmung streckten sie sich noch einmal auf den harten Pritschen aus, um gemeinsam auf den Morgen zu warten.

vierunddreißig

Als langsam die Dämmerung über die schwarzen Berggrate kroch, schwang sich Linda von ihrem harten Brett herunter, nahm die Sitzunterlage aus dem Rucksack und schlich leise aus der Hütte. Sie suchte sich einen Platz und schaute Richtung Osten. Tief unten im dunklen Tal leuchteten die Straßenlaternen von Lech wie goldene Perlen an einer Schnur. Dahinter erhoben sich tiefschwarz die Berge, nur oben auf dem Grat nahmen die Felsen erste Konturen an, und eine Liftstation reckte sich wie ein surrealer Baum gegen den langsam heller werdenden Himmel. Die Sterne fingen an zu verblassen. Linda schloss die Augen, konzentrierte sich auf ihren Atem, spürte das warme Ausströmen der Luft an ihren Nasenflügeln, hielt kurz inne, um dann die frische Morgenluft tief in den Bauch zu atmen. Der Fokus auf die Atmung brachte sie in ihre innere Mitte. Wie Schmetterlinge tauchten immer wieder Gedanken auf und versuchten, sich niederzulassen. Linda stellte sich vor, wie sie einfach vorbeiflogen. Die meisten verschwanden bald, bis auf einige hartnäckige Gedanken an Franziska, die immer wiederkamen.

Wie lange lebte sie schon in diesem dunklen Tal voller Sorgen und Hoffnungslosigkeit? Wie sehr wünschte Linda ihr, dass auch für sie die Sonne wieder scheinen möge.

Doch es war schwierig, ihr zu helfen. Sie konnte ihr zwar Begleitung und eine liebevolle Hand anbieten, doch die Schritte musste Franziska selbst tun. Das würde schwer für sie sein. Sehr schwer. Linda seufzte und öffnete die Augen. Franziskas Geschichte hatte sie aufgewühlt. Wie würde sie in Franziskas Situation handeln? Würde sie besser damit klarkommen oder wäre sie längst selbst zu einer Art Zombie abgestumpft? Sie zuckte mit den Schultern. Sie wusste es nicht. Doch sie konnte Verständnis für Franziska aufbringen. Verständnis und Empathie, das sollten ihre beiden Leitsterne für den heutigen Tag sein. Und keine Belehrungen! Sie schmunzelte. Gestern hatte sie es zu gut gemeint, heute würde sie sich zurückhalten. Insgeheim hatte es ihr Spaß gemacht, Katja zu provozieren. Sie hatte sich über sich selbst gewundert. Normalerweise war das nicht ihre Art. Im Gegenteil.

Die Sonne sandte ihre ersten Strahlen über den Grat in den Nachthimmel hinauf. Dankbar verfolgte Linda das Naturschauspiel, stand auf und begann mit dem täglichen Sonnengruß. Sie faltete die Hände vor der Brust, als die Tür der Biwakschachtel von innen geöffnet wurde und Katja heraustrat. Im noch fahlen Licht der erwachenden Morgensonne wirkte sie blass, die Schminke von gestern verfärbte die Augenringe dunkel, und die Haare standen ungebändigt in alle Richtungen. Sie entdeckte Linda und kam zu ihr herüber.

»Guten Morgen, störe ich dich?«

»Guten Morgen, Katja, willst du mitmachen?«

Katja rieb sich die Augen. »Ist das Yoga? Das ist nichts für mich. Aber mach ruhig weiter. Ich muss mich erst mal ordentlich strecken.«

Sie gähnte und reckte die Arme in die Höhe, im selben Moment streckte auch Linda die Arme Richtung Himmel. Sie schauten einander an und fingen lauthals an zu lachen. Und konnten nicht mehr innehalten. Immer wenn sie sich ansahen, prusteten sie aufs Neue los. Es war befreiend und wohltuend, und sie fühlten sich wieder wie Mädchen, jung und sorgenfrei.

Katja schnappte nach Luft und sagte: »Weißt du noch, damals, der Franziskus?«

Und Linda fiel wieder in ihr Lachen ein und rief: »Hör auf. Hör auf. Ich kann nicht mehr.«

Neugierig blickten Franziska und Susanne aus der Hütte und gesellten sich zu ihnen. »Was ist denn so witzig? Dürfen wir mitlachen?«, fragte Susanne neugierig.

»Wisst ihr noch, als wir im Kloster gesungen haben, ich sollte dazu Flöte spielen, und diese Fliege, die dem Franziskus immer auf ...« Linda verschluckte sich beinahe vor Lachen. »Die Flöte quietschte. Das Gesicht der Oberin ...« Ihr fröhliches Lachen klang über die Bergwiese. Und bestimmt wunderten sich schon die Murmeltierfamilien in der Umgebung über diese frühmorgendliche Störung.

Die Sonne tauchte die ersten Gipfel in warme Goldtöne. Die Wärme und das Leuchten verdrängten die Schrecken und die Dunkelheit der Nacht. Die Traumgeister lösten sich auf, und der neue Tag versprach heiter und schön zu werden.

»Ich suche mir mal einen Donnerbalken«, sagte Katja, ging zur Hütte, schnappte sich eine Wasserflasche und verschwand auf die andere Seite des Hangs.

»Ich muss auch mal für kleine Mädchen.« Franziska ging in die andere Richtung. Ihr Knie schmerzte kaum noch.

»Ich werde uns ein Frühstück zaubern«, sagte Susanne und kehrte zurück zur Biwakschachtel.

Linda hielt ein kurzes dankbares Zwiegespräch mit der Sonne und folgte Susanne. Sie hatte richtig Appetit. Etwas Brot und ein paar Äpfel hatte sie noch im Rucksack. Den Tee würde sie sich dazudenken müssen.

»Die Geschichte von Franziska ist mir die ganze Nacht durch den Kopf geschwirrt«, seufzte Susanne. »Unglaublich, was sie alles mitmachen musste. Sie tut mir so leid.«

Linda legte ihre Essensreserven auf den Tisch. »Man sagt, das Schicksal schickt uns nur solche Herausforderungen, die wir packen können, durch die wir wachsen können, doch Franziskas Geschichte ist wirklich hart. Wir können nur für sie beten.«

Susanne wischte ein paar Brösel vom Tisch. »Da kommen mir die eigenen Probleme so unbedeutend vor. Nicht der Rede wert, sozusagen.«

Linda nickte, und als Franziska eintrat, sagte sie: »Dieser Ausflug, das war die beste Idee des Jahrhunderts. Ich danke dir von Herzen.«

Franziskas Magen knurrte vernehmlich. »Sollen wir auf Katja warten?«

Susanne blickte hinaus und zuckte mit den Schultern. »Fangen wir ruhig schon mal an. Sie wird sicher bald auftauchen.«

fünfunddreißig

Katja hatte eine geschützte Stelle gefunden, von der aus sie westwärts einen herrlichen Blick auf den Spullersee hatte. Das Wasser lag noch mystisch im Dunkeln, die Felsgipfel rundherum strahlten sonnenwarm und golden. Magie pur.

Sie saß im kühlen Gras und genoss die absolute Stille, diese Ruhe, die sich vom Himmel und vom Tal her gleichzeitig auszubreiten schien und selbst ihr oft so unruhiges Herz erfasste. Sie schaute und atmete. Ein und aus. Sie staunte über sich selbst, wie sehr sie diese Stille genießen konnte. Sie war alles, sie war eins, alles gehörte zusammen, nichts konnte ohne das andere existieren, sie war eins, mit sich und Gott und ihrem Bruder. Sie schloss die Augen und sah sein Gesicht vor sich. Sanft und liebevoll lächelte er ihr zu. In Gedanken erzählte sie ihm von ihren Sorgen um Adam, von ihrer Angst, dass er ihr weggenommen würde. Sie redete sich alles vom Herzen, was sie seit Jahren bedrückte. Nie war sie ihrem Bruder so nah gewesen wie heute, selbst zu seinen Lebzeiten nicht. Und sie fühlte, dass sie mit jedem Wort innerlich ruhiger wurde.

Da stieg seine Antwort in ihr auf. Und sie fühlte sich gut an: »Was würdest du tun, wenn du keine Angst hättest? Katie. Was würde die Liebe tun?«

Ja, was würde die Liebe tun? Ihr Herz wurde leicht, der Brustkorb weit, sie öffnete die Augen und lächelte. »Danke, Bruderherz. Du hast recht. Ich habe mich viel zu lange von meinen Ängsten leiten lassen. Jetzt ist mein Leben im Umbruch. Zeit, die Angst hinter mir zu lassen und mich für die Liebe zu öffnen. Adam ist so ein wunderbarer Kerl. Du wärst verdammt stolz auf ihn. In den Sommerferien werde ich mit ihm in die Berge gehen. Da kann ich ihm von dir erzählen. Und auch von Maria. Du hast recht. Jetzt kenne ich den nächsten Schritt. Danke dir!«

Als sie zur Biwakschachtel zurückkam, teilten die anderen sich die letzten Äpfel, Brote und Käsereste. Katja steckte sich einen Bissen Brot in den Mund, kaute, schluckte und fragte dann: »Könnt ihr euch eigentlich noch an meinen Bruder erinnern?«

Alle Blicke richteten sich auf Susanne. Die wurde prompt rot und hustete verlegen. Franziska schmunzelte: »Du hast ihn auf unseren Abschlussball mitgebracht. Er hat allen den Kopf verdreht. Susannes Begleiter hat sich daraufhin verabschiedet. Weißt du nicht mehr?«

Katja schüttelte den Kopf. »Susanne? War da etwa was?«

Susanne lachte. »Ach, Katja, ich hatte etwas Angst vor ihm. Ich dachte, er ist so direkt und unverblümt wie du und ich wollte ihm eigentlich aus dem Weg gehen. Dabei war er völlig anders. So liebenswert und höflich.« Susanne kicherte. »Mein Begleiter hat mich tatsächlich sitzen gelassen. Er war eifersüchtig, weil ich mich so intensiv mit Klaus unterhalten habe. Was ist aus ihm geworden? Ich hoffe, er hat eine nette Frau geheiratet.«

»Er hat nie geheiratet. Er war der Beste. Und die Besten sterben jung.«

Betroffenheit machte sich in der kleinen Hütte breit. Linda legte den angebissenen Apfel auf den Tisch. »War er krank?«

Katja räusperte sich. »Er war zu gut für diese Welt. Du hast recht, Susanne, er war so ganz anders als ich. In allen Bereichen. Er sah in jedem Menschen immer nur das Gute, er war gelassen und friedfertig, er ...« Sie hielt inne und sprach dann mit leiser Stimme weiter. »Ich war zu der Zeit in Wien. Studium, Freunde, Partys, ich lebte ein anderes Leben. Doch in den Sommerferien, wenn ich zu Hause war, machten wir immer Bergtouren. Das war unsere einzige Gemeinsamkeit.«

Katja trank einen Schluck abgestandenes Wasser, wischte sich mit dem Handrücken über den Mund und fuhr fort. »Es ist dreizehn Jahre her. Wir stiegen hinauf zum Widderstein. Er erzählte mir, dass er Ende des Jahres Vater würde. Er war so naiv gewesen. Die junge Pflegerin unserer Großmutter hatte ihm ein Kind angehängt. Er sprach von Liebe und sah nicht, dass sie nur in Österreich bleiben wollte. Ich war verärgert, er war selig. Ich habe zu ihm gesagt, er sei ein naiver Idiot. Er nahm es mir nicht übel, im Gegenteil, er wollte, dass ich Patin des Kindes werde. Dann wählte ich den normalen Weg auf den Gipfel und er die schwierigere Nordost-Route. Oben wollten wir uns treffen. Aber er ist nie angekommen.«

Susanne hielt den Atem an. »Ist er umgekehrt?«

Katja schüttelte den Kopf. »Abgestürzt. Ich war seither nie mehr auf einem Berg. Dieser Ausflug hat mich mehr gefordert, als ich zugeben wollte. Doch jetzt bin ich froh, dass ich nicht gekniffen habe.«

Susanne suchte nach einem Papiertaschentuch und schnäuzte sich.

Linda legte eine Hand auf Katjas Arm.

»Das tut mir leid«, flüsterte Franziska heiser.

»Es ist lange her. Damals hat es mir den Boden unter den Füßen weggezogen. Ich ließ das Studium sausen, das ich eh nie ernsthaft betrieben hatte, und ging auch nie zurück nach Wien. Der Unfall hat mein Leben auf den Kopf gestellt und mich verändert. Grundlegend.«

Es war Susanne, die nachfragte: »Hast du Kontakt zu deinem Patenkind?«

Katja nickte behutsam. »Adam lebt bei mir.«

»Und seine Mutter?«, fragte Susanne weiter.

»Das ist eine lange Geschichte. Leider weiß ich noch nicht, ob sie ein Happy End haben wird. Das wird sich demnächst weisen. Aber wir wollten doch Spaß haben. Lasst uns zusammenpacken und in der kühlen Frische des Morgens den Abstieg wagen. Gehen wir eigentlich denselben Weg wieder zurück?«

Franziska schüttelte den Kopf. »Der Rückweg führt über die Gstütalpe zur Quelle des Lechs und direkt zurück ins Dorf. Dort können wir gern noch irgendwo gemeinsam zu Mittag essen, wenn ihr Lust habt.«

»Und vor allem einen Kaffee trinken«, sagte Susanne. »Ein Frühstück ohne Kaffee, da fehlt mir etwas. Und ich lasse euch auf keinen Fall in alle Richtungen davonbrausen, bevor nicht alle meine Fragen beantwortet sind.«

sechsunddreißig

Sie packten ihre Rucksäcke und schnürten die Bergschuhe. Susanne hatte unter ihrer Pritsche einen kleinen Besen gefunden und kehrte die Hütte aus. Die abgebrannten Teelichter packte sie in ihre leeren Vesperdosen, die restlichen arrangierte sie hübsch auf dem Tisch, zusammen mit der Alpenrose, der sie noch etwas Wasser gab. Sie warf einen letzten zufriedenen Blick zurück, bevor sie die Tür zuzog und den Schlüssel umdrehte. Eine verschlossene Biwakschachtel! Sie schüttelte den Kopf. Das machte keinen Sinn. Sie würde im Tal nachfragen, wieso sie sich nicht ohne Schlüssel öffnen ließ. Dann reichte sie den Schlüssel an Franziska weiter: »Der ist bei dir in besseren Händen.«

Heute konnten sie über das gestrige Missgeschick herzlich lachen. Beschwingt starteten sie ihre Wanderung talwärts. Die Rucksäcke waren leichter, es lagen keine Steigungen mehr vor ihnen, und auch die Herzen fühlten sich leichter und froher an. Es könnte ein müheloser Spaziergang werden, wenn da nicht noch so viele offene Fragen durch die Luft schwirrten. Doch Susanne hielt sich zurück. Ein unbedachtes Wort, eine ungeschickte Frage hätten die schöne Stimmung im Nu zerstören können. So viele Fragen lagen ihr auf der Zunge, und es kostete sie

Mühe, nicht alle auf einmal heraussprudeln zu lassen. Ob es den anderen ebenso erging?

Die drei anderen marschierten in strammen Schritten abwärts, Susanne folgte in ihrem eigenen Tempo. Aufkommende negative Gedanken wischte sie beiseite. Sie gingen nicht denselben Weg, hier war nicht die Hasenfluh, wo ihr irgendwelche alten Holzknechte Gedanken einflüstern konnten. Es waren ihre eigenen. Und somit lag es an ihr, ob sie diese Wanderung genießen konnte oder sich selbst fertigmachte. Ihre Gedanken machten den Unterschied. Welch eine Erkenntnis! Was für eine Erleichterung, aber auch was für eine Verantwortung. Niemand anderer war schuld daran, wenn sie sich schlecht und überfordert fühlte. Nicht Pirmin, nicht die Kinder, sondern einzig und allein sie selbst.

Auf einem ebenen Wegstück warteten die anderen auf sie. Gemeinsam schauten sie noch einmal zurück zum Stierlochkopf und dem winzigen Rechteck, das sich gegen den Himmel abzeichnete.

»Unglaublich, dass wir wirklich dort oben übernachtet haben«, sagte Susanne beeindruckt.

Und Franziska erzählte: »Erinnert ihr euch an die Höhle, in welcher der Riese Taurin seine Habseligkeiten verstaut? Taurin arbeitet angeblich hier oben. Bei seinem ersten Besuch fand er den Stierlochkopf wunderbar. Doch schon bei seinem nächsten Besuch hatte der Berg sich verändert. Steine waren ins Tal gestürzt. Taurin war entsetzt. Seither versucht er, den Berg zu stützen und alle hinabgefallenen Felsbrocken und Steine wieder zurückzutragen, damit der Stierlochkopf wieder seine ursprüngliche Form erhält. Doch das wird er niemals schaffen – das Leben ist Veränderung.«

Susanne musste lachen. »Ihr dürft mich ab sofort Taurin nennen. Mir kommt das irgendwie bekannt vor ...«

»Schleppst du auch Felsbrocken auf Berge?«, fragte Katja.

»Ich trage täglich Spielzeug in die Kinderzimmer, Geschirr auf den Esstisch und wieder zurück und saubere Wäsche von der Waschküche in die Schränke, schleppe Lebensmittel ins Haus. Ich gebe mein Bestes, aber am nächsten Tag geht es von vorn los. Ich schleppe zwar keine Felsen, aber meine Tätigkeit kommt mir häufig genauso sinnlos vor. Ich kann gut mit Taurin mitfühlen. Es ist zermürbend.«

»Gibt es denn auch Tätigkeiten, die dir Freude machen und in denen du einen Sinn siehst?«, fragte Linda nach.

Susanne überlegte lange. »Ich backe und werkle eigentlich ganz gern, aber ich finde nur selten die Zeit dazu. Ich bin die meiste Zeit des Tages wie der Riese unterwegs. Versuche ständig, das Notwendige zu leisten. Ich putze das Haus und die Ferienwohnungen; ich kaufe ein und koche; schaue, dass die Kinder ihre Termine nicht vergessen; ich helfe im Stall, kümmere mich um den Garten und um die Buchhaltung. Ich schaue nach der Schwiegermutter, ich unterstütze im Dorf, wo ich kann und Hilfe nötig ist – irgendetwas tue ich immer, aber die Freude ist leider auf der Strecke geblieben. Aber ich will euch nicht mit meiner Unzufriedenheit langweilen, meine Problemchen sind im Grunde winzig, das habe ich an diesem Wochenende erkannt.«

Linda schüttelte den Kopf. »Deine Probleme sind wichtig. Und ich verstehe sehr gut, was du meinst. Solange die Kinder klein waren, war es für mich okay, so zu leben. Da ging es mir in erster Linie darum, für sie da zu sein. Aber ich denke, wenn jetzt dein Jüngster außer Haus geht, dann ist es ein guter Zeitpunkt, dir darüber Gedanken zu machen, was dir persönlich Freude bereitet, und entsprechend zu handeln. Denn es ist immer die Freude, die uns den richtigen Weg weisen kann.«

»Du warst doch in der Schule immer die mit den kreativsten Ideen und hast ständig aus Müll und Nichts etwas Besonderes gezaubert«, sagte Katja. »Erinnerst du dich an das Kunstprojekt mit den alten Jeans? Heute würde man es Upcycling nennen. Oder dass du immer irgendein hübsches Blümchen auf deinem Schreibtisch hattest?«

»Das kann ich in den Ferienwohnungen ausleben. Dort freuen sich die Gäste, wenn alles hübsch gemacht ist. In meiner Männerwirtschaft würde jede Blume eingehen.«

»Wie viel Zeit investierst du in die Wohnungen?«, wollte Franziska wissen.

»Drei Stunden pro Reinigung pro Wohnung. Das können schon mal 15 Stunden in der Woche sein.«

»Wow«, sagte Katja. »Das ist ja ein Halbtagsjob. Und das neben vier Kindern und allem anderen. Respekt.«

»Danke. Das ist viel Zeit, und deshalb muss ich die Dinge, die mir Freude machen würden, oft hintanstellen. Was heißt oft? Eigentlich immer, außer gestern und heute. Immerhin. Das Wochenende war ein guter Anfang.«

Katja schlug vor: »Wie wär's mit einer Putzfee oder Reinigungskraft? Dann hättest du mindestens zehn Stunden pro Woche für dich gewonnen.«

»Wir stecken bis zum Hals in den Schulden. Wir brauchen die Wohnungen dringend, um alle Kreditraten abzuzahlen. Und das noch ziemlich lange.«

»Von was lebt ihr denn? Welche Einnahmen gibt es außerdem?«, fragte Franziska nach.

»Wir leben vom Milchgeld. Und da sind wir abhängig von den Preisen, die der Abnehmer bietet. Das sind momentan nicht die besten. Es wird zu viel Milch produziert. Der Markt ist voll. Doch Pirmin liebt seine Milchkühe wie eine Familie. Davon lässt er sich nicht abbringen.«

»Könnest du mit zwei, drei Kühen mehr eine Reinigungshilfe bezahlen? Vielleicht gibt's da eine Möglichkeit?«, fragte Linda.

»Das müsste Pirmin durchrechnen, aber was würde ich dann machen in der freien Zeit?«

»Etwas, das dir Freude macht, Taurin«, sagte Katja und ging weiter Richtung Tal.

siebenunddreißig

Der Weg der vier Frauen führte über zahlreiche Serpentinen an der Gstütalpe vorbei. Dort weideten Pferde, die Tiere hoben den Kopf und steckten ihre Nüstern in den Wind, schüttelten ihre Mähnen und trabten gemütlich über die karge Wiese, um an einer anderen Stelle weiterzugrasen.

»Diese Pferde sind ruhiger«, sagte Linda. »Wie wär's mit einer kleinen Pause?«

Susanne nickte. »Mal kurz die Knie entlasten, das wäre fein.«

Sie suchten sich eine windgeschützte Stelle hinter einem großen Felsbrocken.

»Wie geht es dir, Franziska? Konntest du ein wenig zur Ruhe kommen?«, fragte Susanne vorsichtig.

Franziska schwieg lange. Ein paar Mücken summten um ihre verschwitzten Körper. Dann wandte Franziska sich ihnen zu. »Es ist nicht fair von mir, euch mit Teilen meiner Geschichte zu belasten und dann nichts mehr zu sagen. Aber ich kann nicht darüber reden. Bitte vergesst alles, was ich gestern erzählt habe. Ich weiß schon gar nicht mehr, was es alles war. Und ob es überhaupt stimmte. Ich war irgendwie nicht ich selbst. Bei meinen alten Erinnerungen geht es häufig durcheinander. Was davon ist Realität, was habe ich mir eingeredet, wo habe ich ein Drama daraus gemacht? Es sind alte Geschichten. Das jetzige Leben zählt. Ich muss aufhören, in der Vergangenheit nach Fehlern und Ausreden zu suchen. Das ist mir durch Lindas Beispiel klar geworden. Was gewesen ist, ist vorbei. Punkt. Ich muss lernen, nach vorn zu schauen. Nur das zählt.« Sie versuchte ein Lachen. »Vielleicht waren es auch nur die Gedanken dieses Holzfällers von der Hasenfluh. Alles ist möglich.« Sie stand auf und wollte weitergehen.

Besorgt schaute Susanne zu Linda, die einen Finger an die Lippen legte. Einzelne Wolken zogen über den Himmel. Linda zeigte auf einen fernen Punkt am Horizont. Franziska wischte mit dem Ärmel eine Träne fort und folgte Lindas Blick. Sie beschattete die Augen mit den Händen, um besser sehen zu können. Der ferne Punkt schien sich direkt auf Franziska zuzubewegen. Sie stand da wie im Traum, sah sonst nichts, spürte nichts. Sie wurde eins mit diesem Punkt am Horizont, spürte einen Sog, eine unerklärliche Kraft in sich und hörte nicht, wie Susanne leise flüsterte: »Ein Adler.«

Nur knapp einen Steinwurf entfernt landete der große Vogel elegant auf einem Holzpfosten. Er blickte geradewegs zu Franziska herüber. Keine der Frauen bewegte sich, alle hielten den Atem an. Ob es die Adlerin war, die sie schon beim Aufstieg gesehen hatten? Franziska setzte einen Fuß vor den anderen. Langsam. Ganz vorsichtig. Schritt für Schritt. Ein paar Meter entfernt setzte sie sich mit weichen Knien direkt ins Gras. Keinen Augenblick ließen sich Franziska und das Tier aus den Augen. Es war, als wäre die Zeit stehengeblieben.

Irgendwann breitete die Adlerin die Schwingen aus und erhob sich lautlos in die Luft. Sie drehte einen Kreis über den Frauen und flog dann Richtung Biwakschachtel davon. Franziska blieb lange sitzen, bevor sie zu den Freundinnen zurückkehrte und sich auf einem Stein neben Linda niederließ.

»Lass alles raus, Franzi.« Linda sprach leise, doch mit festem Ton und klarer Absicht. »Du weißt doch: Geteiltes Leid ist halbes Leid. Gemeinsam sind wir stark. Und wenn es leichter wird, wirst du eines Tages wieder fliegen.«

»Ich kann nicht«, schluchzte Franziska.

»Doch. Du kannst das. Erzähl uns von deiner Tochter.«

»Mara.« Franziska schluchzte jetzt laut. Die Worte kamen fast unverständlich aus ihrem Mund, doch die anderen verstanden sie, ohne nachzufragen. Sie spürten ihren Schmerz, ihre unendliche Trauer und auch die Kraft, die es sie kostete, nach all den Jahren des Schweigens diese Worte endlich auszusprechen.

»Wir haben uns gegenseitig die Flügel abgehackt. Ich funktioniere wie eine Pflegemaschine. Ich kann sie nicht lieben. Es gibt Momente, da kann ich sie nicht mal mehr mögen.«

Betroffen schauten die anderen sich an, und es war erneut Linda, die ihnen bedeutete, zu schweigen. Der schwere Stein war ins Wanken geraten, es war besser, einfach abzuwarten.

Es dauerte einige Minuten. Franziska hatte die Arme um die Knie geschlungen und den Kopf daraufgelegt. Sie schaute nicht auf, als sie stammelnd fortfuhr.

»Ich hätte auf meine Eltern hören sollen und Mara weggeben. Ich kann ihr nicht geben, was sie braucht. Ich kann ihre Windeln wechseln und sie füttern, aber es ist keine Liebe, es ist kein Gefühl übriggeblieben. Das Einzige, was ich noch fühle, ist das schlechte Gewissen. Und das ist so tiefschwarz und dunkel, dass ich dem Sog nicht mehr entkommen kann.«

Susanne kämpfte mit den Tränen, Katja schaute betroffen zu den Berggipfeln hoch, und Linda strich Franziska sachte übers Haar.

»Er liebt mich«, fuhr Franziska heiser fort. »Er hat mich immer geliebt. Deshalb ist er gegangen. Sie hätten ihn eingesperrt. Er musste mich allein lassen. Seit ich aus dem Krankenhaus heimgekommen bin, bin ich allein. Ich kann nicht mehr. Ich will nicht mehr. Es soll endlich vorbei sein.«

Die Pferdeherde trabte näher. Der Boden unter den Frauen vibrierte. Sie blieben genau dort stehen, wo der Zaun quer über den Hang führte, an dem Pfosten, auf dem sich die Adlerin niedergelassen hatte.

Linda bekam Gänsehaut und flüsterte: »Franzi, schau. Die Pferde.«

Langsam hob Franziska den Kopf und schaute aus geschwollenen Augen stumm zu den Pferden hinüber. Sie stand auf, ließ den Rucksack liegen und ging auf die Tiere zu. Dabei streckte sie die rechte Hand aus und blickte, ohne zu blinzeln, der kleinsten Stute in die Augen. Als sie am Zaun angekommen war, schnupperte die Stute kurz an ihrer Hand, drehte sich dann um und entfernte sich zusammen mit der Herde einige Meter. Da entdeckte Franziska direkt vor sich im Gras eine Adlerfeder. Sie kniete nieder, berührte die Feder sanft und hob sie auf. Eine Feder der Adlerin. Vielleicht war das ein Zeichen? Vielleicht konnte sie wirklich wieder lernen zu fliegen? Eine Adlerfeder für Franziska. Sie strich mit der Fingerspitze den Kiel entlang.

Die anderen beobachteten sie bewegt.

»Was für ein Geschenk!«, flüsterte Linda.

achtunddreißig

Auf der nächsten Etappe wand sich der Pfad quer über einen Hang voller Alpenrosen. Insekten summten in der lauen Luft. Die Freundinnen zogen ihre Pullis aus und wanderten im T-Shirt durch die duftende Landschaft. Lech lag zu ihren Füßen. Eine letzte gemeinsame Stunde hatten sie noch. Ein kleines Bächlein plätscherte neben dem Weg dahin, und Susanne stieg hinunter, um die Hände in das kühle Nass zu tauchen und sich die Schweißtropfen von der Stirn zu wischen. Vielleicht auch, um die gemeinsame Zeit etwas zu verlängern und die Rückkehr in den Alltag hinauszuzögern.

»Zumindest noch eine Katzenwäsche kurz vor Mittag«, lachte sie. »Das mindert dieses Gefühl des Ungeduschtseins.«

Sie schöpfte Wasser in die Hände und versuchte, die anderen nass zu spritzen. Katja und Linda taten es ihr gleich. Wie Kinder kicherten und kreischten sie, wenn sie das kühle Wasser traf. Franziska blieb am Wegrand stehen und schien mit den Gedanken woanders zu sein.

»Kann ich hier die Wasserflasche nochmals füllen?«, fragte Linda sie. »Wo kommt das Wasser her?«

»Das ist der Lech, er entspringt hier. Faszinierend, dass aus diesem Rinnsal ein so mächtiger Fluss wird.«

Die vier Frauen setzten sich ans Ufer des Baches und schauten dem Lauf des Wassers zu, wie es sich vergnügt um die Steine schmiegte und tanzte. Susanne fühlte sich endlich wieder leicht und erfrischt. Es war so schön hier. Gern hätte sie noch ein Foto gemacht, doch der Akku ihres Handys war leer.

Katja blickte zurück zur Quelle. »Ja, manche Geschichten beginnen so klein und unscheinbar, und irgendwann steckst du in einem reißenden Fluss und kommst allein nicht mehr heraus.«

Die anderen überraschte ihre nachdenkliche Stimmung.

»Wie meinst du das?«, fragte Susanne nach.

»Maria war schwanger. Meine Großmutter starb, als ihre Pflegerin im siebten Monat war. Maria blieb im Haus wohnen, sagte, mein Bruder hätte es so gewollt. Als das Baby da war, taufte sie es auf den Namen Adam Klaus. Ich war Patin. Ich liebte den Kleinen von Anfang an, sah immer meinen Bruder in ihm. Ich vergötterte ihn und wollte das Beste für ihn. Doch Maria kam nicht zurecht. Sie war jung. Immer öfter ließ sie den Kleinen bei mir, ging in irgendwelche Spelunken, kam betrunken nach Hause. Es war furchtbar. Schließlich trank sie auch zu Hause. Sie war kaum noch nüchtern. Ich wünschte sie zum Teufel, ehrlich. Und als sie es wieder mal übertrieben hatte, rief ich beim Jugendamt an.«

»Oh«, flüsterte Susanne erschrocken.

»Es waren Horrormonate. Die wollten für Adam eine Pflegefamilie suchen, ich nahm ihn zu mir. Maria wollte ich nur nüchtern zu ihm lassen; ich ging ihr aus dem Weg und hielt den Kleinen von ihr fern. Ich weiß, das war herzlos. Meine Eltern ließen sie nicht weiter in dem Haus wohnen. Es war vermüllt und heruntergekommen. Säckeweise verschmutzte Windeln im Treppenhaus. Wir stritten nur noch. Zwei Tage vor Weihnachten war sie weg. Und ich mitten im Fluss.«

»Und dann?«, fragte Susanne. »Adam ist bei dir geblieben. Hat sie sich wieder gemeldet?«

»Ein paar Wochen später hat sie mich angerufen. Sie war zurück in ihrer Heimat, versuchte mit Hilfe der Familie, vom Alkohol loszukommen. Sie dankte mir, dass Adam bei mir ein gutes Leben habe. Sie schickte kleine Geschenke. Ich hatte Angst, sie würde zurückkommen und ihn für sich beanspruchen. Ich zog um. In Tirol glauben alle, er ist mein Junge. Das ist er auch.«

»Wie kann man als Mutter sein Kind einfach im Stich lassen?«, empörte sich Susanne. »Könntet ihr das?«

Linda wiegte den Kopf hin und her. »Wenn Maria dachte, dass es dem Kleinen bei Katja besser geht als bei ihr ... Es ist ihr sicher nicht leichtgefallen, aber wir dürfen sie nicht verurteilen, wir kennen die Hintergründe nicht.«

»Ich verurteile sie nicht, ich kann es nur nicht verstehen. Das eigene Kind!«

»Manchmal bedeutet Liebe auch, loslassen zu können. Aber erzähl weiter, Katja. Du hast so eine Anspielung gemacht, hast gesagt, er lebe *noch* bei dir. Warum *noch*?«

»Ich habe Marias Briefe schon lange nicht mehr geöffnet oder beantwortet. Jetzt habe ich Post von einem Anwalt bekommen. Jetzt wird es, glaube ich, ernst.«

»Möchte sie den Jungen zurückhaben? Das geht doch nicht, er lebt schon viel zu lange hier.« Susanne schaute Katja mitfühlend an.

»Ich habe meinen Partner vorgestern, mein Gott, erst vorgestern – es kommt mir vor wie in einem früheren Leben – nach einem guten Anwalt für Sorgerecht gefragt. Vermutlich hat er schon jemanden ausfindig gemacht. Doch ich werde ihn nicht brauchen.«

»Du gibst einfach klein bei?«, fragte Franziska ungläubig.

»Mein Bruder hat diese Frau geliebt. Es wäre in seinem Sinn, wenn ich ihr offen und liebevoll gegenübertrete und wir gemeinsam die beste Lösung für Adam finden. Ich darf mich nicht länger von meinen Ängsten leiten lassen. Mein Bruder handelte niemals aus Angst. Er handelte aus Liebe, das ist mir heute Nacht klar geworden. Und die Liebe findet immer einen Weg.«

Linda nickte. »So wie das Wasser. Liebe vermehrt sich, wenn man sie teilt. Ich bewundere deine klare Entscheidung, Katja, und wünsche euch, dass ihr einen guten gemeinsamen Weg findet.«

Katja nickte. »Ich habe plötzlich das Gefühl, dass alles gut wird. Unglaublich. Noch gestern früh war ich in Angst und Panik. Und jetzt fühle ich mich stark.«

»Diese Stärke war immer schon in dir. Die Angst hatte

sie nur verdeckt. So wie du die Angst vor dem Berg überwunden hast, kannst du auch alle anderen Ängste überwinden – das hast du erkannt.«

Katja nickte bewegt. Dann sprang sie lachend auf: »Mensch, Franzi, hättest du nicht zehn Jahre früher auf diese Idee mit unserem Treffen kommen können? Es hätte mir Hunderte schlaflose Nächte erspart!«

neununddreißig

Das Zentrum von Lech kam näher. Die vier Frauen wurden immer langsamer. Bald würden sie wieder auseinandergehen. Nach Hause fahren, zurück in den Alltag. Auf der letzten Anhöhe über dem Dorf stand an einem schönen Aussichtspunkt eine verwitterte Holzbank. Ein letztes Mal setzten sie ihre Rucksäcke ab, tranken die Flaschen leer und teilten sich einen Müsliriegel, den Linda aus den Tiefen ihres Rucksacks hervorkramte.

»Es war so schön«, sagte Susanne. »Ich werde noch oft an dieses besondere Wochenende denken ... Oh, seht nur.« Sie zeigte auf ihr Knie.

Ein bunter Schmetterling hatte sich dort niedergelassen. Als sie sich umschauten, entdeckten sie, dass es an diesem Platz von Schmetterlingen nur so wimmelte. Auf den Alpenrosen, in der Luft, um die Bank herum. Einer setzte sich auf Lindas Hand. Sie schloss die Augen, um zu spüren, welche Botschaft ihr der Schmetterling überbringen wollte. Als sie nach einer Weile die Augen wieder öffnete, waren alle weggeflogen. Als hätte sie das alles nur geträumt, und doch hatte sie das Gefühl, dass die Botschaft nicht nur ihr allein gegolten hatte.

»Schmetterlinge machen uns Mut zu Veränderung. Nicht nur zu kleinen Wegkorrekturen, sondern zu einer tiefgreifenden Metamorphose. Wir dürfen unser altes Ich abstreifen, herausschlüpfen aus allem, was uns einengt. Es ist an der Zeit. Es kann Widerstände geben und Schmerzen verursachen. Der Schmetterling hilft uns, es mit Leichtigkeit anzugehen. Ich spüre es gerade ganz deutlich. Ich will die alte abhängige Linda hier oben zurücklassen. Ich will diese Aufbruchsstimmung nutzen und noch mehr versuchen, meinen eigenen Weg zu gehen. Ich bin bereit. Danke, dass ihr mir mit diesem gemeinsamen Wochenende geholfen habt, den Weg zu bereiten, um nicht mehr Passendes zu erkennen und loszulassen.«

»Oh, das klingt schön, Linda.« Susannes Stimme klang belegt.

Katja sagte: »Ja, das klingt ganz schön, aber doch sehr theoretisch. Was bedeutet das denn konkret? Willst du jetzt nackt ins Dorf zurücklaufen?«

Linda schmunzelte. »Du würdest das machen, da habe ich keinen Zweifel. Ich behalte mein T-Shirt lieber an.«

Franziska mischte sich ein. »Mich würde auch interessieren, wie du das umsetzt. Wie lebst du bisher? Du hast nur wenig von dir erzählt. Du hast dein Kostüm abgelegt – aber wie ging es weiter? Und was genau willst du jetzt ablegen?«

Linda nahm die Kette mit dem Schutzstein ab und ließ sie zwischen zwei Felsbrocken gleiten. Dann wandte sie sich ihren Freundinnen zu. »Ich habe in den letzten Jahren so viel ausprobiert, um frei zu werden, um mich selbst zu spüren, mich selbst zu lieben, zu verstehen, zu heilen, zu leben. Doch irgendwas fehlte immer. Ich habe in den sozialen Medien ein großes Netzwerk aufgebaut. Ich hatte ja Zeit, unendlich viel Zeit, und ich habe angefangen, andere zu beraten. Ich verkaufe Seelenschauen, Seelenbilder, Seelenarmbänder, Seelenketten, Seelendüfte und anderes mehr. So viele Menschen spüren eine tiefe Sehnsucht danach, ihre Seele zu ergründen, und sind auch bereit, dafür in die Tasche zu greifen. Wenn ich mir die Profile in den sozialen Netzwerken anschaue, dann weiß ich sofort, was die einzelnen Menschen brauchen. Sie geben dort so viel von sich preis, und es fällt mir leicht, einen Text zu formulieren, der sie berührt.«

»Du verkaufst Worte?«, fragte Katja nach. »Und davon kannst du leben?«

»Ich biete Erkenntnisse an und Möglichkeiten, sich im Einklang mit sich selbst besser zu fühlen. Doch schaffe ich es selbst nicht. Bei anderen finde ich immer Worte, Ratschläge, Ideen, Inspirationen. Nur bei mir selbst kapiere ich oft gar nichts mehr. Es ist an der Zeit, dass ich zu hundert Prozent die Verantwortung für mein Leben übernehme, keine faulen Kompromisse mehr eingehe und auch nichts mehr verkaufe, um zu überleben, sondern einen Weg zu suchen, der andere wirklich heilen kann. Dafür spüre ich ein echtes Feuer in mir. Aber beginnen muss ich bei mir selbst. Und erst dann darf ich es an andere Menschen weitergeben. Und zwar nicht online, wo ich mich hinter meinem PC verstecken und echte Kontakte meiden kann. Diese Nacht auf dem Berg hat mir gezeigt, dass sich das echte Leben draußen abspielt. Und da möchte ich hin.«

»Du suchst dir also eine Alphütte, wo Menschen mit Problemen zu dir kommen können, um wieder an Herz und Seele gesund zu werden?«, fragte Katja skeptisch nach.

»Das würde mir tatsächlich gefallen. Erst gilt es für mich aber herauszufinden, wie ich auf einer tieferen Ebene wirken und heilen kann. Krafttiere, Heilsteine, Bachblüten, Globuli, Schüßler-Salze, Farben, Töne, Kräuter, Bilder, Aufstellungen, Gebete, Ernährung ... Es gibt so vieles, das wirkt. Und doch ist es bei jedem Menschen und in jeder Situation etwas anderes. Aber der Schmetterling hat mir gezeigt, dass das Richtige ganz nah ist. Es wird auf mich zukommen, und ich werde mich darauf einlassen. Das Leben weist uns immer den Weg.«

»Du hast also keinen Job?«, fragte Franziska nach.

Linda schwieg, dann erzählte sie: »Ich habe Schulden. Ich habe meine selbstkreierten Botschaften und Düfte und Ketten verkauft. Irgendwann kamen Anfragen über die sozialen Plattformen rein. Ich freute mich, schrieb Karten und Briefe und die Empfänger überwiesen einen Ausgleich. Es fühlte sich gut und stimmig an. Manche wünschten eine Kette dazu. Die Einnahmen waren gering, aber immerhin. Ich habe nur niemals daran gedacht, dieses Hobby als Gewerbe anzumelden. Dann hat mich wohl jemand angezeigt. Es war mein Fehler, aber es tat mir in der Seele weh, dass mich jemand angezeigt hat, ohne mich zuvor auf meinen Fehler hinzuweisen. Ich kann die Strafe nicht bezahlen.«

»Dein Ex hat doch sicher genug Geld?«, fragte Katja. »Oder bist du etwa leer ausgegangen?«

Linda nickte. »Ich habe keinen einzigen Cent von ihm bekommen. Doch er würde mir alles bezahlen, was ich will. Es gibt da nämlich ein Geheimnis, das sonst niemand erfahren soll.«

»He, jetzt wird es spannend.« Katja grinste. »Das wollen wir natürlich wissen, Linda. Raus mit der Sprache. Wie viel wäre es ihm wohl wert?«

»Das ist nicht meine Art. Das wäre Erpressung.«

»Du bist gut. Die besten Jahre deines Lebens hast du für ihn geschuftet und jetzt hast du nichts. Stell dir vor, er hätte dir einen regulären Lohn bezahlt. Mindestens so viel sollte er dir freiwillig geben. Linda, Schätzchen, wenn es um Geld geht, darf man nicht naiv und gutmütig sein. Er hat den Keller voller Schwarzgeld und du hast Schulden. Findest du das gerecht?«

Linda schüttelte nachdenklich den Kopf.

»Also, raus mit diesem teuren Geheimnis. Du hast uns schließlich alle Geheimnisse entlockt und selbst fast nichts erzählt. Das ist nicht gerecht.« Katja kam in Fahrt.

Um sie zu bremsen, sagte Linda fast tonlos: »Er war mir ein Leben lang untreu. Schon vor der Hochzeit. Ich war nur dazu da, um nach außen ein schönes, zuverlässiges Bild abzugeben. Das hat mich tief verletzt. Ich kann mir nicht verzeihen, dass ich so lange blind war. Blind und taub und gutgläubig und naiv. Dumm, um es auf den Punkt zu bringen.«

»Na, das ist jetzt nichts Außergewöhnliches. So viel ist das leider nicht wert.« Katja schüttelte bedauernd den Kopf.

»Es ist sein Geheimnis. Ich werde es nicht erzählen, Katja. Aber ich werde an deine Worte denken, wieso ich meinen Eltern liebevolle Energie schicke. Die Frage ist mehr als berechtigt.«

»Du deckst deinen Ex?«

Linda nickte. »Sein Leben war nie einfach. Er hat es nicht verdient, dass ich schlecht über ihn spreche.«

»Irgendwie steht dir dieser Heiligenschein.« Katja formte mit den Händen einen Kreis über ihrem Kopf. »Mich würde er wahnsinnig machen!«

Susanne lachte fröhlich: »Die heilige Katja! Gott bewahre uns davor!«

vierzig

Sie wanderten den Lauf des Lechs entlang; über kleine Brücken und Stege führte der Pfad mal links und mal rechts vom Bachbett. Das Plätschern des Wassers untermalte die gelöste Stimmung. Sie hatten ein Abenteuer hinter sich und waren über sich hinausgewachsen. Es war wunderbar gewesen, und doch war es auch schön, dass langsam wieder die Zivilisation in Sicht kam. Erste Wanderer begegneten ihnen, von irgendwoher tönte das Geräusch einer Motorsäge, Kuhglocken läuteten ohne Pause – die Stille und Ruhe wurden aufgelöst, doch das Gefühl der Freiheit blieb.

Müde und verschwitzt erreichten sie gegen Mittag Lech. Die Kirchenglocken schlugen, Autos fuhren durchs Dorf, Kinder lachten, Stimmengewirr überall. Ein starker Kontrast zu der Nacht auf dem Berg, doch irgendwie fühlte es sich wie Heimkommen an.

»Gönnen wir uns noch eine Tasse Kaffee?«, fragte Katja in die Runde und zeigte auf die Terrasse gegenüber vom Gästeamt.

»Wenn du nichts dagegen hast, dass ich einen Kräutertee trinke.« Linda zwinkerte fröhlich, und sie suchten sich einen Tisch unter einem der großen leinenfarbenen Sonnenschirme.

Der Kellner begrüßte sie höflich, verzog keine Miene und nahm ihre Bestellungen mit einem huldvollen Nicken entgegen. Susanne unterdrückte mühsam das Lachen, und als er sich abgewendet hatte, prustete sie los: »Schaut euch mal um! Wir passen überhaupt nicht hierher. Die Frauen tragen alle Chanel und gönnen sich einen Aperitif vor dem Fünf-Gänge-Menü.«

Ohne eine Miene zu verziehen, stand Katja demonstrativ auf, zog ihre Bergschuhe aus, hängte die verschwitzten Socken über das Terrassengeländer, dann setzte sie sich wieder, schob einen weiteren Stuhl heran und legte die nackten Füße darauf. Auf die pikierten Blicke einer Dame mit einem winzigen Hündchen auf dem Schoß entgegnete sie: »Ich liebe Hunde«, und griff zu Messer und Gabel, die vor ihr eingedeckt waren.

Susannes Kopf wurde rot und röter. »Entschuldigen Sie bitte«, stammelte sie. »Sie meint es nicht so. Es war nur ein Spaß.«

In diesem Moment kam der Kellner mit einem Tablett voll dampfender Tassen zurück. Als er die Füße auf dem Stuhl sah, knurrte er: »Wir sind hier nicht auf Mallorca. Nehmen Sie bitte die Füße runter.«

Katja blickte ihm mit strengem Blick entgegen und legte die Füße gemütlich übereinander. Der Kellner kehrte mit dem vollen Tablett um, und Susanne flüsterte: »Warum machst du so etwas? Verdirb uns doch bitte nicht den Kaffee. Ich habe mich so darauf gefreut.«

Katja stellte die Füße unter den Tisch und rückte den

fünften Stuhl zur Seite. »Manchmal muss ich einfach ein bisschen provozieren. Ich hasse diese aalglatte, scheinheilige Überheblichkeit.«

»Kannst du nicht einfach darüber hinwegschauen?«, fragte Linda.

»Darin war ich noch nie gut, im Gegensatz zu dir«, sagte Katja seelenruhig.

»Ich glaube, es ist besser, wir fahren heim«, meldete sich Franziska zu Wort.

»Fortlaufen ist keine Lösung«, entgegnete Katja. »Und immer nur nett und lieb grinsen auch nicht«, wandte sie sich Linda zu.

Susanne zeigte Richtung Stierlochkopf. »Unglaublich, wir waren heute schon dort oben und …«

»Ablenken ist ebenfalls keine Lösung, liebe Susanne«, sagte Katja zuckersüß. Da schwiegen alle.

Katja kramte im Rucksack. Dann legte sie einen zerknitterten Fünfzig-Euro-Schein unter die Speisekarte und stand auf. »Mir ist gerade nicht nach Kaffee. In der Backstube gibt es bestimmt eine Leberkäs-Semmel. Machen wir eine runde Sache und beenden das Abenteuer dort, wo es begonnen hat.«

Die drei seufzten leise, standen auf und folgten Katja. »Ich habe dich noch gar nicht gefragt, was du nach deinem abgebrochenen Studium gemacht hast«, versuchte Susanne, die miese Stimmung abzufedern.

»Ich bin Event-Managerin. Wenn Bon Jovi in Zürich spielt, kannst du davon ausgehen, dass ich sein Hotel gebucht und ihm das passende Menü aufs Zimmer habe liefern lassen. Inklusive dem passenden Groupie, wenn ihm danach ist.«

»Wow. Du kennst die ganzen Prominenten persönlich?« Linda staunte.

»Genau. Von vielen weiß ich mehr als du von deinem Mann. Aber ich lasse mir dieses Wissen sehr, sehr gut bezahlen. Und ich kann dir gern aushelfen, wenn du Bares brauchst. Auch wenn ich Corona sei Dank mittlerweile arbeitslos bin.«

Linda schüttelte den Kopf. »Bist du fest liiert?«

»Liiert?« Katja lachte. »Allein dieses Wort. Ich habe Sex, so oft mir danach ist, aber es gibt keinen, dem ich danach die Unterhose wasche und auf die Wäschespinne hänge, wenn du das meinst.«

Sie waren vor der Backstube angelangt. Franziska sagte: »Ich laufe gleich weiter zum Auto. Ich mag keine Abschiede, und Mara wird auf mich warten. Ich danke euch wirklich sehr, dass ihr mitgegangen seid.«

»Ach, Franzi«, Susanne breitete die Arme aus. »Lass dich wenigstens kurz drücken. Und lass uns in Kontakt bleiben. Ihr habt mir so gutgetan.«

Auch Katja und Linda umarmten Franziska und gaben ihr viele gute Wünsche mit auf den Weg. Da hörten sie den Bus, der in die Haltebucht einbog.

»Der fährt nach Zürs«, rief Susanne. »Dort steht mein Auto. Ich fahre mit, der nächste kommt erst in einer Stunde. Meine Jungs werden auch schon warten.«

Eine schnelle Umarmung später stand Katja allein vor dem Backhaus. Auch Linda war winkend mit dem Bus davongefahren. Katja trat ein und bestellte eine Leberkäs-Semmel. Damit setzte sie sich draußen neben dem Rucksack auf den Boden, kaute, schluckte und rülpste. Es war schön, wieder allein zu sein.

einundvierzig

Durch die Semmel erwachte Katjas Hunger erst richtig. Sie wischte sich die Brösel aus dem Mundwinkel und die Finger an der Hose ab und ging wieder in die Backstube, um sich noch etwas Süßes zu holen. Da fielen ihr die drei braungebrannten Weißhaarigen ins Auge, die an einem der Tische saßen und zu ihr herüberdeuteten. Katja lächelte und hatte bereits einen Spruch auf den Lippen. Doch da sah sie plötzlich das Gesicht ihres Bruders vor sich und hielt einen Moment inne, bevor sie freundlich rief: »Darf ich euch einen Kaffee ausgegeben? Ich war gestern etwas unverschämt.«

Die Herren schauten sich überrascht an und nickten. Katja bestellte vier Tassen Kaffee, zwei Topfentascherl und zwei Nussgipfel und setzte sich zu ihnen an den großen Tisch. In diesem Moment traten Susanne und Linda durch die Tür und winkten aufgeregt.

»Katja! Da bist du ja«, Susanne winkte sie zu sich. »Deine Motorradklamotten sind noch in meinem Pick-up.«

Katja schlug sich mit der flachen Hand vor die Stirn. »Wie blöd!«

Sie verteilte die Kaffeetassen an die drei Herren, wünschte ihnen alles Gute und eilte mit dem Tablett samt Gebäck zur Tür. Sie folgte Susanne und Linda zu einem kleinen Tisch im Freien und sagte: »Greift zu. Nimm du den Kaffee, Susanne. Linda, dir hole ich rasch noch einen Tee.«

Susanne schüttelte ungläubig den Kopf, rührte aber glücklich Zucker und Sahne in den Kaffee und biss genüsslich in eines der Nusshörnchen.

Gleich darauf kehrte Katja mit zwei Tassen zurück. »Stand dein Pick-up noch da?«

»Fast allein auf dem großen Parkplatz! Der Busfahrer meinte, die Saison beginne hier im Juli. Die Hotels öffnen erst so nach und nach. Das Hörnle schmeckt oberlecker. Probiert doch mal!«

Da sagte Katja: »Danke dir fürs Zurückfahren. Ich habe überhaupt nicht mehr an meine Sachen gedacht. Vermutlich war ich zu hungrig.«

»Wir sind zu schnell auseinandergesprungen. Es kommt ja wirklich nicht auf eine Stunde an«, sagte Susanne. »Wir haben auch erst im Bus nachgedacht. Es macht keinen Sinn, wenn ich allein ins Rheintal hinunterfahre und Linda den teuren Zug zahlt. Ich werde den Hochtannbergpass nehmen, dann können wir gemeinsam nach Bregenz fahren. Von dort gibt es den Fernbus direkt nach Stuttgart.«

Katja trank einen Schluck Kaffee und schüttelte den Kopf. »Wieso wohnst du ausgerechnet in Stuttgart? So ein Naturmensch wie du passt doch gar nicht in die Stadt.«

Linda stellte die Teetasse ab. »Ich werde nicht mehr lange in Stuttgart bleiben. Anfang des Jahres wurde mir die Wohnung gekündigt. Angeblich wegen Eigenbedarf.

Ich habe allerdings das Gefühl, die Nachbarn wollten mich loswerden. Ich passe nicht dazu. Meine Unkräuter, sagen sie, würden sich über die gesamte Siedlung ausbreiten. Sie kommen sogar in meinen Vorgarten und mähen jeden Löwenzahn nieder.«

»Was? Und das lässt du dir gefallen?« Katja wirkte empört. »Das ist Hausfriedensbruch. Zeig sie an. Ich besorge dir einen Anwalt!«

Linda lächelte. »Die Kündigung hat mich sehr gekränkt. Doch manchmal weiß das Leben, dass uns etwas nicht guttut, noch bevor wir das selbst erkennen. Im Nachhinein werde ich erkennen, wozu sie gut war. Ich fühle mich jetzt schon befreiter, wenn ich daran denke, besonders diesem einen Nachbarn nie mehr begegnen zu müssen. Ich bin ja frei. Ich kann gehen, wann und wohin ich will. Doch diese Freiheit ist nicht leicht für mich. Zu viele Jahre habe ich keine eigenen Entscheidungen getroffen. In einer Woche bin ich raus. Raus aus der Wohnung und definitiv raus aus Stuttgart. Die Zeit ist reif, das spüre ich sehr klar.«

»Ist das Autohaus deines Exmannes auch in Stuttgart?«, fragte Susanne nach.

Linda schüttelte den Kopf. »Es ist mir heute peinlich. Ich bin dorthin gezogen, um in der Nähe meines Therapeuten zu sein. Nach der Scheidung war ich verzweifelt, ich habe all diese esoterischen Theorien in mich aufgesogen wie ein ausgetrockneter Schwamm und sah in diesem Mann meinen Seelenverwandten, meinen Seelenpartner. Das könnt ihr vermutlich nicht nachvollziehen. Aber erst als ich ihn in flagranti mit einer anderen Klientin erwischte, wachte ich auf. Mittlerweile habe ich das Thema abgeschlossen und übe mich darin, mir selbst eine gute Freundin und Seelengefährtin zu sein.«

Katja runzelte die Stirn. »Habe ich das richtig verstanden? Du musst nächste Woche ausziehen und weißt noch nicht wohin?«

Linda nickte. »Ich kann für ein paar Tage bei meinem Sohn unterkommen.«

»Ja, und dann?«, fragte Susanne ungeduldig.

»Dann wird mir das Leben eine Tür öffnen und einen Weg zeigen.«

»Dieses Vertrauen möchte ich haben«, schnaufte Katja und kratzte die letzten Gebäckbrösel zusammen.

zweiundvierzig

Katja zog die Ledermontur über und verschwand winkend in der Tiefgarage. Linda kletterte auf den Beifahrersitz des Pick-ups, und Susanne fuhr los. Sie öffneten die Fensterscheiben, um den Duft nach Kuhstall mit ordentlicher Frischluft zu mildern »*Stimmen im Wind, die sie rufen, wenn der Abend beginnt. Sei nicht traurig, Suzanne. Es fängt alles erst an …*«, klang es aus dem Radio. Susanne drehte es lauter, und beide stimmten ein.

»Das Lied passt zu dir, Linda. ›Sei nicht traurig.‹ ›Es fängt alles erst an‹«, sagte Susanne.

»Ich bin nicht traurig, Susanne. Es ist, als ob ein weißes Blatt Papier vor mir läge oder ein leeres Notizbuch. Die ersten Worte in diese Jungfräulichkeit zu schreiben, fällt mir immer schwer, aber wenn die ersten Seiten gefüllt sind, fühlt es sich vertraut und normal an. So wird es mir auch im Leben gehen. Ich werde zögern und nach dem perfekten Start suchen, doch wenn ich einfach vertraue und weitergehe, wird der Weg sichtbar werden. Ich kann es schlecht beschreiben. Aber wenn ich ein vollgeschriebenes Tagebuch zur Seite lege, ist mir immer etwas wehmütig zumute. Mit einem neuen Buch fängt ein neues Kapitel an, und es soll gut werden. Es sind meine Erwartungen und Ansprüche, die den Schritt schwierig machen. Wenn das Buch nicht voll wäre, würde ich einfach weiterschreiben, ohne mir Gedanken zu machen. Ich möchte diese Erwartungshaltung loslassen. Mein Leben muss nach dem Auszug nicht besser sein. Es darf frei weiterfließen, und ich werde es annehmen, wie es kommt. Zumindest versuche ich das«, fügte sie lächelnd an.

Susanne seufzte neidisch. »Ein leeres Blatt, ein neues Kapitel. Ich beneide dich ein bisschen. Ich komme zurück und lauter vollbeschmierte Blätter begraben mich. Sie liegen in Haufen überall um mich herum, ich kann mich nicht befreien und kein leeres Blatt finden. Chaos pur. Aber es ist das, was ich mag.« Sie lachte.

Linda schaltete das Radio aus und kurbelte ihr Fenster hoch. »Ich verstehe dich sehr gut, Susanne. Ich habe auch lange gekämpft, bis ich mich freigeschaufelt hatte.«

»Ich muss mir aufschreiben, wie das Buch hieß, das du gelesen hast.«

»Das ist nicht nötig. Die Erkenntnis, dass du dich befreien möchtest, ist der erste Schritt. Den hast du bereits hinter dir. Vertraue. Das Leben wird dir zeigen, wo es langgeht.«

»Dreimal im Kreis herum, unter dem Chaos durch und dann rechts auf die Überholspur?«

Linda lachte. »Ich kenne deinen Weg nicht. Mir hat das tägliche Schreiben sehr geholfen, Klarheit zu erlangen. Monatelang habe ich mir jeden Morgen eine halbe Stunde lang alles von der Seele geschrieben. Irgendwann lichtete sich das Chaos. Es gab endlich wieder Momente, in denen ich mir selbst begegnete. Doch wie gesagt: So sah mein Weg aus. Deinen wirst du selbst finden.«

Vor ihnen erstreckte sich der Hochtannbergpass mit seiner Ebene und dem Kalbelesee. Am See grasten Rinder, und Wanderer marschierten auf den Pfaden Richtung Körbersee. Susanne drosselte das Tempo, um die Aussicht zu genießen. Da zeigte Linda plötzlich aufgeregt nach vorn. »Ist das nicht Franzi?«

Susanne wurde noch langsamer und suchte mit dem Blick das Seeufer ab.

»Dort, auf dem großen Felsbrocken.«

Susanne kniff die Augen zusammen. Hinter ihr hupte es ungeduldig. Sie setzte den Blinker und hielt am Straßenrand.

»Ja, das ist sie! Was macht sie hier? Sollen wir zu ihr, uns richtig verabschieden und nochmals bedanken?«

Linda schüttelte den Kopf.

»Sie wird Ruhe suchen. Nach jahrelanger Einsamkeit war das Wochenende mit uns vermutlich eine riesige Herausforderung. Das wird sie erst verdauen müssen.«

»Ihre Geschichte wird mich noch lange begleiten. Sie tut mir so leid. Wenn ich mir vorstelle, was sie allein alles durchgemacht hat. Ohne Unterstützung!«

»Ich werde sie in meine Gebete einschließen.«

Susanne lehnte sich zurück und schüttelte den Kopf. »Das Leben macht mit uns, was es will. Ich hatte immer geglaubt, Franziska würde Skispringweltmeisterin. Ich hatte keinen Zweifel, dass sie ihr Ding durchziehen und von den Titelblättern der Zeitungen lächeln würde. Genauso sicher war ich mir, dass Katja mindestens Bundespräsidentin werden würde. Aber alles kam anders. Nur ich bin den Weg gegangen, den ihr anscheinend von mir erwartet habt. Vielleicht war es trotzdem der beste, denn ganz ehrlich, so allein wie Franzi könnte ich nicht sein. Ich würde keine drei Monate überleben, wenn ich mir jeden Kontakt zu anderen untersagen würde. Ich würde eingehen wie ein Pflänzchen, das man nicht gießt.«

Sie schüttelte die Gedanken ab und reihte sich wieder in den Verkehr ein. »Ohne mein Chaos wäre ich nur ein halber Mensch.«

»Was hast du von mir erwartet?«, fragte Linda neugierig.

Susanne schmunzelte. »Dich hätte ich mir gut als Erzieherin in unserem Internat vorstellen können. Stell dir vor, die jungen Mädchen könnten schon in der Teenagerzeit von dir lernen. Sie könnten die holprigen Jugendjahre direkt überspringen und als vernünftige Menschen ins Leben stürmen.«

Linda schüttelte lächelnd den Kopf. »Jedes Alter und jede Entwicklungsphase ist wichtig. Wer etwas überspringt, wird es später nachholen müssen. So wünsche ich Franzi von Herzen, dass sie endlich ein paar unbeschwerte Jahre erleben darf.«

»O ja. Das wünsche ich ihr auch.«

»Und dir, liebe Susanne, wünsche ich, dass du glücklich bist, mitten im Chaos, und dass deine wunderbare Energie immer fließen wird, in alles, was dir und deiner Seele guttut.«

dreiundvierzig

Franziska Brenner rannte heute langsamer als sonst. Hinaus aus dem kleinen Städtchen, über Wiesenwege in den Wald. Die Sonne wärmte ihren Rücken, und nur über dem Bodensee schwebten leichte Nebelschwaden. Vor drei Tagen war die Postkarte vom Arlberg tatsächlich angekommen. Das Schicksal hatte das Datum bestimmt – und Franziska hatte es akzeptiert. Ihre Finger hatten gezittert, ihr Magen hatte sich verkrampft, das Atmen war ihr schwergefallen. Und doch hatte sie es geschafft. Die Adlerfeder hatte ihr Mut gegeben. Und Kraft. Sie hatte das Handy genommen und die vor langer Zeit gespeicherte Nummer angerufen.

Franziska ging die letzten Meter im Spaziertempo. Der Hopfen war abgeerntet, die Äcker lagen brach. Sie setzte sich auf die morsche Holzbank und beobachtete die Raben und die Krähen, die in Scharen auf den dünnen Drahtseilen über den Äckern saßen. Sie hockten ruhig da, als würden sie Wärme und Sonnenstrahlen tanken. So wie Franziska, denn der Winter rückte näher, die Nächte wurden kälter und der Glanz des Sommers verblasste. Doch die Erinnerung blieb glasklar.

Nach dem dritten Klingeln war abgenommen worden: »Brenner.«

»Ich bin's. Franziska.«

Sie hörte ihre Mutter am anderen Ende der Leitung nach Luft schnappen. Sie stellte sich vor, wie sie auf den Stuhl neben der Kommode sank, auf der das Telefon stand. Den unbequemen Holzstuhl mit dem geschnitzten Hirsch auf der Lehne.

»Ich wollte mich mal bei dir melden, Mama.«

»Dafür bete ich seit fast zwanzig Jahren täglich. Es geschehen also doch noch Wunder.«

Franziska schluckte trocken. »Es tut mir leid. Im Sommer. Ich war so überrumpelt. Ich hatte nicht mit dir gerechnet. Ich wollte nur ...« Sie verstummte.

»Franziska ... Ich habe so lang auf diesen Augenblick gewartet.«

»Es tut mir leid. Ich konnte nicht früher. Vater. Es tut mir so leid. Ich konnte nicht kommen. Mara ...«

»Wie geht es Elina und Mara? Wie geht es dir? Wo wohnt ihr?«

Franziska dröhnte der Kopf. Sie wollte die Stimme wegdrücken, doch sie würde nicht auflegen, bevor das Wichtigste gesagt war. Sie holte tief Luft.

»Elina lebt seit einem halben Jahr in Berlin. Sie arbeitet in einem Spielzeugladen und wohnt in einer WG. Sie steht auf eigenen Füßen, ihr geht es gut.«

»Ohhh. Berlin. So weit weg. Und Mara? Was ist aus ihr geworden?«

»Mara wohnt seit Anfang September in einem Wohnheim einer kirchlichen Stiftung. Ich habe sie gestern besucht. Sie hat eine Freundin gefunden. Sie waren im Garten. Beide im Rollstuhl. Die Freundin heißt Johanna. Sie hat Mara aus einem Buch vorgelesen. Die Geschichte von Heidi. Und die Geschichte von Klara im Rollstuhl.« Franziskas Stimme brach. Heiser flüsterte sie: »Achtzehn gemeinsame Jahre. Jetzt bin ich allein.«

»Du bist allein? Hast du keinen Mann?«, fragte Mutter leise.

»Ich bin immer allein geblieben. Kein Mann will eine Frau mit anstrengenden Zwillingen.«

»Wir hätten dir gern geholfen mit den Mädchen.«

»O nein, Mama. Verdreh jetzt nicht die Tatsachen. Ihr wolltet euch um Elina kümmern. Aber du hast mir mitten ins Gesicht gesagt, dass du dich nicht in der Lage siehst, dich um Mara zu kümmern. Ich erinnere mich an jedes einzelne Wort. Es waren diese Worte, die mich tief getroffen haben. Deshalb musste ich fort.«

»Franzi, wir wollten dir helfen. Wir haben nur nicht eingesehen, warum du Leevi so davonkommen ließest. Auch er sollte seinen Teil beitragen. Das war uns wichtig. Das ist es, was wir nie verstanden haben. Er hat diese Tragödie über uns alle gebracht und ist einfach abgehauen. Mit deinem Einverständnis. Es ist mir immer noch unbegreiflich.«

Franziskas Knie zitterten im Sitzen. Sie wollte nur weg. Die Karte mit der Tür lag vor ihr auf dem Tisch. Mit ihrem Blick hielt sie sich daran fest, schluckte noch einmal laut und sagte: »Mama, er hat alle Schuld auf sich genommen, damit die Mädchen bei mir bleiben konnten. Sie hätten ihn eingesperrt, wenn er geblieben wäre. Er hat keine Tragödie über uns gebracht. Leevi hat mich geliebt. Mich und die Mädchen. Er hat keinen Fehler gemacht. Ich bin schuld. Ich habe Mara geschüttelt.«

Am Telefon blieb es lange still.

»O mein Gott, Franzi. Was musst du durchgemacht haben? Ich werde für dich beten.«

Franziskas Tränen tropften auf die Ansichtskarte. Sie konnte nicht weitersprechen. Sie drückte das Gespräch weg, legte sich auf die Couch und ließ den Tränen freien Lauf.

Auch jetzt bei der Erinnerung wurden ihre Augen feucht. Sie wischte die Tränen weg, stand langsam auf und joggte gemächlich weiter. Ihre Mutter wusste Bescheid. Doch damit war die Lüge noch nicht aus der Welt. Sie hatte nie bewusst gelogen. Sie hatte schlicht die Vermutungen der anderen nie berichtigt. Alle waren davon ausgegangen, dass Leevi die Kleine geschüttelt hatte. Alle. Jetzt war es an der Zeit, dass auch Elina die Wahrheit erfuhr. Sie glaubte noch immer, Mara hätte bei der Geburt zu wenig Sauerstoff bekommen und ihr Vater wäre unauffindbar. Sie würde ihr einen Brief schreiben. Es war höchste Zeit.

vierundvierzig

Die Postkarte mit dem Bild einer Tür mitten in den Bergen steckte am Rahmen des Garderobenspiegels. Susanne nahm sie herunter und las erneut den Text. Sie musste lachen. Von einer Schlafmütze konnte wirklich keine Rede mehr sein. Den ganzen Sommer hatte sie motiviert gearbeitet und Neues entstehen lassen. Sie war mit Freude dabei, momentan schien alles mühelos zu laufen. Sie hatte Gelegenheiten beim Schopf gepackt und war mehr als einmal über ihren Schatten gesprungen und hatte um Hilfe gebeten. Schlafmützen und Murmeltiere ade. Sie war endgültig aus ihrem Winterschlaf erwacht. Sie steckte die Karte zurück und setzte den pinkfarbenen Fahrradhelm auf.

Mit einem der neuen E-Bikes fuhr sie zum Tourismusbüro. Entspannt stellte sie das Fahrrad in den Ständer, schloss es gut fest und nahm den ungewohnten Helm ab. Sie schüttelte ihre Locken und betrachtete sich kurz in der Scheibe der Eingangstür. Ihre Augen strahlten, das Lächeln war echt. Passt. Mit der rechten Hand kontrollierte sie kurz, ob der USB-Stick noch in der Jackentasche lag. Dann drückte sie die Tür auf, zog den Bauch ein und ging aufrecht zum Empfangsschalter.

»Grüezi, Frau Herz«, wurde sie von dem jungen Angestellten freundlich begrüßt. »Frau Frey erwartet Sie in ihrem Büro. Hier entlang, bitte.«

Die Leiterin des Tourismusbüros erhob sich hinter ihrem Schreibtisch und drückte ihr herzlich die Hand. »Schön, dass du dir kurz Zeit nimmst, Susanne. Du hast sicher alle Hände voll zu tun. Nimm bitte Platz.«

»Danke.« Susanne lächelte. »Es läuft alles rund. Und es wird Zeit, den Online-Auftritt zu überarbeiten.«

»Ich logge mich kurz in die Vermieterplattform ein, dann nehmen wir die Anpassungen vor. Der Eintrag wurde schon jahrelang nicht mehr überarbeitet. Hast du die Fotos dabei, wie besprochen?«

Susanne nickte und überreichte ihr den Stick.

»Ihr habt die Wohnungen renoviert. Was hat sich genau verändert?«

»Wir haben jetzt Korkboden statt der Spannteppiche und natürliche Lehmfarben statt der Tapeten; die Größe und die Einteilung sind gleich geblieben. Es gibt nun eine Waschmaschine zur Mitbenutzung und ein Frühstücksbuffet mit hausgemachten Produkten, alle in Bioqualität. Die Gäste können sich direkt auf dem Hof E-Bikes ausleihen, und jeden Freitagvormittag wird Pirmin in der alten Sennküche zeigen, wie man Käse, Topfen und Butter macht.«

»Oh, das werden die Gäste lieben. Toll. Käse und Appenzell gehören für die Touristen zusammen wie Schnee und Skifahren. Wie viele Bikes habt ihr angeschafft?«

»Das ist eine Kooperation mit meinem Schwager, der

das Sportgeschäft hier leitet. Es läuft alles auf Leihbasis und je nach Nachfrage. Da sind wir flexibel. Wer es gemütlicher mag, kann auch eine Eselwanderung buchen. Unser Neffe möchte sich so sein Taschengeld aufbessern.«

Frau Frey tippte und strahlte. »Da habt ihr euch coole Sachen ausgedacht. Das wird ankommen, Susanne, verlass dich drauf.«

»Das wünschen wir uns.« Susanne lächelte. »Was denkst du, wie hoch können wir die Preise jetzt ansetzen?«

Frau Frey lehnte sich zurück und klickte sich durch die mitgebrachten Fotos. »Das sieht unglaublich einladend aus. Du hast Talent. Ich würde sagen, ihr könnt das Doppelte verlangen!«

Jetzt fühlte Susanne sich einerseits stolz, andererseits aber auch unwohl. »Was werden unsere Stammgäste dazu sagen?«

»Ganz ehrlich? Ich kenne eure Stammgäste oder besser gesagt jene, die schon seit vielen Jahren auf den Hof kommen. Die kommen nicht, weil es besonders billig ist, sondern weil sie eure Familie und die Atmosphäre auf dem Hof mögen. Vielleicht springen einige ab, aber da sehe ich kein Problem. Es werden neue kommen, die sich genauso wohl fühlen. Ihr müsst es nicht den Stammgästen recht machen, es soll für dich und deine Familie passen. Und fürs Konto«, fügte sie augenzwinkernd hinzu.

»Okay«, sagte Susanne zögernd. »Dann machen wir das so, aber die Kinderpreise lassen wir gleich. Das käme mir zu teuer vor, wenn wir die auch verdoppeln.«

»Du magst Kinder, ich weiß. Aber ist es nicht so, dass sie viel mehr Arbeit machen als die Erwachsenen? Es sind doch meist die Kinder, die schon frühmorgens im Stall herumwuseln, mit dreckigen Schuhen durchs Treppenhaus rennen, beim Frühstück den Kakao verschütten und auf sämtlichen Glasflächen ihre Handabdrücke hinterlassen.«

»Aber so eine Urlaubswoche wird nun ganz schön teuer.«

»Wer in die Schweiz kommt, sucht keine billigen Pauschalunterkünfte. Unsere Gäste lieben Höfe mit Charme und gutem Geschmack und das Besondere, das sie ihnen bieten. Falls tatsächlich Buchungen ausbleiben, dann ruf mich an. Der Preis ist in weniger als einer halben Minute geändert. Eine andere Frage: Wenn ihr in Zukunft ständig ausgebucht seid, hast du denn Hilfe beim Putzen?«

Susanne schmunzelte: »Alle jungen Leute wollen Geld verdienen. Seit Anfang Juli kommt jeden Samstag mein Neffe Reto vorbei. Im Grunde wollte er sich bei Pirmin ein paar Euro verdienen. Ich habe ihm zuerst die Esel gegeben, dann habe ich ihm gezeigt, was in den Wohnungen alles zu tun ist. Und was soll ich sagen? Er macht das tipptopp. Er hat sogar fürs Treppenhaus einen Lagerplatz für die Kinderstiefel gewerkelt. Dazu hat er einen Holzrahmen um ein Brett gebaut und mit Steinen aufgefüllt. Das muss nie gereinigt werden, und alle Kinder stellen freiwillig die dreckigen Schuhe darauf ab. Ich arrangiere nur noch die Handtücher hübsch auf den Betten und stelle ein Blümchen auf den Tisch.«

»Wunderbar, Susanne, es scheint zu laufen. Und die Idee mit dem ›Selbstgemacht‹-Laden finde ich Weltklasse. Ich bin nächstes Wochenende bei der Eröffnung auf jeden Fall dabei.«

»Danke. Ich freue mich wahnsinnig darauf. Es ist unglaublich, was für Energien freigesetzt werden, wenn zehn motivierte Frauen gemeinsam etwas aufziehen. Und so viel Unterstützung von allen Seiten! Großartig! Dieses Projekt hat mich in den letzten Wochen so beflügelt, ich fühle mich richtig high.«

»Du bist ein Gewinn für Appenzell, Susanne. Ich wünsche dir von Herzen alles Gute und freue mich auf die Eröffnungsfeier in eurem alten Stadel!«

fünfundvierzig

Linda Lenz war in ihrem roten Camper unterwegs Richtung Berlin. Das Fahrzeug war alt, doch es besaß riesige Boxen und sogar einen CD-Wechsler hinter der Rückbank. Linda hatte vor Freude gequietscht, als sie ihn entdeckte. Direkt nach ihrer Rückkehr aus Lech hatte sie angefangen, auf eBay nach einem passenden Fahrzeug zu suchen. Sie hatte Glück gehabt. Schon vier Tage später hatte sie gefunden, wonach sie suchte. Alt, günstig, aber solide. In der Kategorie »zu verschenken« hatte sie sich direkt mit CDs eingedeckt, und jetzt dröhnte lautstark Prince aus den Boxen. »*Purple rain, purple rain ...*«

Die Schilder kündigten eine Raststätte an. Linda setzte den Blinker und fuhr auf den riesigen Parkplatz. Sie stellte den Motor aus, tätschelte zufrieden die Motorhaube und ging ins Restaurant, um sich einen frischen Orangensaft zu gönnen.

Gerade hatte sie einen freien Fensterplatz ergattert, als ihr Handy klingelte. Sie fischte es aus ihrem kleinen Rucksack. »Linda«, meldete sie sich.

»Hi Mum. Ich bin's, Martin. Wo steckst du gerade?«

»Hallo Martin. Ich mache gerade Pause auf einer Raststätte. Ich war ein paar Tage im Ruhrgebiet und bin jetzt auf dem Weg nach Berlin. Und du?«

»Was machst du denn in Berlin?«

»Ich habe vier Kurstage gebucht. Und was gibt's bei dir Neues?«

»Ach so, ja. Da ist Post für dich gekommen.«

»Prima, kannst du sie bitte öffnen und wie besprochen abfotografieren und mir schicken? Das wird das Einfachste sein. Ich werde in den nächsten Monaten keine feste Adresse haben und würde für den Nachsendeantrag weiterhin deine Adresse angeben, wenn es dir recht ist. Ich bin dir sehr dankbar.«

»Du bist doch zu alt, um in einem Auto zu schlafen.«

»Martin, ich habe mich nie jünger und besser gefühlt.«

»Du könntest auch Vaters Adresse angeben, hat er gesagt.«

Linda stutzte. »Du hast mit deinem Vater über mich gesprochen?«

»Hat er dir das Geld gegeben?«, druckste Martin herum.

»Waaas? Du hast das eingefädelt? Was hast du dir dabei gedacht?«

»Mum, es kann doch nicht sein, dass Dad eine sündteure Garage für den achten Oldtimer mietet und du tausend Euro Schulden nicht bezahlen kannst. Ich habe ihm nur ein paar Tatsachen unter die Nase gerieben. Allein kommt er ja nie drauf. Seit du nicht mehr für ihn mitdenkst, ist seine Birne vollkommen hohl geworden.«

»Sei nicht respektlos. Er ist ein grandioser Geschäftsmann.«

»Er ist ein Arschloch, aber wenn du jetzt genug Geld für ein Auto und Kurse hast, dann will ich nicht weiter klagen. Ich wollte nur sicher sein, dass du nicht unter einer Brücke pennst. Also, ich schicke dir gleich Fotos von deiner Post.«

»Danke. Aber Martin, verurteile deinen Vater nicht. Er hat sich immer bemüht, uns mangelte es an nichts, und er hatte es nicht leicht in seinem Leben.«

Jetzt schnaubte Martin: »Du hast gut reden, Mutter. Du bist abgehauen, als es haarig wurde. Was meinst du, wie es hier abging, als die Gerüchte durchsickerten? Was glaubst du, warum ich mir so früh eine eigene Wohnung gesucht habe? Du hast doch keine Ahnung, du lebst in einer Blase!«

»War es so schlimm für dich?«

»Wenn deine Freunde sich abwenden und sagen, ich kann dich nicht mehr besuchen, dein Alter steht auf junge Burschen. Das muss ich nicht haben.«

Lindas Herz fing an zu flattern, sie schnappte nach Luft und sagte mit zitternder Stimme: »Wer weiß davon? Wer hat es erzählt?«

»Ich habe keine Ahnung, aber das ist auch völlig nebensächlich. Für mich war es Horror. Vater scheint drüberzustehen. Er hat sich nicht verändert. Großspurig und großkotzig wie immer.«

»Das ist nur Fassade. Er hat uns gegenüber Schuldgefühle. Er hat die Firma über sein Privatleben gestellt. Und er hat uns in sein privates Desaster hineingezogen. Das tut ihm unendlich leid, und er wird immer für euch da sein und hinter dir stehen, Martin. Wir können daraus nur lernen, unseren Herzen zu folgen und uns nicht für Geld und Ansehen zu verbiegen. Lass die anderen doch reden. Du schaffst das. Die Krise hat uns alle gebeutelt, aber wir werden gestärkt weiterziehen. Du ganz besonders!«

»Er ist ein Vollidiot. Punkt.« Martin legte auf.

Linda trank einen Schluck Orangensaft. Die Eiswürfel waren geschmolzen, der Saft schmeckte verwässert. Sie suchte sich eine Fichte vor dem Fenster und konzentrierte ihren Blick auf den Wipfel. Sie atmete tief ein und aus. Da vibrierte ihr Handy erneut. Martin schickte ihr die versprochenen Bilder. Linda lächelte. Die Karte aus Lech. Auf dem nächsten Bild die Rückseite mit dem Text:

»Erinnere dich, Linda. Du wirst alle Krisen meistern und gestärkt aus ihnen hervorgehen. Du trägst den Samen Deines Ichs in Dir, es kann sich überall entfalten. Immer wieder neu.«

sechsundvierzig

Katja schnaufte kurz durch und schaute aus dem weit geöffneten Fenster. Der ganze Hof war voller altem Plunder. Sie hätte alles sofort zum Entsorgungszentrum gefahren, doch die Nachbarjungen hatten gemeint, da sei noch allerhand Brauchbares dabei. Garagenflohmarkt. Die WhatsApp-Nachricht hatte sich rasch verbreitet. Und schon am nächsten Tag waren wildfremde Menschen in Scharen eingefallen und hatten sogar die alten Matratzen mitgenommen. Bis Sonntag lief das Spektakel, also noch zwei Tage. Den Rest würde sie entsorgen. Sie beobachtete eine Frau, die eines der verbliebenen Nachtkästchen in den Kinderanhänger ihres Fahrrades verstaute. Als die Frau sich wieder aufrichtete und die Sonne ihr Gesicht beschien, machte Katjas Herz einen Sprung. Konnte das sein? Sie warf den Malerpinsel in einen leeren Kübel und spurtete die alte Treppe hinunter.

»Manu?«

Die Frau drehte sich zur Haustür. »Katja! Du bist wirklich zurück?«

Sie stiegen über verbeulte Milchkannen und staubige Bücherkisten hinweg und umarmten sich herzlich.

»Unglaublich, Manu. Ich habe dich sofort erkannt. Ehrlich.«

Katja schüttelte ungläubig den Kopf. »Nach so vielen Jahren.«

Sie setzten sich auf die Kisten mit den alten Büchern und hatten tausend Fragen. »Zuerst du, Manu. Erzähl ...«

Manuela lachte. »Du hast dich nicht verändert. Bestimmt hast du viel mehr zu erzählen. Allein die Gerüchte, die momentan durchs Dorf wabern, würden für einen tausendseitigen Roman ausreichen.«

»Du zuerst!« Katja zeigte mit dem Finger auf Manuela. »Ich habe nämlich überhaupt nichts mehr von dir gehört. Nicht mal Gerüchte.«

»Ich habe nach der Schule eine Lehre als Floristin gemacht, ein paar Jahre gearbeitet, ein Haus gebaut und geheiratet, drei Kinder bekommen, und jetzt arbeite ich wieder Teilzeit im Blumenladen. Dafür kann ich auch das Nachtkästchen brauchen. Ich werde es ablaugen und kleine Zinngefäße mit Blumen daraufstellen und einen Kranz an den Schubladenknopf hängen mit einem schönen Schild ...«

»Du wohnst noch im Dorf?«, unterbrach Katja sie.

Manuela nickte. »Direkt neben meinem Elternhaus.«

»Das ist ja cool. Dann müssen wir ab und zu eine Flasche Wein zusammen trinken. Und ich will deinen Mann kennenlernen.«

Manuela lachte. »Du kennst ihn gut.«

»Was? Einer aus dem Dorf?«

»Rudi.«

»Nee, das ist nicht wahr.« Katja schaute argwöhnisch auf ihre alte Freundin. »Man kann doch niemanden heiraten, in den man schon im Kindergarten verliebt war. Wo bleibt da die Aufregung?«

»Du mochtest Aufregung immer schon lieber als ich«, lachte Manuela. »Rudi und ich mögen es gern ruhig und überschaubar, aber sag endlich, was an den ganzen Gerüchten dran ist. Du ziehst also wieder her?«

Katja nickte. »Midlife-Crisis. Ich habe alle Zelte abgebrochen und sitze nun hier auf meinen alten Büchern: Ohne Job und ohne Bett, dafür mit einem Kind, das nicht mehr mit mir spricht, und einer Mutter, die Privatsphäre für eine der sieben Todsünden hält. Keine Ahnung, wie ich mein Leben wieder auf die Reihe kriege. Chaos pur. Selbst mein Lebensabschnittsgefährte will eine Pause, bis das Chaos sich lichtet.«

»Lebensabschnittsgefährte? Das meinst du nicht ernst, oder?«, lachte Manuela.

»Er steckt zwar viel weg, aber um es ein Leben lang mit mir auszuhalten, da gehört schon ordentlich Mut dazu.« Katja zwinkerte ihr gut gelaunt zu.

»Ich habe gehört, du hast Pläne für den alten Schuppen.«

»Die Bürgermeisterin quatscht also auch alles aus, gut zu wissen. Aber du hast recht. Von irgendwas muss ich ja leben. Ich will dort eine Art Kulturscheune initiieren für Konzerte, Kabarett und Kleinkunst, für Ausstellungen und Brotbackkurse oder Kurse à la ›Blumenkränze binden mit Manu‹. Ich schreibe gerade an einem Theaterstück über versteckten Rassismus in der ländlichen Idylle. Ich bin durch die Pandemie arbeitslos geworden und muss irgendwohin mit den vielen Eindrücken, die mich aktuell fast erschlagen. Aber erst muss dieses Gerümpel weg. Mutter weint sich die Augen aus, aber ich brauche Platz.«

»Sie ist alt geworden. Aber sie freut sich sehr, dass sie Adam jetzt täglich sieht, hat sie mir erzählt.«

Katja biss sich auf die Lippen. »Was sagt dir der Name Adam?«

Jetzt runzelte Manuela die Stirn. »Warum fragst du so komisch? Der Sohn von Klaus und Maria. Lebt er nicht mehr bei dir?«

»Doch«, sagte Katja langsam. »Und das wissen alle im Dorf, oder?«

»Natürlich. Der Tod von Klaus war ein Drama. Das ganze Dorf hat geweint und getrauert.«

»Und weiter?«

»Alle fanden es bewundernswert, wie du dich um den Kleinen gekümmert hast. Maria versank ja völlig in der Depression. Verständlicherweise. Sie musste erst mal wieder auf die Beine kommen. Ich habe von deiner Mutter gehört, dass sie einen Deutschen geheiratet hat. Hat sie Adam wirklich nie besucht?«

Katja seufzte. »Ich will ehrlich sein. Ich habe ihn von ihr ferngehalten. Er schien mir immer zu jung und zu zerbrechlich für die Wahrheit. Aber an Allerheiligen will sie uns mit ihrem Mann besuchen. Ich übe mich gerade in Zuversicht.«

»Du wirst das meistern. Wie geht es Adam heute?«

Katja seufzte. »Er spricht nicht mehr mit mir. Im Sommer habe ich ihm die ganze Geschichte erzählt von Maria und seinem Vater und dem ganzen Drumherum. Seither ignoriert er mich, aber gestern meinte die Psychologin, dass er langsam offener und zugänglicher wird. Sie ist guter Dinge, dass wir das alles gemeinsam wieder ins Lot bekommen. Und das Gute: Er ist froh, dass die Internatszeit vorbei ist. Er liebt die Schule hier. Das hätte ich am allerwenigsten erwartet.«

»Er war im Internat. Warum denn das?«

Katja überlegte lange. »Ich möchte meine Zeit dort niemals missen. Ich wollte ihm das auch ermöglichen. Zusammenhalt, Verbundenheit, Freundschaften fürs Leben. Aber er ist ein Einzelgänger, er ist ganz anders als ich. Er schlägt sehr nach Klaus.«

Manuela legte ihr die Hand auf den farbbespritzten Unterarm. »Klaus war einer der wunderbarsten Menschen, die ich kenne. Jedes Jahr an seinem Geburtstag lege ich ihm eine Alpenrose aufs Grab. Er war immer so zuversichtlich und guter Dinge.«

Katja nickte. »Ich habe es übrigens ernst gemeint mit dem Blumen-binden-Kurs. Hättest du Lust? Wann könntest du starten? Ich sehe schon die Flyer vor mir, mit einem Kranz aus Silberdisteln an einer sonnenverbrannten Stalltür.«

Manuelas Lachen klang herzlich. Sie stand auf und drückte Katja. »Wie schön, dass du wieder da bist! Ich stelle eine Flasche Weißwein kalt. Du bist jederzeit bei uns willkommen. Wirklich jederzeit.«

siebenundvierzig

Franziska machte mit einem spitzen Messer zwei kleine Schnitte in den festen schwarzen Karton. Fast zärtlich nahm sie die Adlerfeder und befestigte den starken Kiel in der Lasche des Kartons. Sie griff nach dem silbernen Stift und schrieb langsam in schönen geschwungenen Buchstaben: »Wer nicht vom Fliegen träumt, dem wachsen keine Flügel.« Dabei glitt sie in eine tiefe innere Ruhe. Am Rand des Kartons zeichnete sie einen feinen Rahmen aus Blumenranken, Schmetterlingen, winzigen Vögeln und Symbolen. Dazwischen flocht sie kunstvoll die Worte ›Liebe‹, ›Freundschaft‹ und ›Träume‹ ein. Über eine Stunde war sie so in ihr Tun vertieft, dass sie vom Rest der Welt nichts mitbekam. Sie gestaltete ein letztes kleines Herz, dann hielt sie ergriffen das Kunstwerk gegen die kahle Wand. Es war schöner geworden, als sie es sich vorgestellt hatte.

Sie stand auf, ging in die leergeräumte Küche und trank ein paar Schlucke Wasser direkt aus der Leitung. Die Gläser hatte sie gestern zusammen mit einigen anderen Dingen zum Sozialkaufhaus gefahren. Die Wohnung war leer. Einzig der Küchentisch und der Stuhl waren geblieben. Selbst den Laptop würde sie nicht mehr brauchen.

Sie kehrte zurück an den Tisch und klappte den Laptop

auf. Sie loggte sich in den Benutzerbereich des Blogs ein. Auf fliederfarbenem Hintergrund standen da ihre Worte. Es war ein langer Blog geworden. Ein Blog ohne bunte Bilder und weichgezeichnete Episoden.

Sie scrollte ein letztes Mal durch die Einträge, las sich hier und dort kurz fest und scrollte weiter. Bei dem Brief an Elina hatte sie nach all den Jahren wieder gespürt, wie wohltuend und heilend es sein konnte, alles Belastende aufs Papier zu bringen. Wie viel Klarheit entstehen konnte, wenn sie die Worte ehrlich zuließ und nicht weiter versuchte, alles unter Verschluss zu halten.

Tagsüber hatte sie wie gewohnt die Anrufe entgegengenommen. In der Pandemie hatten die Arbeitsstunden drastisch zugenommen. Seit Langem hatte sie kaum mehr gesprochen als die ewig gleichen Worte am Telefon. »Wie kann ich Ihnen behilflich sein?« und »Ziehen Sie den Stecker und starten den Router neu«.

Homeschooling und Homeoffice hatte die Menschen zum Verzweifeln gebracht. Ein ausgefallenes Modem vernichtete den Tag. Die Hotline war heiß gelaufen. Heute war sie dankbar für diesen Job. Sie konnte ortsunabhängig arbeiten und dabei ein Auge auf die Mädchen haben. Der Lohn hatte sie all die Jahre über Wasser gehalten. Es hatte funktioniert. Etwas Besseres war nicht möglich gewesen. Doch jetzt war es genug. Wie viele Menschen hatten in den letzten fünfzehn Jahren wegen Franziska den Stecker gezogen? Es war an der Zeit, selbst ihrem Rat zu folgen.

Die letzten Wochen hatte sie kaum geschlafen. Viel zu penetrant hatten ihre Gedanken und Gefühle darum gebettelt, endlich gesehen und anerkannt zu werden. Sie hatte die Laufschuhe in die Mülltonne gesteckt und den Laptop gestartet. Nächtelang hatte sie durchgeschrieben. Nicht weiter davonrennen. Stehen bleiben. Benennen. Annehmen. Schreiben. Wort für Wort. Artikel um Artikel. Sie hatte kaum innegehalten. Als sie sich dann endlich leer und frei gefühlt hatte, war sie erstaunt gewesen, was da alles aus ihr herauswollte. Unglaublich viel. So viel Persönliches, Trauriges, Hoffnungsloses. Ein graues Tränenmeer.

Danach hatte sie völlig erschöpft drei Tage und drei Nächte durchgeschlafen. Bei einem gemütlichen Spaziergang durch Tettnang hatte sie anschließend versucht, ihre Gedanken weiter zu sortieren. Was sollte sie machen mit den vielen Worten? Wozu war ihr Leben gut gewesen? Und während sie diesen Gedanken nachhing, zog lautlos ein Zeppelin über den Himmel. In dem Moment wusste sie es. Sie musste ihre Geschichte loslassen. Sie sollte ohne Getöse im Universum kreisen. Zumindest ihre Worte sollten fliegen. Wer immer sie brauchen konnte, wem immer sie gerade guttaten, der sollte die Möglichkeit bekommen, in diese Geschichte einzutauchen und abzuheben.

Weitere fünf Tage hatte sie am Laptop gesessen und versucht, eine Art Struktur in den Text zu bringen und ihre Botschaft tiefer auszuarbeiten. Ein paar Lichtpunkte und glitzernde Strahlen in das trübe Grau zu zaubern. Denn der Sinn ihres Lebens, ihre Botschaft an andere Menschen, hatte sich klar herauskristallisiert. Sie wollte Mütter ermutigen, sich Hilfe zu suchen und anzunehmen. Niemand sollte sich dafür schämen, mit Babys und Kleinkindern schlicht überfordert zu sein. Sie wollte Eltern von Schreikindern ermutigen, ehrlich zu sein und nach Hilfsleinen zu greifen, bevor es zu spät war. Vielleicht wäre ihr Leben ganz anders verlaufen, wenn sie damals auf einen wahren, ehrlichen Bericht einer Betroffenen Zugriff gehabt hätte. Sie hatte sich allein gefühlt und sich nicht vorstellen können, dass es irgendjemandem auf der Welt ähnlich erging.

Wenn diese Worte auf diesem Blog nur eine überforderte Mutter oder einen Vater erreichten und sie so nur ein Schicksal wie das ihre und Maras verhindern konnte, dann hatte sich ihr Leben gelohnt.

Langsam fuhr sie mit dem Zeigefinger über das Touchpad. Ein einziger Klick. Veröffentlichen.

Sie klappte das Gerät zu und schaute aus dem Fenster. Sie hatte es getan. Ihr Leben war nicht sinnlos gewesen.

Dann steckte sie den Karton in den an Elina adressierten gepolsterten Umschlag. Ein letztes Mal strich sie über die Adlerfeder. Ein letztes Mal ließ sie es zu, dass ihre Gedanken zurückkehrten. Auf den Berg, zu ihren Freundinnen, zu jener denkwürdigen Nacht. Es war die Adlerin gewesen, die ihr den Mut geschenkt hatte, das, was von ihrem Leben übrig war, in die eigenen Hände zu nehmen.

Es war die Adlerin, durch welche sie die Kraft aufbringen würde, den Stecker zu ziehen.

»Wer nicht vom Fliegen träumt, dem wachsen keine Flügel.«

Flieg. Elina. Flieg.

Für alle meine ehemaligen Chörlewiebor, Bakip-Freundinnen, Internatszimmerteilerinnen, Mädelsabendmädels, für Simone, Annette und Herlinde. Und für Alice, die gemeinsam mit mir in der Biwakschachtel übernachtet hat. Was wäre das Leben ohne Freundinnen?